中公文庫

私兵特攻

宇垣纒長官と最後の隊員たち

松下竜一

中央公論新社

目次

第三章

第四章

昭和20年８月15日午後４時過ぎ（品川家範少尉撮影。本文138〜162ページ参照）

①

①訓示に際し、指揮所前で待つ宇垣纒司令長官

②訓示する宇垣長官

②

③

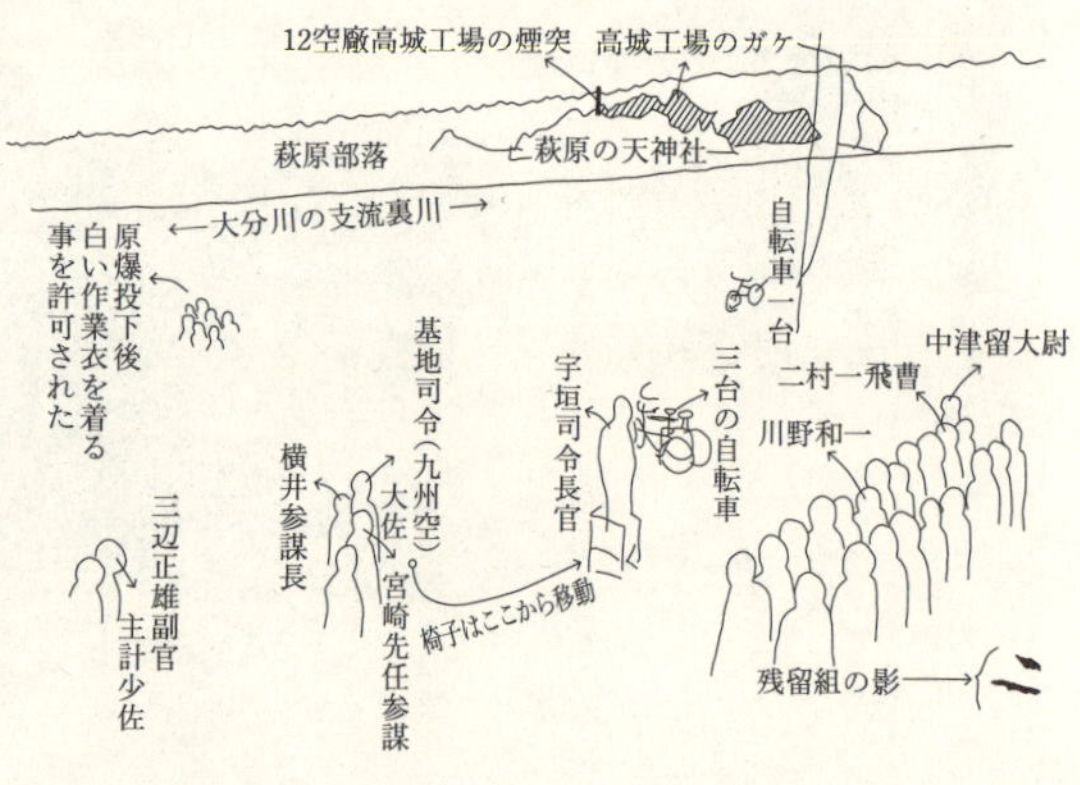

③掩体壕上より撮影
隊員がジャケット（救命胴衣）をつけた者、つけない者とまちまちなのは、この日が暑かったからで、宇垣長官がくるとわかっていれば、服装はもっと正されていた筈である。――寺司

④出発の挨拶。右から順に西田基地司令、横井参謀長、宮崎先任参謀、宇垣長官、坂東気象長、城島戦隊司令官
⑤階級章を取る。右から順に山本31SF司令長官、横井参謀長、高木通信参謀、宇垣長官、田中作戦参謀、坂東気象長、福原補給参謀、三浦軍医長、三辺副官
⑥彗星の前で宇垣長官を記念撮影

④

⑤

⑥

⑦

★

⑧

⑦宇垣長官、中津留大尉、遠藤飛曹長が搭乗する、列線から出発地点へ移動中の一番機。胴体下部に弾倉からはみ出した八〇番（八〇〇キロ）爆弾がみとめられる
★は機上の三人
⑧離陸した長官機（〇内）を見送る

朝鮮
美保空
米子空
済州島
築城空
宇佐空
大村空
諫早空
大分空
津久見
富高空
出水空
人吉空
宮崎空
二村機不時着
川内市西方海岸
甑島列島
第2国分空
第1国分空
志布志湾
鹿児島空
川野良介機不時
(陸上を飛んだ)
知覧
鹿屋空
東廻りコース
川野和一機不時着
鹿児島湾(錦江湾)
中津留機のコース
伊平屋島
伊江島
沖縄
不時着
航空隊(海軍)
陸軍の基地
(空は航空隊の略)

昭和20年8月15日の大分海軍航空基地

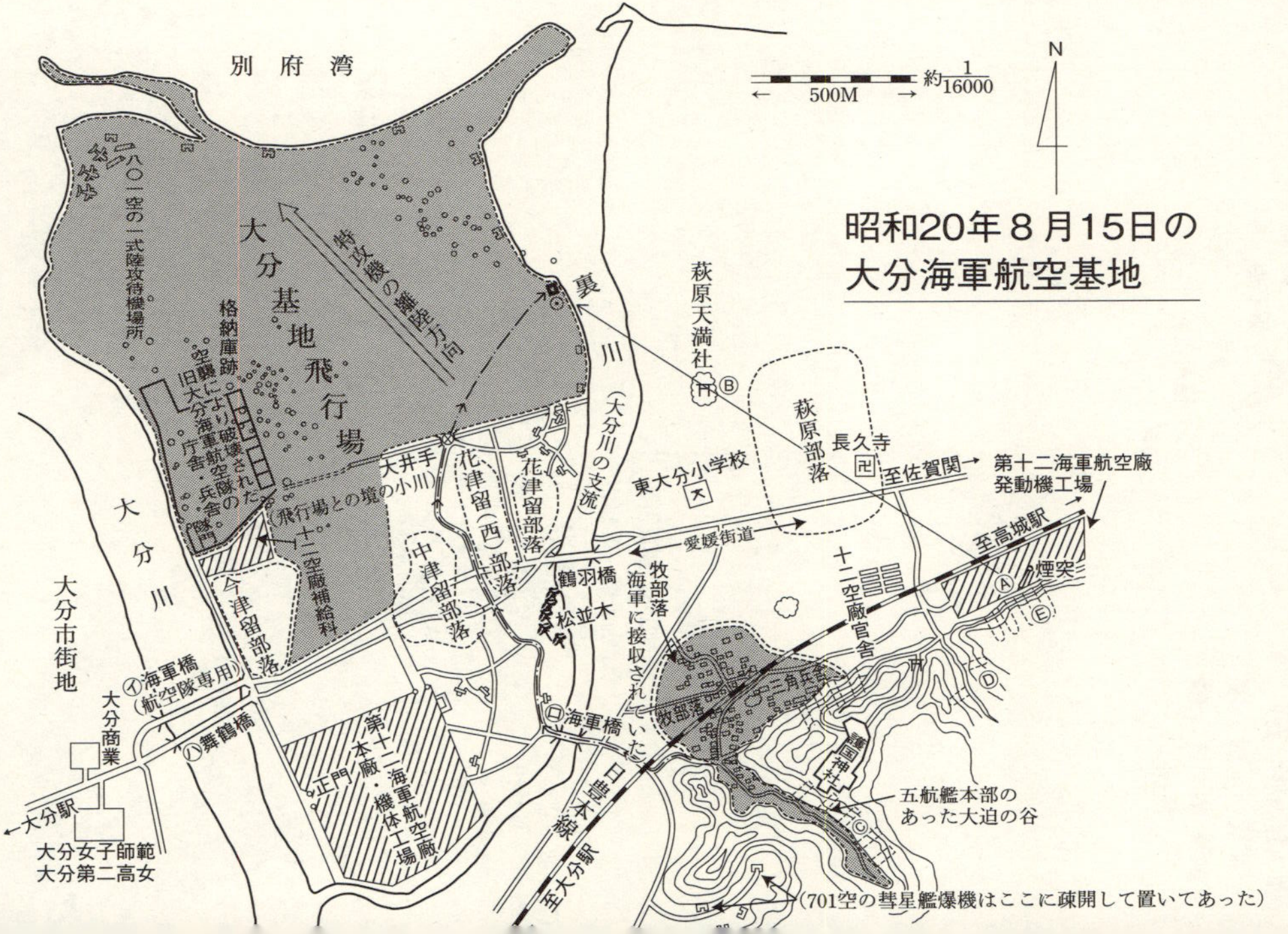

⦿ 宇垣長官訓示の際に整列した位置（戦闘指揮所）

□ 指揮所横の大型防空壕（品川少尉はこの上より整列写真を撮影）

Ⓐ 12空廠の大煙突
Ⓑ 萩原天満社の森
（Ⓐ・Ⓑ）品川少尉撮影の写真はこの２点が重なって見える　この２点を結んで指揮所の位置が割り出された

⊗ 足立直泰少年が特攻機を見送った地点（一式陸攻の離陸を証言）

コンクリート製大型掩体壕（中型機で１機、小型機で３機格納可）

防空壕または掩体壕

空襲による爆弾の穴（航空写真により確認）

海軍が接収していた民家（牧部落の全戸を接収していた）

防空壕（Ⓒは基地・五航艦　Ⓓは爆弾収納　Ⓔは発動機工場用）

三角兵舎（801空の関係者が使用していた）

橋（㋑は戦後、舞鶴橋となる　㋺は戦後、木材として盗難にあい消滅　㋩は現在なし）

海軍航空隊の敷地

12海軍航空廠

→ ８月15日夕刻、５航艦本部より指揮所への宇垣長官車の動き

最後の特攻出撃者名簿（階級は出撃時。カッコ内は出身・期／数え年／出身地）

操縦員
中津留達雄大尉（海兵70期／23／大分）
伊東幸彦中尉（海兵73期／20／宮城）
山川代夫上飛曹（丙飛／21／山形）
池田武徳中尉（学生13期／22／福岡）
渡辺操上飛曹（甲飛11期／22／千葉）
後藤高男上飛曹（丙飛／24／福岡）
松永茂男二飛曹（特乙1期／20／福岡）
藤崎孝良一飛曹（丙飛／19／鹿児島）
前田又男一飛曹（丙飛／20／熊本）
川野和一一飛曹（乙飛18期／20／徳島）
二村治和一飛曹（甲飛12期／20／愛知）

偵察員
遠藤秋章飛曹長（乙飛9期／22／愛媛）＊
大木正夫上飛曹（乙飛17期／21／福島）
北見武雄中尉（海兵73期／20／新潟）
山田勇夫上飛曹（甲飛11期／20／千葉）
内海進中尉（学生13期／21／岩手）
磯村堅少尉（生徒1期／22／山口）
中島英雄一飛曹（乙飛18期／19／愛知）
吉田利一飛曹（乙飛18期／20／滋賀）
川野良介中尉（学生13期／22／長崎）
日高保一飛曹（乙飛18期／20／鹿児島）
栗原浩一二飛曹（甲飛13期／18／神奈川）

＊宇垣長官同乗

私兵特攻

宇垣纏長官と最後の隊員たち

プロローグ

その長身の老人がこの日の参会者の中で最年長者であることは、誰の眼にも知れた。
式次第の打ち合わせに慌ただしかった寺司《てらし》勝次郎は、老人がいつ来たのか気付かなかった。彼が見たときには、既にテントの下の遺族席最前列中央の椅子に着席していた。隣りに坐ってときおり話し掛けている中年の男が、付添いの身内なのだろう。寺司の視線の方向に気付いたのか、隣りに立つ世話人の一人仲野敬次郎が耳許にささやいた。「あそこに坐っておられるのが中津留《なかつる》大尉のお父さんです」

そうであろうと推測していた寺司は黙って頷き返しながら、老人の年齢を胸算用していた。昭和二十年八月十五日、沖縄特攻に飛び立った中津留達雄が二十三歳であったことは、記録によって知られている。そのとき父親が五十歳であったと仮定してみると、その日から三十八年が経過しようとしているのだから、八十八歳という計算になる。八十八か――その数字を胸中に呟いて、寺司は軽い驚きを覚えた。のちに寺司は知るのだが、この計算はほぼ正確であった。明治二十八年十二月十四日生まれの中津留明は、この日昭和五十八年四月二十三日には満八十七歳四ヵ月であったことになる。

きわどい慰霊祭であったなと思う。これが来年であれば、いくら遠くない津久見からとはいえ、果たしてこの老人が出席できたかどうか。尤《もっと》も、見た眼には未だそれほど老耄《ろうもう》という感じではなかったが……。

前夜の雨で心配していた天候も、もう大丈夫であった。足許の芝生はまだ濡れていたが、薄曇りの空からは陽が洩れて木立の葉や芝草の水玉を光らせ始めている。雨に備えて張ったテントの下には、もう百人近い参会者が慰霊祭の開式を待っていた。寺司が見た名簿ではこの日参列する遺族は十七名で、さすがに両親の出席は中津留大尉の父親以外になく、殆どが兄弟や妹の出席で遠い秋田や仙台から来た者もいる。七〇一空（第七〇一海軍航空隊）からは江間保飛行長（海兵六十三期）、本江博隊長（海兵七十期）をはじめとして二十名となっている。遺族も戦友達も、おそらく戦後初めてこの地を踏むのであろう。

かつての大分航空基地跡は広大な大洲《おおす》総合運動場公園に生まれ変っていて、往時を偲ばせるものは何も遺されていない。公園の一隅に建てられた「神風特別攻撃隊発進之地」の碑だけが唯一の記念物で、慰霊祭もこの簡素な碑の前で行われようとしている。横に人が立てばちょうど腰の高さほどしかない横長の石碑は、台座もなしに地面に据えられている。目立たぬ場所で、日頃は気付く者も少いであろう。

慰霊祭の祭壇は碑の正面に設けられているが、参会者の椅子席は碑の裏面に向かって芝生の上に並べられている。芝生の端に沿って立つ碑が、正面を道の方に向けているので、そちらの側には席を置くような場所がないのだった。
参会者の方から見える裏面には、次の如き簡潔な碑文が刻まれている。

昭和二十年八月十五日午后四時三十分太平洋戦争最後の特別攻撃隊はこの地より出撃せり。その日沖縄の米艦艇に突入戦死せし者の氏名左の如し

宇垣　纒
中津留達雄
遠藤　秋章
伊藤　幸彦
大木　正夫
山川　代夫
北見　武雄
池田　武徳
山田　勇夫
渡辺　操

内海　進
後藤　高男
磯村　堅
松永　茂男
中島　英雄
藤崎　孝良
吉田　利
旧海軍有志一同
大中五十七・五十八・五十九期有志一同
昭和五十一年八月建立

この種の碑としては珍しく海軍での位階は一切省かれて名のみ列記されているが、冒頭の宇垣纒《まとめ》は海軍中将で第五航空艦隊司令長官である。終戦を告げる玉音放送が流れた数時間後に彗星艦爆十一機を率いて最後の沖縄特攻に飛び立ち、遂に還らなかった。それが終戦の日の夕刻であったことと、司令長官自らが先頭に立っての特攻出撃であったという特異さによって、語り継がれる終戦秘話となっている。

宇垣の次に並ぶ中津留達雄が大尉で、以下に並ぶ七〇一空隊員の直接の指揮官ということになる。この碑文には、厳密にいって三箇所の間違いがある。まず、四人目に並ぶ伊藤は伊東が正しいという誤記が一つと、次に文面に不適当な箇所がある。アメリカ側の記録に照らしてみても、この特攻隊が米艦艇に突入したという確証はないのだ。したがって正確を期するとすれば、次のように記すべきであったろう。〈太平洋戦争最後の特別攻撃隊はこの地より沖縄に向けて出撃せり。還らざる者の氏名左の如し〉と。

この場合、不時着による死者日高保の名も並べて刻まねばなるまい。彼もまた還らなかった者の一人なのだから。

日本軍には独自な空軍はなく、陸軍、海軍にそれぞれ所属していた。主要航空母艦による第一航空艦隊が編成されたのは、昭和十六年四月十日であった。

午後二時、「大分基地発進七〇一空特攻戦没者慰霊祭」は国旗と軍艦旗の掲揚で始まった。溢れるほどに盛られた献花のための菊の籠の傍に立って、寺司は司会役をつとめたがいつになく緊張していることが自分でも分った。七〇一空とは関係のない彼にしてみれば、出席している遺族にも戦友達にも馴染はなく、読み上げねばならない名前一つ一つにも必要以上の確認を重ねるのだった。そのせいもあって、寺司は戦友達の慰霊の言葉も殆ど心に残らなかったし、遺族を代表しての中津留大尉の父明の挨拶も何かの打ち合わせをしていて聞き洩らした。寺司が父親の言葉を聞いたのは、その夜のテレビのローカルニュースによってだった。中津留明は慰霊祭のあとでのテレビのインタビューに次のように答えていた。

「戦後ずうっと永い間、わたしゃ宇垣さんを怨み続けてきました。どうして自分一人でピストルで自決せんじゃったんじゃろうか、戦争は済んだというのに、なにも若い者たちをよおけ連れて行くこたあなかったのにと怨んできました。――しかしもうこれで諦めます。こうやって慰霊祭をひらいてもろうて、わたしも諦めがつきました。これも何かの因縁じゃったと思います」

老人がこんなにもあからさまに宇垣中将への怨みを公言していることに、寺司は驚かされた。やはりそうだったのかという納得もあった。この日の慰霊祭にも宇垣中将の遺族は招かれていなかった。「宇垣さんに関してはいろいろ問題がありますので、御遺族に招待状は送りませんでした」と、打ち合わせ段階で寺司は主催者の一人から聞かされていた。

テレビを通して聞いた中津留明の短い言葉は、いつまでも寺司の耳に残り最後の特攻隊の悲劇的構図を思わせずにはおかなかった。七〇一空とは無縁な自分が司会をつとめねばならなかったことにも、その悲劇は及んでいるのだ。これが最初で最後の慰霊祭になるのかも知れぬと思ったとき、寺司には碑に名前を刻まれた者達のことがひどく不憫に思われた。

もうこのような慰霊祭はひらけぬかも知れぬと思うのは、七〇一空の関係者が大分市内に一人もいないことによっている。だからこそ七〇一空とは直接関係のない寺司達の奔走で三十八年目の慰霊祭は実現したのだが、来年もそううまくいくとは思えなかった。それに七〇一空戦没者の慰霊祭は、同隊の本拠であった鹿児島県国分《こくぶ》市で、毎年市の主催のもとに盛大に行われていて、更にもう一度大分市での慰霊祭を重ねるわけにもいかないという事情がある。

中津留大尉以下の隊員が終戦間際の大分航空基地に派遣されて来たのは、第五航空艦隊の司令部が鹿屋《かのや》から大分に後退して来ていたことと関係している。おそらく次期・本土作戦に対する布陣としてであったと思われるが、たまたま八月十五日に大分飛行場に在ったということが、宇垣長官の特攻出撃に巻き込まれるという悲劇につながった。しかも敗戦という未曽有の混乱の中で、七〇一空の者達も大分に在った僅かな一派遣隊の運命を確かめるだけの余裕を持たなかった。中津留隊は最後の特攻に巻き込まれたという悲劇に加えて、本隊からも忘れられるという更なる悲劇を重ねることになった。

もし大分の地に小さな記念碑が建たなかったら、三十八年目の慰霊祭も発起されることはなかったろう。いや、この碑が建てられたことすら、幾年かの間七〇一空の関係者には知られなかったのである。

最後の特攻隊の碑を建てたのは、旧軍人達ではない。碑文には建立者として旧海軍有志一同という名が大きく刻まれているが、実際にこれを発起し中心になって尽力したのは大中（大分中学）五十八期生の春山和典、草本玉喜、田中康生らだった。

旧制大分中学五十八期生は昭和二十年八月当時、大分海軍航空隊に付設された第十二海軍航空廠で勤労学徒として働いていて、若い搭乗員達との接触が深かった。彼等の脳裡に、終戦の日の夕刻に飛び立って還らなかった特攻隊員の姿がいつまでも悲劇の光景を焼きつけたのは当然かも知れない。その思いを彼等は戦後三十一年目に簡素な石碑に結実させたのだった。

この碑の存在を七〇一空関係者に知らせたのは、大分市在住の岩尾雅俊である。大分県海軍予備学生十四期世話人の岩尾は、百里原航空隊の会に出席したおり碑の写真を会場の壁に貼って説明を添えておいた。さいわい参会者の中に七〇一空の者がいて碑前での慰霊祭が発起されることになったが、困ったことに大分市内には七〇一空の関係者は一人もいないのだった。結局、きっかけを作った岩尾のところに相談が持ち込まれ、岩尾は旧知の寺司に協力を求めた。寺司は大分県甲飛会（甲種飛行予科練習生出身者の会）事務局長をしている。これに海軍予備生徒一期の仲野敬次郎、加来義正（海兵七十五期）、井上年春（大分県雄飛会会長）が加わり、主にこの五人で慰霊祭の準備は進められたのだった。最後の特攻隊二十三名の出身は、海兵、予備学生、予備生徒、甲飛、乙飛、丙飛にわたっていて、その意味では三人とも無縁とはいえないのだった。

自分に話が持ち込まれたとき、寺司にはこれも運命であったのかも知れぬという濃い感慨が湧いていた。彼が最後の特攻隊に関心を抱き始めてから、およそ五年の歳月が過ぎていた。

以下、本文中の略称は次の通り。

海兵（海軍兵学校）

予備学生（大学高等専門学校を卒業、もしくは大学在学中に海軍に入った将校）

予備生徒（専門学校以上の在学者が海軍に入隊した場合）

甲飛、乙飛、丙飛（いずれも海軍飛行予科練習生。甲種が主に中学四年程度の学力のある者から採用され、乙種は高等小学校卒業程度の学力がある者から採用され、丙種は海軍の一般兵科から志願した者から採用された）

第一章

一　第五航空艦隊司令長官

敗色濃い日本海軍が、その残存戦力を総結集して第五航空艦隊を編成したのは、昭和二十年二月十日である。宇垣纒中将が司令長官に発令され、九州南端大隅半島の鹿屋基地に赴任した。五航艦発足時の経緯を『沖縄方面海軍作戦』(戦史叢書)は次のように記している。

〈二十年二月十日、五航艦が編成されたが、編成に先だち、海軍省で軍令部及び連合艦隊司令部当務者から、五航艦幕僚予定者に戦況、配備、基地、作戦指導の大綱について説明が行われた。その際、五航艦幕僚予定者が深刻痛切に感じたことは、作戦指導の主体をなすものが特攻作戦であるということであった。

これに対して、熟練搭乗員も保有機数も少なく、補給も順調でない五航艦としては、こういう危急存亡の状況下にあることは事実であり、且つこれに代わるべき方策がない以上、軍令部の考え方を覆えすことはできないと観念した。こういう情勢で、今までともかくも特攻は現地部隊で自発的意志に基づいて編成されたという形をとってきたものが、軍令部、連合艦隊の指示、意向という形で特攻作戦を主用することになったのである。「全員特攻」は、宇垣五航艦長官の東京出発時からの確固とした決意で、鹿屋着任時の長官訓示では、自ら執筆してこの決意を全艦隊に徹底させた〉

日米開戦時の連合艦隊参謀長であった宇垣纒は、山本五十六亡きあとの日本海軍の主柱として、戦況悪化の中でも持ち前の闘志で全軍の士気を支えてきていた。相次ぐ敗報に次第に戦意を喪いつつある海軍中枢にあって、徹底抗戦の主張を代表するのが宇垣と、第一航空艦隊司令長官である大西瀧治郎中将であった。

不屈な意志力を持つ宇垣は、誰に対しても傲慢ともみえる態度で臨み、まったく表情を変えない。その硬い表情は黄金仮面と呼ばれてひそかに畏怖されるほどであった。宇垣が五航艦を率いるのは、迫る沖縄決戦に備えて日本海軍の総力を挙げての布陣といえた。まさに背水の陣であり、これに敗れればあとは本土決戦しかない。

五航艦の編成は左の通りである。

第二〇三航空隊（零式戦闘機六隊）

第三四三航空隊（紫電戦闘機六隊）
第一七一航空隊（彩雲偵察機三隊）
第八〇一航空隊（一式陸攻機二隊、二式飛行艇夜間偵察機二隊）
第七〇一航空隊（彗星艦上爆撃機六隊）
第七六二航空隊（一式陸攻機四隊、銀河陸爆四隊、および陸軍重爆二戦隊）
第九〇一航空隊（天山艦上攻撃機四隊）
第七二一航空隊（爆撃戦闘機六隊、一式陸攻機、桜花隊三隊）

この八個の航空隊を宇垣は直率の指揮下に置いた。のちには第三航空艦隊も、更に各練習航空隊を解隊して編成された第十航空艦隊も、五航艦司令長官の麾下《きか》に編入されることになる。

沖縄決戦はたちまちに迫った。米軍が沖縄本島に上陸を開始したのは四月一日である。宇垣が沖縄の米艦艇に特攻をかける菊水一号作戦を発令したのは、四月六日正午であった。楠公の旗印に因んで名付けられたこの作戦は、宇垣の指揮下に五航艦、三航艦、十航艦と陸軍航空部隊が結集した協同作戦である。鹿屋、第一国分、第二国分、串良《くしら》、知覧《ちらん》、新田原《にゅうたばる》など九州各基地から一斉に特攻機が沖縄に殺到した。この日出撃した海軍特攻機一六四機、陸軍特攻機九〇機、更に台湾からも一航艦の特攻機が出撃した。その戦果は大きく、

〈敵にとりては大打撃なり〉と宇垣は彼の日録である『戦藻録《せんそうろく》』に記している。

以後、二号、三号とやつぎばやに菊水作戦に多くの特攻隊を投じていくが、最初のうちこそ大きな被害と混乱を与えたとはいえ、米軍のレーダーピケットや沖縄での陸上施設が急速に整備されるにつれて特攻の効果も薄れてゆき、いたずらに機数と兵力の消耗のみ甚だしくなっていった。

　　特攻の花散りしきて春ぞ逝く
　　逝く春と共に散りけり若桜
　　特攻と散りて若葉の桜かな

『戦藻録』に記された五月十一日の宇垣の句である。

沖縄本島摩文仁《まぶに》洞窟で陸軍の牛島満第三十二軍司令官と長勇《ちょういさむ》参謀長が自決して果て、さしも凄絶だった沖縄陸上戦が終りを告げたのは六月二十三日。その前日に発した菊水十号作戦で、沖縄への特攻出撃もまた幕を閉じた。

〈四月一日敵沖縄に上陸以来奮戦を続けたる第三十二軍も、さる十九日最後の電を発し爾来敵情も全くなきに至れり。八旬の援助至らざるなき奮闘努力も、ついに当然の結果に陥る。誠に悲憤の至なり。本職の責浅からざるものあるが、顧みて他に選ぶべき方途なかりしを信ず。しからばすべてかくなる運命なるべきか〉

六月二十二日の『戦藻録』に宇垣は痛恨の思いを書き込んでいる。

宇垣長官が横井俊之参謀長、宮崎寛先任参謀らの幕僚と共に鹿屋から大分基地に後退して来たのは、八月三日早朝であった。台風の余波で天候は荒れていた。別府湾に向かって展《ひら》けた大分飛行場も、既に連日のように米軍機の爆撃にさらされるままで、基地司令部も飛行場の東南にある丘陵に掘られた横穴壕に移されている。宇垣もまた壕を五航艦の司令部とせねばならなかった。

沖縄を攻略された以上、あとはもう米軍の本土上陸は目前である。その瞬間に日本軍の一切の残存戦力を結集して水際で叩くという、「本土決号作戦」に運命をゆだねるしかない。その最後の日に備えて、五航艦の戦力が温存されることになる。その待機のうちに、八月十五日を迎えるのである。

昭和二十年八月十五日、大分に在る第五航空艦隊司令部の一日はどのように始まったのであろうか。

最後の特攻隊をめぐっての幾つかの記録に寺司は眼を通してきているが、それぞれに微妙な喰い違いがあって確定できぬ点が多い。たとえば宇垣長官が最後の特攻に出撃する意志を、幕僚達に明らかにしたのがいつであるかについても、諸書に時間的な喰い違いがある。その場に居合わせた当事者の一人である宮崎先任参謀は、のちになって次のように記している。

〈八月十四日、私は長官室に呼ばれ、長官自ら特攻機を率いて攻撃する命令案を書くようにいわれた。それを聞いて私は、長官の命令といっても、そんな命令を起案することは私には出来ないと固くお断りした。然しどうしても聞き入れられないので、横井参謀長、城《き》島《じま》少将、山本少将の三人が長時間かかってお話したが、長官の決意は堅くて動かすことが出来なかった〉（『第五航空艦隊の沖縄作戦』）

後年、久留米市在住の宮崎を訪ねて直接取材した作家の吉村昭は『実録・最後の特攻機』の中で、それを八月十四日夕刻であったとしている。宮崎が亡くなったいま、それ以上の確認はもはやとれない。

ただ、殆どの記録は八月十五日未明説をとっていて、これは『戦藻録』の記述が根拠となっているのであろう。宇垣纒には、開戦直前の昭和十六年十月十六日から絶えることなく続けてきた日録『戦藻録』があって、太平洋戦争を記録した一級資料として公刊されている。それによれば、八月十五日の項には次のように記されている。

〈外国放送は帝国の無条件降伏と正午陛下の直接放送あるを報じたり。ここにおいて当基地所在の彗星特攻五機に至急準備を命じ、本職直率の下沖縄艦船に特攻突入を決す〉

これに基づけば八月十五日説になる。浩瀚《こうかん》な資料を駆使してまとめられた『連合艦隊参謀長宇垣纏伝　最後の特攻機』（蝦名賢造著）も、〈八月十五日、まだ夜も明けやらぬ払暁に、当直の田中作戦参謀は突然宇垣長官から呼び出しを受けて〉、彗星五機の準備を命じられたことを記している。既にその三日前に七〇一空の佐藤大尉が、宇垣長官から「飛べる彗星は何機あるか」と問われて「十一機あります」と答えると、長官は「五機もあれば……」と呟いたという。宇垣の決意はこのときにはもう定まっていたとみられる。

蝦名の書物にそって八月十五日の宇垣長官の動きを追ってみる。

蒸し暑い壕内の長官室で、おそらく宇垣は八月十四日から十五日にかけての夜を殆ど一睡もしなかったと思われる。外国放送の傍受を続けている司令部では、日本政府がポツダム宣言を受諾することも、十五日がその運命の日になることも既に承知していた。だが、開戦前の軍令部第一部長としてこの大戦の計画を立案し、以後数々の主要作戦を指揮してきた宇垣としては、敗戦という屈辱の事実を到底呑むことはできなかった。

運命の十五日を迎えて、宇垣が当直参謀を呼んだのは午前四時近くであったろう。長官から彗星艦爆五機に至急沖縄攻撃準備をととのえよと命じられた当直の田中正臣作戦参謀ははっとした。長官自らが出撃するつもりではないかと直感した彼は、直ちに宮崎先任参謀に報告する。既に海軍総隊からは呉《くれ》鎮守府を通じて五航艦に対し、対ソ及び対沖縄積極攻撃を中止せよという命令が届いていたのであるから、宇垣の命令は異様といえた。真意を確かめに来た宮崎に、宇垣は珍しく微笑を浮かべて答えた。

「おれが乗ってゆくのだ。すぐに攻撃準備をととのえてくれたまえ」

驚いた宮崎参謀が長官の翻意を促そうとして懸命な懇請を続けたが、もういつもの黄金仮面の表情にかえった宇垣の意志を変えさせることはできなかった。デング熱で病臥していた横井参謀長も来て説得したが聞かず、宇垣と海兵での同期である城島高次十二航空戦隊司令官も駆けつけて来て、皆涙を流しながら翻意を迫ったが宇垣の出撃の意志はまったく動じない。

「武人として、おれに死場所をあたえてくれ。皇国護持のために必勝を信じて、喜んで死んでいった多数の部下のもとへ、おれもやらせてくれ。……後の事は、後任の長官ももうすでにきまっていることだろうから心配はいらない。なすべきことは、既になした」

そういうとき、むしろ宇垣もまた幕僚達に彼なりの懇願をしているようであった。沖縄特攻の菊水作戦に無数の若者達を非情な命令で送り出して来た最高司令官として、彼等のあとを追う以外に宇垣の身の処し方はないようであった。それだけではない。宇垣が死場所を求めてきたのは、昭和十八年四月十八日の山本五十六連合艦隊司令長官の戦死以来であることを幕僚達は知っている。ブイン上空で待ち伏せの米軍機に山本長官の搭乗する一式陸攻一番機が襲われたとき、宇垣の乗る二番機も撃墜され大怪我を負いながら彼は奇蹟的に命を拾ったのである。

いまようやく死場所を得たという宇垣の本心は、幕僚達にも痛い程に通じている。それが分っていながら、しかし賛成できることではなかった。蒸し暑い壕内で延々と、生死を賭けた男達の説得と懇願、拒否と沈黙が繰り返されていたずらに時が過ぎた。

遂に正午を迎え、彼等はいったん壕を出て外に整列し、号令台の上に設けられたスピーカーから流れる天皇の放送を直立して聞いた。聞き取りにくい放送であったが、終戦を察することはできた。長官室に戻った宇垣の両眼から涙が溢れていた。玉音放送によって一縷の望みを絶たれた彼は、直ちに『戦藻録』に記す。

〈正午君が代に続いて天皇陛下御自ら御放送あそばさる。ラジオの状態悪く、畏れ多くもその内容を明にするを得ざりしも、大体は拝察して誠に恐懼《きょうく》これ以上のことなし。親任を受けたる股肱《ここう》の軍人として本日この悲運に会す。慚愧これにしくものなし。ああ！

参謀長に続いて城島十二航戦司令官余に再考を求めたるも、後任者は本夕到着することを明にして、爾後の収容になんら支障なし。いまだ停戦命令にも接せず、多数殉忠の将士の跡を追い特攻の精神に生きんとするにおいて考慮の余地なし〉

もはやこれ以上説得し切れぬと諦めた宮崎先任参謀が、第七〇一航空隊艦爆隊長中津留大尉を司令部に招いて沖縄突入命令を伝えたのは、その払暁長官が当直参謀に準備を命じた時からかぞえて十二時間余を経てのことであったというから、午後四時近くであったことになる。

〈一六〇〇幕僚集合、別盃を待ちあり。これにて本戦藻録の頁を閉ず〉

四年近く書き続けてきた日録を閉じて、宇垣が壕内の司令部食堂での幕僚達との別れの場に臨んだのが一六〇〇、すなわち午後四時。別れの盃を乾し、中将の階級章を取り除き(司令官の戦死を敵に知られぬため)、第三種軍装を着用して山本五十六元帥から贈られた短刀を手に、長官旗を掲げた車に宇垣は乗り込んだ。参謀長以下の幕僚も二台の車であとに従い飛行場へと向かった。五分程の距離でしかないから、長官が飛行場東端の指揮所前に着いたのは、四時十五分頃と思われる。

列線に並ぶ彗星十一機は既にごうごうとエンジンを始動させ、搭乗員二十二名は二列横隊に整列して長官を待っていた。宮崎は宇垣に追い縋《すが》るようにして、自分もお伴をしたいと涙ながらに懇請したが、「ならぬ。残ってあとのことを頼む」と固く拒まれた。折りたたみの椅子の上に立上った長官は、全員に最後の訓示をする。

「第五航空艦隊は全員特攻の精神をもっていままで作戦を実施してきたが、陛下の御発意により終戦のやむなきに至った。しかし今日ただいまより、本職先頭に立って沖縄に突入する」

椅子を降りた宇垣は中津留大尉に近寄って、「命令と違うではないか——」と不審の眼を向けた。彗星五機の準備を命じたはずなのに、列線には十一機が並び搭乗員も二十二名が整列しているのだ。

「私は五機出動を命じたのですが、部下が命令を聞かないのであります。長官が特攻をかけられるというのに、五機と限定するのはもってのほかである、出動可能の十一機を全部飛ばせるべきだ、もしどうしても命令が変更されないようなら、われわれは命令に違反を承知で、ついてゆくといって聞き入れないのであります」

中津留大尉が頬を紅潮させて烈しい口調でいうと、宇垣は黙って頷いていたが、「よろしい。では、命令を変更する。彗星艦爆十一機をもって、ただいまより沖縄の敵艦隊を攻撃する」と告げた。一斉にワーッという歓声が挙がり、「掛かれ」の号令と共に彼等はばらばらと各自の搭乗機へと駆け寄って行った。

中津留大尉の操縦する一番機に宇垣が近寄ったとき、既に後部席には遠藤飛曹長（飛行兵曹長）が坐っていた。彗星四三型は二人乗りで、後部席の偵察員が針路を計算して前の操縦員に伝えるのだが、乙飛九期の遠藤秋章は偵察のベテランであった。交代せよという宇垣の命令を聞かずに、遠藤は自席から降りようとしない。やむなく狭い後部座席に二人で乗り組むことにして、宇垣が坐ったその股の間に遠藤が窮屈そうに坐り、そこから宇垣は出発合図の手を振った。

一番機が大分飛行場を別府湾上空に向けて離陸したのは、多分午後五時に近かったと思われる。一機また一機と砂塵を捲いて二度と還らぬ飛行へと、日本海軍最後の特攻機十一機の艦爆彗星は飛び立って行った。「帽振れ！」の声に、見送る者達はちぎれるように帽子を振り続けていた。多くの者が頰を濡らしていた。

突入に先立って宇垣長官が全軍に対して打電した訣別の辞は、次の通りである。

「過去半歳ニ亘ル麾下各隊勇士ノ奮戦ニ拘ラズ、驕敵ヲ撃砕皇国護持ノ大任ヲ果スコト能ハザリシハ本職不敏ノ致ス所ナリ　本職ハ皇国無窮ト天航空部隊特攻精神昂揚ヲ確信部下隊員ノ桜花ト散リシ沖縄ニ進攻皇国武人ノ本領ヲ発揮驕敵米艦ニ突入撃沈ス

指揮下各部隊ハ本職ノ意ヲ体シ来ルベキ場合ニ苦難ヲ克服シ精強ナル皇軍ノ再建ニ死力ヲ尽シ皇国ノ万世無窮タラシメヨ　大元帥陛下万歳

昭和二十年八月十五日一九二四

機上ヨリ」

機上よりとなっているが、この電文はあらかじめ基地の電信室に用意されていたもので、機上からの指令電によって全軍に発信されたものである。その時刻が午後七時二十四分であった。「我奇襲ニ成功セリ」と打電して宇垣機が突入して行ったのは、それからちょうど一時間後である。（のちに詳述するが、宇垣機は米艦に突入していない）

結局、八月十五日夕刻大分飛行場を飛び立った十一機のうち、二機は途中で不時着し、一機は沖縄まで行って敵艦を見出せず還る途中で不時着したが、長官機を含めて八機は遂に還らなかった。不時着組は一名が死亡し五名が救助されたので、十八名が戦死をとげたことになる。

いま戦史をひもとくと、連合艦隊が告示する特攻第一号は、関行男大尉の率いる神風特別攻撃隊敷島隊で、昭和十九年十月二十五日マバラカット基地を発進し敵機動部隊に突入している。（実際には十月二十一日、久納好孚中尉が率いる第一神風特別攻撃隊大和隊が特攻第一号であったが、布告では関隊が第一号となっている。海軍兵学校出身の関大尉を第一号としたい事情が海軍にあったのだといわれる）

以後、終戦の日までに陸海軍合計の特攻出撃数は二八三一機、これに直掩機三一四機を加えると三一四五機に及び、無数の若者達が機と共に南の海に散って行ったのである。

（時事通信社『ドキュメント――神風』による）

本来なら宇垣隊はその最後の頁に布告さるべき特攻隊であったが、しかし彼等はそこに公式に名を連ねることを許されなかった。昭和二十年十月一日付で連合艦隊副官の起案した「GF（連合艦隊）終第四二号」という公文書には、〈昭和二十年八月十五日夜間沖縄方面に出撃せる左記の者は特攻隊員として布告せられざるに付、一般戦死者として可然御処理相成度〉とあって、海軍大尉中津留達雄以下十六名の名が列記されているという。（秦郁彦『八月十五日の空』）

特攻隊として公式に認められなかった中津留隊の隊員は、死後二階級特進が許されず一般戦死者並みに一階級しか上らなかった。宇垣中将に至っては一階級も上らなかった。連合軍への配慮があったといわれる。

宇垣の突入死から六時間後、特攻隊の創設者といわれる大西瀧治郎中将もまた、海軍軍令部次長の官舎で自刃して果てた。「特攻隊の英霊に曰す。善く戦ひたり、深謝す。最後の勝利を信じつつ肉弾として散華せり。然れ共其の信念は遂に達成し得ざるに至れり。吾死を以て旧部下の英霊と其の遺族に謝せんとす。（後略・原文通り）」という遺書が残されていた。

大西や陸軍大将阿南惟幾《あなみこれちか》の自刃（八月十五日未明）と較べて、十七名もの兵達を死の道連れにした宇垣の自裁行為は、後世に批判を残すことになった。

昭和五十三年六月、寺司は大分でのテレビ・ローカル番組で、アナウンサーを交じえて劇作家榎本滋民と「最後の特攻隊」について鼎談したことがあった。榎本が最後の特攻隊の劇化を考えていて、そのための取材に大分入りした機会をとらえてテレビ局が企画した十五分番組であった。寺司が出演したのは、大分中学での先輩として榎本との交流があったことと、彼自身が特攻訓練を受けた甲飛十三期であったからで、特に最後の特攻隊について詳しく知っているというのではなかった。当然ながら榎本が主に語ったが、一番最後になって寺司が思わず声を昂《たか》ぶらせる場面があった。

「ねえ、寺司さん。どうしてもう戦争は終ったと分っていながら、みすみす死ぬと分っている特攻に行ったんでしょうね。こんな平和が来ると分っていて、なぜ二十二人もの若者が命を捨てようとしたんでしょうね」

なんと愚かな行為に走ったものですねといいたげな若いアナウンサーの問い掛けを受けたとき、寺司は思わず激しくいい返していた。

「どうして、こんな平和が来ると分るんですか。それはいまだからいえることで、昭和二十年八月十五日の時点では、日本がこれからどうなるのかは本当のところ誰にも分らなかったんですよ。飛行機の搭乗員は皆殺されるという噂が流れて、われわれは皆それを信じて恐れていたんですよ。毎日毎日死ぬことだけを教えられて、それだけを目標にしてきた若い彼等にとって、ある日突然訪れた終戦は殆ど意味を理解できなかったと思いますよ。──私には、八月十五日夕刻に長官と共に出撃した彼等の気持が痛い程に分りますね」

なぜあんなに興奮して彼等のことを弁護しようとしたのか、寺司自身にもあとで不思議な気がした。ただ、そのときの興奮がはずみとなって、彼が最後の特攻隊のことを調べたいと思うようになったのは確かである。

のちに、集めた資料の中に十一機の編成表を見たとき、寺司は眼を釘づけにされた。乗員の中に彼と同じ甲飛十三期を見出したのだ。不時着して生還した機に偵察員として搭乗していた栗原浩一二飛曹（二等飛行兵曹）が寺司と同期である。操縦員であった寺司達と違って、偵察員は実戦に出るのが早いとはいえ、この最後の特攻隊に同期の者が加わっていたことは衝撃であった。

寺司には、最後の特攻隊の諸記録が当然ながら宇垣中将を中心にまとめられていることに不満がある。同じ下士官であった身として、宇垣に従って飛び立った下士官達のことをもっと知りたかった。彼等は玉音放送を聞いてから夕刻までをどのように過ごしたのだろうか……。

大分の地で起きたこの悲劇を追うのは、大分に住みそしてかつて搭乗員であった自分の義務ではないかとさえ寺司は考えるようになっていった。

二　大分飛行場

テレビ番組に出演して「最後の特攻隊」について語ったことは、確かに一つのきっかけとなった。寺司には幾つかの情報が寄せられたが、さして役に立つ程のものはなかった。ただ、飛び立って行く最後の特攻隊の機影を見送ったという人物に出遇えたことは、収穫であった。

「とにかく会ってみると分る。まるで大分飛行場の主みたいな男だから」

紹介者がそういって気を持たせるので、余程の古参兵が現われるのかと思っていたら、ある夜訪ねて来たのは寺司よりも若い男だった。訊いてみると、終戦時にはやっと十四歳であったという。そんな少年がなぜ大分飛行場の主なのかという寺司の疑問は、しかし話を聞き始めて直ぐに驚きへと変っていった。足立直泰はまさに大分飛行場の中で育った少年といってよかった。

大分川と裏川に挟まれた河口の中洲に飛行場が造られて、大分海軍航空隊が開隊された

のは昭和十三年十二月十五日である。(翌年十二月一日、第十二連合航空隊に編入される)

このとき足立直泰は七歳であった。飛行場は北は別府湾に向けて展《ひら》けていて、南端が彼の住む花津留部落に接しているので、部落自体が飛行場の一角の観を呈していた。部落の少年達にとっては、飛行場は広大なわがグラウンドのようなものであった。

飛行場の東側を囲む裏川の土手は内側に細い道が沿っていて、部落の者達は日頃そこを往き来するが、河口が満ちてくるとこの細道は沈んで土手の上を行くしかなくなる。土手に立てば眼下に飛行場は一望で、陽に輝く多くの飛行機を見ることができる。飛行場の滑走路の果ては青い別府湾で、国東《くにさき》半島の陸影まで視野にある。

直泰達は裏川の方から侵入して広大な飛行場を遊び場にした。厳しい番兵のときには追い払われたが、どの番兵のときなら許されるということを彼等も心得ていて、家から餅を焼いたのを届けたり、甘藷を油で揚げたのを新聞にくるんで行って渡したりしては、出入りを黙認された。その油も兵隊の呉れたものだった。

いったん飛行場の中に入り込めば、兵隊達から咎められたり追われたりすることはまずなかった。一様に「ぼんよ」と呼ばれて、どの兵隊からも可愛がられた。民間人との接触の少い彼等には、幼い弟のように見えたのかも知れない。「ぼんたちよ。おまえらの中で誰が一番強いんかな。おじさん達の前で相撲を取ってみせんか。勝った者にはほうびにいいものをやるぞ」とけしかけられて、直泰達が真剣に相撲を取ると兵隊達は囲んではやしたてた。あとで竹の棒のような太い物を褒美に貰ったときには騙されたような気がしたが、「いいからかじってみよ」といわれてこわごわ嚙みつくと、甘い汁が口中に滲んだ。台湾の砂糖きびだと教えられた。パパイヤを貰って呑んだこともあるし、黒砂糖や航空熱糧食を貰ったこともある。

そんな物を呉れるときには、兵隊はきっと直泰達の頭を押さえるようにして笑いながら訊くのだった。「ぼんよ、おまえ大きなねえちゃんはいるのか。いるんだったら、今度紹介してくれんか」

姉を持たぬことが直泰には残念だった。飛行場で彼等はよく兵隊の仕事を手伝った。燃料の入ったドラム缶を飛行機までゴロゴロと転がして行ったり、飛行機を押して移動させたりするのだった。

兵隊に叱られないままに彼等は随分無茶なこともやった。親しい兵隊の飛行機が滑走路へと移動して行くのを見ると、走って行って尾翼近くで手を振るのだ。風防の中から兵隊が「近寄るなっ」と叫んでいるのが見えるが、轟音に阻まれて声は届かない。「離れろ、離れろ」と手を振っているが、彼等は飛行機の近くから離れようとはしない。兵隊がブレーキを踏んでエンジンを噴かすと、ブオーッと風が吹きつけて捲き上げられた砂の粒がピシピシと顔に当たる。これにはたまらず少年達は逃げて行くのだった。風防の中の顔が笑って、飛行機は滑走路を疾駆しふわりと別府湾の上空へと上っていく。まだそれは太平洋戦争前の牧歌的な飛行場風景であったろう。

昭和十六年のちょうど海苔の種子つけの時期であったから十月末頃であろうか、別府湾を埋めて連合艦隊の大演習が繰りひろげられた。直泰達にとっては、少年雑誌の口絵でしか知らなかったような壮大なパノラマが眼前に展開されることになり、眼も心も奪われて海岸に立ちつくした。彼等は食事に帰ることさえ忘れ勝ちだった。

あれが加賀、赤城、瑞鶴、蒼龍などと、なじみの兵隊が指呼して空母を教えてくれた。飛行機は急降下の爆弾投下を繰り返し練習していた。それは直泰達がこれまで見たことのある爆弾投下法とは、ちょっと違って見えた。急降下して来た飛行機が爆弾を投下してから急上昇するといったやりかたである。これまで見慣れた投下法とは、どこかタイミングが違うようであった。不思議がる直泰達に、兵隊の一人が得意そうに説明した。

「ぼんたちよ。あれは日本軍が発明した爆弾の新しい投下法だぞ。なかなかむつかしいんだ。——それからな、このことは誰にもいうちゃいかんが、いまに大事が始まるぞ。これだけの大演習だからな。ぼんたちも早よう大きくなってお国のために奉公するんだな」

どこへともなく連合艦隊が去ったあと、なぜか波打際にはおびただしい缶詰が打ち寄せられて、大人も子供も総出で拾って帰り、赤飯の缶詰を蒸して食べたりした。壮大なパノラマが幻であったように消え去り、直泰達は気落ちしたが、それから間もなくして真珠湾攻撃の華々しい戦果が伝えられた。太平洋戦争の開幕であった。

戦争が激しくなって大分航空基地から出撃して行く飛行機も頻繁となった。さすがにもう尾翼に近づくような牧歌的な遊びは許されなくなっていた。直泰達は近くの天神様の境内に集まって、飛び立って行く機影を見上げてはお宮の白壁に機数を記録していった。彼等は互いに競い合うようにして、いつの間にか殆どの機種を識別できるようになっていた。いや、家の中にいて爆音を聞いただけでも機種をいいあてることができるほどであった。九六戦、九七艦攻、九九艦爆、零戦、紫電、雷電、月光、彩雲……。それぞれにひいきの機種も決まっていた。夕刻にはまた集まり、還って来る機影を見分けてどの機が未帰還かを白壁に刻み込んだ。

翌日搭乗兵に出会うと、「兵隊さんの飛行機は何号かい」と少年達が尋ねる。飛行機の番号は尾翼に記された数字の下二桁で呼ばれる。「ああ、その飛行機なら昨日五時過ぎに帰って来たろ」といいあてられて、兵隊はびっくりする。それだけではない。還ってくるまでの航続時間と、どの方向から降りて来るかを見ることで、彼等はその飛行機の攻撃目標地までもいいあてたりする。少年達は自らはそれとは知らずに、軍の重要機密に手を触れているようなものであった。

昭和十九年三月十五日、戦局の悪化とともにそれまでの教育隊としての大分航空隊を解隊し、大分海軍航空基地として文字通り第一線の作戦基地へと昇格した。同時に第十二海軍航空廠も付設された。

その年のある朝――直泰は十三歳になっていた――大分飛行場では未明からエンジンがごうごうと唸りを上げていた。ただならぬ気配に、直泰は朝飯も食べずに仲間を誘って天神様に待機した。出撃が始まったのは午前七時頃からであった。機影をかぞえては天神様の白壁に正の字を書き込んでいったが、飛行機はあとからあとから別府湾の上空に飛翔し続けた。大分飛行場でこれほどに大挙しての出撃を目撃するのは初めてだった。ついに六十七機までかぞえたとき、ようやく爆音がとだえて静寂が訪れた。これは大変な決戦なのだと思うと身体がすくみ、彼等は言葉もなく顔を見合わせていた。その日夕刻、還って来た飛行機はわずかに三機であった。それも見ていると、翼を傾けながらようやく辿り着いたという傷だらけの帰還であった。暗くなるまで残りの機を待ち続けたあと、少年達は黙って散って行った。

間もなく、台湾沖航空戦の大戦果が大本営から発表され、国民は久々のめざましい勝報に興奮し歓喜した。しかし直泰は首をひねっていた。それほどの大勝利なのに、なぜ六十七機の内三機しか還ってこなかったのだろう。その疑問を父に洩らすと、「そんなことは絶対に人にいうな」と怖い顔をして叱られた。実際にはこの戦果はまったくの誤認で、海底に沈めたはずの米艦隊は殆ど無傷のまま健在であった。これを誤認したばかりに、続くフィリピン沖海戦で日本海軍は大打撃を受け、主要艦を喪うことになる。

その頃には花津留部落の勤め人の家では搭乗員を寄宿させていて、直泰達は「おれんところは少尉だぞ」「なに、うちは中尉だぞ」「うちの兵隊さんは彗星艦爆だぞ」「いや、うちの兵隊さんの彩雲の方が速いんだぞ」「おれんとこの兵隊さんは勲章を持っちょるんぞ」などと互いに自慢し合っていたが、還らぬ兵隊が急激に増えていた。少年達にとって、自分の家から出て行った兵隊の還らぬことは寂しかった。出て行く兵隊に「いいかげんなところに爆弾を落としてさっさと還っちょいで」と耳許でささやきながら護符を手渡す年寄りもいた。

直泰が憲兵隊に逮捕されたのは、昭和二十年二月、大分中学二年の三学期であった。憲兵が学校に逮捕に来たから騒ぎは大きくなった。放課後で教室の掃除をしているときに、下の運動場から級友が「足立よー。憲兵がおまえを探してるぞーっ。いまのうちに逃げろ、早く逃げろ」と叫ぶのを聞いたが、二階の教室なので外に向けて飛び降りるわけにはいかなかった。既に憲兵は教師に案内させて廊下に来ていた。そのとき逮捕されたのは直泰だけではなかった。大分中学が三名、大分商業が四名の逮捕者を出した。いずれも、飛行場に侵入し飛行機の部品を窃盗し飛行機を壊したという大変な容疑であるから、校長も教師達も青くなった。

北新町の大分憲兵分隊に連行されたときには、既に家宅捜索で押収されたそれらの部品が取調べ官の机上に並べられていたので、隠しようもなかった。窃盗には違いなかったが、直泰達には盗んだという程の罪の意識はなかった。彼等はよく夜になると見張りの兵の眼をかすめて(実際には、見張りの兵も飛行機にもぐり込んで仮眠していることが多かった)、操縦席に忍び込んだ。幼い頃から飛行機に憧れ親しんできた彼等に、操縦席ほど魅力に溢れる小部屋は他になかった。夜光塗料でチカチカチカチカ光る沢山の計器類に囲まれていると、それだけで陶酔と興奮で胸が高鳴った。

直泰がアップ計を取りはずしたのも、その計器の仕組みが不思議でならず、どうなっているのか自分の眼で確かめたい気持を抑え切れなかったからだ。アップ計は飛行機の姿勢の角度を水位で表示する計器で、V形のガラス管の中に赤いアルコールが入っている。取りはずしてみると、その簡単な仕組みに拍子抜けしたが、ついそれを持って帰ってしまった。

彼等は四日三晩留置されて厳しい取調べを受けた。憲兵が執拗に疑ったのは、誰かにたぐられてのスパイ行為ではないかという点であったが、いずれも年季の入った飛行機狂の無分別な収集行為と分って、厳重な説諭の上釈放された。その留置中に慌ただしく電話に復唱する憲兵の声を聞いて、直泰は米軍の硫黄島上陸を知った。憲兵隊からは釈放されたが、学校からは退学させられてしまった。憲兵に逮捕されたということは、前代未聞の不祥事なのであった。この事件によって、直泰の飛行場への出入りは終った。それは同時に、彼の少年期の終りでもあった。

直泰の伯父に特高がいて、大分飛行場に付設された第十二海軍航空廠に配属になっていたが、直泰の退学を知ると「鍛え直してやるから航空廠に入れ」と勧めに来た。飛行機を造る工場に入りたいというのは、直泰のかねてからの希望でもあった。「飛行機を壊した罪で退学になったんだから、今度は飛行機を造って償いをしたい」という直泰の懇請を、父親は頑として許さなかった。視力が弱くて丙種合格で兵役を免れている父は田畑を作っているが、日頃のおとなしさに似ず、「軍隊関係は駄目だぞ」と、にべもなく一蹴した。そのときの父親の言葉が直泰には余りにも不思議だったので、後年になっても忘れることはなかった。

「軍の関係に入ってみろ。敗ければひどい目に合わにゃならん。勝ちゃあ勝ったで、軍縮ちゅうもんがあって失職する。どっちに転んでん、いい目にゃ合わん。そこへいくと、鉄道ほど確かなもんはないぞ。戦争に勝ってん敗けてん、鉄道がつぶれることたあなかろうが。おまえも鉄道に入れ」

父親はそういったのだった。父に押し切られた形で直泰は国鉄に入り、大分車電区に勤めた。三月十八日、大分市は初めてグラマンに襲われ飛行場が襲撃を受ける。四月二十一日午後零時十五分、B29一機からの数発の瞬発爆弾が海軍航空廠鈍《なま》し工場と木工場に命中し、工員、学徒動員を含めて七十余名の即死者が出るという惨事が起きた。その中には直泰のかつての同級生十八名も居た。伯父の勧めに従っていたら自分も爆死していたかも知れぬと思うと、直泰は肝を冷やした。

飛行場の爆撃を皮切りに、グラマンやロッキードP38などが連日のように大分市上空を襲い、地上の飛行機は撃たれ放題になり牧の丘陵の掩体壕《えんたいごう》に隠さねばならなくなった。不発弾は滑走路に大きな穴をあけて埋まり、危険表示の赤旗は日毎にその数を増して立ち並んだ。七月十六日深夜から十七日未明にかけて侵入した約三十機のB29は六千発の焼夷弾を投下し、大分市街は火の海と化した。一夜で被災者は一万七三〇人に達した。

八月十五日、直泰は同僚達と南大分にある国鉄所有地の芋畑に芋の蔓《つる》がえしに行っていた。その日重大放送のあることは知らされていたが、芋畑で働いているうちにラジオを聞き逃した。帰って来る途中、水を飲ませてもらいに寄った家で、警防団の男達が「畜生！

敗けた、敗けた」といって激しく泣いているのを見た。そんな馬鹿なことがあるものかと、信じられずに走って帰ったが職場はなぜかがらんとして誰も居なかった。そのまま家に帰って確かめると、父はいつもの平静な声で「戦争は終ったぞ」と答えた。直泰は力が抜けたようにその場に坐り込んだ。

午後四時頃であったろうか、トウちゃんと呼ばれている近所の触《ふ》れ役の小母さんが一軒一軒触れて来た。「いまから特攻隊が出るけん、なんか音のする物を持って直ぐ飛行場に行っちょくれ」

トウちゃんのあとを追うようにして駆け出そうとする直泰は、「ちょっと待て」という声に呼び止められた。「馬鹿が。行くこたあいらん。もう戦争は終ったんじゃ。勝手に死にに行くもんを、なんでわざわざ見送るんじゃ。見送るこたあいらんど」

父の語気の激しさにたじろいで、直泰は足を止めた。これまで、もう幾度も触れが廻ってくるたびに出撃を見送っているが、父に止められることはなかった。トウちゃんが触れて来れば、花津留の者達は大井手《おおいで》の土手の上に立ったり飛行場の南端の境界まで来て、ドラム缶を捧で叩いたり蜜柑《みかん》箱を叩いたりして、見送りの合図を送るのが常だった。それをなぜ今度に限って父が止めようとするのか。直泰にはまだ、玉音放送後に飛び立つ最後の特攻隊の意味が理解できていないのだった。

どうしても行ってみたい直泰は、父が便所に行った隙に家を飛び出した。トウちゃんが触れて来てから小一時間は経っていた。もう飛び立ってしまったあとかも知れないと焦りながら、一目散に駆けた。飛行場の境界までは三百メートル足らずである。部落の者達が立ち並ぶ中に割り込んだとき、前方別府湾の上空に上昇して行く四機の機影をかぞえた、

「あーあ、みんな行ってしもうた」と隣りに立つ老婆が気落ちしたように呟いた。

最後の機影はあっという間に視界から消え去ったが、直泰は腑に落ちぬ顔をしていた。三機は確かに彗星艦爆であったが、一番最後の機影は紛れもなく一式陸攻であった。大きさといい、やや尻の下がった飛び方といい、一式陸攻に間違いなかった。彗星と共に一式陸攻も特攻に行ったのだろうか。しかし、それならなぜ一番先を行かないのだろうか。それが不審な点であった。一式陸攻は電探を備えているので、彗星に先行するはずであった。

「直ちゃん、あんたどうしたんかえ。来るんが遅かったじゃないか」

トウちゃんの不審そうな声に曖昧な返事をして、直泰は機影の消えた夕空をいつまでもみつめていた。

「私にはいまでもあの一式陸攻一機のことが謎なんです。誰もあの飛行機のことをいう者はいませんし、何かの間違いだったかなと思ったりもするんですが、でも、確かに私は見たんです。あのときもう三十分早く飛行場に着いていたら、はっきりしたことが分ったん

でしょうが……。寺司さんは何かの記録で、一式陸攻が最後の特攻隊に同行したという記事を見たことはありませんか」

寺司には初めて聞く話であった。これまでのどの記録を見ても、最後の特攻隊は彗星艦爆十一機で、他の飛行機が同行したという事実には出遇っていない。しかしこれほど飛行機に精通している足立直泰が、遠眼とはいえ機影を見間違うとも思えない。では、一式陸攻はなぜ彗星と共に飛び立ち、いったいどこへ消えたのか。

「一式陸攻のことはまったく初耳です。不思議な話ですなあ。——その謎は私も心がけて調べてみましょう」

寺司は足立に約束したが、内心ではいまとなってはもう幻の一機の解明は無理であろうと投げていた。まさかその謎が一カ月足らずで解けようとは、そのときの寺司には夢想もできぬことであった。

旧知の新聞記者に相談したことがよかった。最後の特攻隊に同行したと思われる謎の一式陸攻に関する情報を求めているという寺司の話を、西日本新聞が終戦秘話として記事にしたのだが、驚いたことに「その一式陸攻の機長は私でした」という人物が、直ぐに新聞社に名乗り出たのであった。思いもかけない展開であった。

その人物に会うために寺司が鹿児島本線の東郷駅（福岡県）に降り立ったのは、昭和五十三年九月半ばであった。

三　最後を見送った機

「戦後三十三年も経って、突然あの一式陸攻のことが新聞に登場したのには、驚きましたよ。直ぐに西日本新聞社に電話を入れましてね。——あれが最後の特攻隊と間違えられたのは当然でしょうな。一番最後の彗星に続いて飛び立ったもんですからなあ」

玄海灘を背にした松林の一画にある居宅で、和服の辻野申二（五十八歳）は往時を語り始めた。既に警察を退職して静かな隠棲の日々という。

「あのときの一式陸攻には十一人が乗っていましてね、私が機長でした。あの八月十五日、われわれは美保基地へ還るために出発準備をしていたんです。そこへ急に特攻機が先に出るという指令が届いて、待機したわけです。……ええ、われわれは八〇一空に属していましたから、鳥取の美保基地が本拠地でした。大分基地へは一個中隊九機で移って来たと思いますが……さあ、大分へ来たのはいつでしたかなあ……」

戦争末期、搭乗員達は飛行機と共にめまぐるしいまでに各基地を移動している。その移動にどのような戦術的意味があるのかも知らされぬままに、ただ指令に従って将棋の駒のように動かされた。

丙飛出身の辻野上飛曹（上等飛行兵曹）も、昭和二十年四月には鹿屋基地にあって、沖縄戦に参加している。もはや飛行機の払底したこの時期には、この中型の一式陸攻までが特攻機として突っ込むようになっていた。四月十二日に第三神風特攻神雷攻撃隊として八機が、十四日には七機、十六日には六機の一式陸攻がいずれも鹿屋基地から沖縄へ突入している。いったん砲火を浴びると、火の回りの速さからライターと呼ばれたほどに敵の攻撃には弱い機であった。それにもかかわらず、辻野は幾度も死線をくぐり抜けた。

四月十九日——日付けを覚えているのは自分の誕生日だったからだが、その日辻野は既に米軍の手中に落ちていた嘉手納《かでな》基地の爆撃に出撃することになっていた。ところがその朝になってマラリアの高熱を発して立てず、急きょ渡辺大尉が辻野の愛機に機長として乗り込んで出撃した。その日、彼の機は還らなかった。自分が死ぬはずであったのにと、辻野はくやんだ。四月二十日現在で宇垣天航空部隊（昭和二十年三月末の天号作戦以来の、宇垣指揮下の航空部隊の呼称）の総機数はわずか六百機に減じていた。

自分の搭乗機と乗組員を喪ったために、その後の沖縄戦には参加できぬまま、辻野は六月一日に美保基地へと後退し、そこで新たなペアを組んだ。あの苛烈をきわめた沖縄戦で散らなかったのも、彼につきまとう強運といえた。彼は昭和十五年中国大陸での重慶爆撃に参加して以降、数多くの激戦に遭遇しながらいつもその強運で不思議なほどに生き延びていた。

美保基地から大分基地へと移って来てからも、あやうく命拾いをしている。七月十八日、試飛行に飛び立とうとして離陸した直後に、エンジントラブルで高度一〇〇メートルから失速墜落したのだが、奇蹟的に死者は出なかった。重傷者は亀川の海軍病院に送られたが、足に傷を負っただけの辻野は別府の鉄輪《かんなわ》温泉で入浴治療に専念することになった。地獄のような沖縄戦線を生き延びてきた辻野には、温泉宿でのくつろいだ入浴三昧は命の洗濯のようであった。死にたくないという思いが湧くのをどうしようもなかった。

鉄輪温泉からびっこを引きながら丘陵の横穴壕に帰って来ると、司令部は慌ただしい雰囲気で「おお、いいところに帰って来た。これから直ぐにウラジオの偵察に飛んでくれ」と命令された。それが八月九日でソ連の参戦した日であった。ウラジオストックの上空に来てみると、対空砲火はなくて探照灯のみが揚がり、ああ、これなら生き延びられるかも知れぬと、ひそかに思った。

ウラジオストックの偵察には大分基地からよりも美保基地の方が近いので、八月十五日夕刻までに美保基地に帰還せよという指令を辻野が受取ったのは、確か十三日であった。美保基地に引き揚げるに先立って、八月十五日の朝、辻野は別大電車で鉄輪温泉の宿に別れの挨拶に出かけた。二十日余に及んだ逗留療養中、旅館の者達からは家族のように親身な世話を受けたのだった。正午の玉音放送も旅館の者達と一緒に聞いたが、何を告げているのかは皆目分らなかった。

基地に帰って来ると、皆放心したように茫然としていて、泣いている兵が幾人もいた。総員集合があって敗戦が告げられたのだという。思わず、「嘘をいうなっ」と叫ぶと、「嘘じゃありません。あれを見てください」といって、兵の一人が泣きながら下の道を指差した。高城《たかじょう》のエンジン工場の工員達が丘陵の下の道を帰るのが見えたが、彼等も皆泣きながら歩いていた。エンジン工場も既に被災して大在《おおざい》の横穴に疎開していたが、少数の工員は残っていてその彼等が早々に解散を命じられたのであろう。基地司令部では正午の玉音放送のあと、大分合同新聞社に兵を派して既に終戦の詔書を書き写して来ているのだという。

終戦はもはや疑えなかったが、しかし十五日夕刻までに美保基地に帰還せよという命令に変更が届いていない以上、従うしかない。辻野は予定通り帰ることにして部下と共に飛行場に行き、一式陸攻の整備が終るのを待った。そこへ、彗星十一機が先に特攻に飛び立つという緊急の指示が届いた。間もなく指揮所の前に特攻隊が整列するのを遠くから見たが、まさか宇垣長官自らが行くのだとは知らなかった。辻野達にとっては、宇垣中将は近寄ることもできぬ雲の上の存在である。大分基地に五航艦司令部が移って来ていることさえ、知らなかった。

整列が崩れてばらばらと列線の飛行機へ駆けて行く群れの中から、思いがけなく一人の搭乗員が辻野の方へ駆け寄って来ると、さっと敬礼して声をはずませた。

「辻野兵曹ではありませんか。シャン空（上海《シャンハイ》航空隊）でお世話になりました山田です。——只今から沖縄特攻へ出発します。最後にお目にかかれて嬉しいです。思い残すことはありません」

飛行帽の下の顔は、確かに上海時代に教えた飛練（飛行練習生）の偵察練習生山田勇夫であった。辻野はこれまで多くの偵察搭乗員を育てて来ていたが、甲飛十一期の山田上飛曹もその一人であった。

「戦争はもう終ったんだぞ。そのことを知っていて行くのか。おまえたちは命令で特攻に行くのか！」

辻野は山田の眼をみつめると、咎めるように鋭く訊き返していた。若い彼等をみすみす死なせたくはなかった。

「いえ、これは命令ではありません。私たちはすすんで宇垣長官のお伴をいたします」

「なに、長官が行かれるのか——」

第五航空艦隊司令長官自らが特攻に出撃するという異様さに、辻野は眼をみはった。思わず長官の姿を眼で探したが、どこに居るのか分らなかった。

「そうか、長官のお伴ができるとは光栄だな。成功を祈るぞ。――おれたちもこれから美保基地に帰って、ウラジオのソ連軍に突っ込むのだ。あとに続くからな」

とっさにそんな言葉が辻野の口を突いていた。嘘であったが、そう告げることが飛び立つ教え子への慰めになればと思ったのだ。山田上飛曹は大きく頷くと、再び敬礼してきびきびと搭乗機の方へと走り去った。これが最後の別れになる後姿を、辻野は佇立《ちょりつ》して見送った。

やがて一機また一機と離陸して行き、最後の彗星が飛び立ったあと、続いて彼は出発の合図をした。夕刻までに美保に帰り着くには急がねばならなかった。地上で見送る者達は一式陸攻もまた特攻機だと思い込んだふうで、機に向かっていつまでも「帽振れ」を続けていた。美保基地に還るには別府湾上空からそのまま北へ向かわねばならないのだが、「帽振れ」で見送られている以上彗星と別れるわけにもいかなかった。それに最後の特攻機を見送ってやりたい思いもあって、右旋回してしばらく特攻機の後尾についたあと、津久見湾上空まで来てから北に反転し帰還の途についた。

新型爆弾に潰滅《かいめつ》したと伝えられる広島上空に来て、辻野は茫然とした。高度一〇〇〇メートルで飛行したのだが、見降ろす視野一望が焼野原で、唯一ドームだけが残り太田川が鈍く光っていた。ああ、やはり日本は敗けたのだという実感が初めて胸に強く迫った。

美保基地に還り着いたのは午後六時半頃であったろうか、寄宿している農家に帰って行くと、その家の子供達から「やあ、敗残兵だ、敗残兵が帰って来た」とはやされた。子供達の冗談と受けとめながら、しかし内心ぎくりと応えていた。まさに彼は敗残の思いに打ちひしがれていた。

翌十六日午前十時総員集合の指令で基地に集まると、岡本中佐が「戦争は終ったので本日を以て隊を解散する」と告げた。各地区毎にまとまって飛行機に乗って帰れ、そして本日以降は互いに個に還って決して連絡を取り合うなというのが、解散にあたっての指示であった。飛行機乗りがまっ先に米軍から殺されるという噂が早くも流れていて、逃げ散るように蒼惶《そうこう》とした別れであった。

九州勢は鹿屋基地に飛行機を飛ばすというので、それではかえって遠くなる辻野は汽車で帰ることにした。辻野の故郷は福岡県の玄海町である。関門海峡で米軍が飛行兵を厳しくチェックしているというので（実際には噂だけだったのだが）、飛行靴をサンダル状に切り、何一つ持たずにシャツだけの姿で帰郷の途についた。無事に関門トンネルを九州側に抜け出たとき、ようやく人心地に還った。家に帰り着いたのは十七日の午後四時頃であった。軽い中気にかかっていて椅子から立てない母が、彼の姿を見ると涙を浮かべて震える手を差し伸べた。

厚木を初めとして各基地で徹底抗戦を叫ぶ混乱が続いている中で、美保基地での八〇一空隊の解散は実にすばやかったといえる。尤も余りにも慌て過ぎて残務整理を放り出して散ったために、九月に入って改めて辻野達はもう一度ラジオ放送で基地に呼び戻されている。そのとき退職金として昭和二十一年一月十五日付けの額面三千円の小切手を受取ったが、結局これはのちにマッカーサー指令により支払い差止めの紙屑と化し、辻野は破り捨ててしまった。

「――結局、最後の特攻隊を一番最後まで見送ったのは、あなた方ですね」

寺司が感慨をこめていうと、辻野は深く頷いた。

「そういうことになりますなあ。――しかし、特攻機と津久見湾上空で別れたとき、どういう感慨を抱いたのだったかとなると……いまとなっては、もうはっきりと覚えていないんですよ。いまから考えれば奇妙に思われるかも知れませんが、あの時点では何か格別な悲劇だという感慨は抱かなかったような気がするんですけどね。われわれだって停戦命令はまだ受取っていませんでしたし、美保基地に還れば彼等と同じようにどこに突っ込めと命令されるか分らないという気持がありましたし……」

辻野のその言葉を、寺司はそのまま理解できた。

「山田上飛曹は終戦を理解できていたでしょうか」

寺司の一番気がかりな問いに、辻野は少し考えてから答えた。

「本当のところ分っていなかったんじゃないかな。それを考えるゆとりなどないままに飛び立ったと思いますな。放送があってから、やっと四時間か五時間ですものね」

恐らくそうであったろうと、寺司も思う。ただただ戦うことのみを強いられてきた兵達にとって、終戦という言葉は余りにも突然に降りかかったのであり、耳では聞きとめながらそれが明日からの自分にどういう意味を持つのか、誰にも分りはしなかったのだ。いや、これもまた敵を油断させるための大がかりな謀略だという噂さえ、まことしやかに信じられたのだ。

大本営海軍部から正式に全基地に対して停戦命令が示達《じたつ》されたのは、十六日も午後四時になってであった。そのときを以て、日本軍は公式に戦をやめたのである。

辻野申二が指揮する一式陸攻を操縦していた田中里行一飛曹（一等飛行兵曹）に寺司が会ったのは、辻野の話を聞いてからほぼ二カ月あとのことであった。先に聞いた話の中身で、ちょっと確認したいことがあって辻野に電話をしたとき、そういうことなら田中里行の方が正確に記憶しているかも知れないといって、紹介されたのだった。所用で上京した帰りに、大阪空港のロビー喫茶店で話し合った。田中が貝塚市から出て来てくれたのだ。

寺司が辻野に確かめようとしたのは、些細なことであった。八月十五日午後鉄輪温泉から帰って来たとき、壕の下の道を海軍航空廠エンジン工場に働く勤労学徒達が泣きながら帰って来るのを見たという光景に、寺司はひっかかった。おかしいと思ったのは、高城の山際にあるエンジン工場から帰る工員や学生達が、海軍に接収されている牧部落の道をなぜ通ったのかという点である。些細なことには違いないが、そういう疑問に出遇うと寺司は落着かないのだった。

田中は言下にその疑問を解いてくれた。辻野達八〇一空の居た壕は、五航艦司令部や七〇一空の居た牧の谷間から離れて、やや東側にあたる護国神社の上り口にあるのだった。そこなら、高城のエンジン工場はごく近いことになる。そういう位置にまで壕のあったことを、寺司は初めて知らされた。「よく護国神社の石段を駆け足で登り降りさせられて、鍛えられたもんですよ」と、田中は笑った。

八月十五日正午、田中一飛曹はその壕の外に整列して、机の上のラジオから流れ出る天皇の声を聞いた。「今度はえらく永い休暇になりそうだな」と、その日の午後皆で話し合った記憶があるから、放送のあと間もなくにはもう終戦を知っていたらしい。

美保基地に還るために飛行場に来たとき、サイパン作戦（日本本土への空襲の発進基地であるサイパン島の米軍基地を攻撃する作戦）のため木更津へ出発する一式陸攻が一機、既にエンジンを響かせて滑走路へ向かおうとしていた。田中は飛行機の前に飛び出して行くと、操縦席に向かって両手で×印を組みながら「降りろ、降りろ」と大声で叫んだ。降りて来た操縦の橋本兵曹に、「おい、もう戦争は終ったんだぞ」と告げると、エーッといって橋本はその場に坐り込んでしまった。

飛行場で待機していると、遠くの指揮所の前に整列している群れからワーッという鬨《とき》の声が挙がった。恐らく宇垣長官が五機から十一機に命令を変更して、全員を連れて行くと告げたときの隊員達の歓声であったのだろうが、田中には何が進行しているのか分らなかった。「あれは艦爆の連中です。これから沖縄に特攻をかけるそうですよ」と整備兵が教えてくれたが、まさか宇垣長官が率いて行くのだとは知らなかった。辻野機長からもそういう説明は聞かされなかった。

最後の特攻機を見送って、わざわざ津久見湾上空まで遠まわりして行ったことすら、当の操縦者でありながら田中の記憶は消えていた。

広島上空を飛んだ印象の方は鮮明に脳裡に焼きついている。三〇〇メートルの低空まで降りてみたが（辻野は高度一〇〇〇メートルと語ったが）、一瞬地上が一面の田圃《たんぼ》のように見えた。茫々と拡がるのっぺらぼうの焦土が、ちょうど鋤《す》き返されたばかりの黒々とした田圃のように見えたのだ。

美保基地に還り着いた夜、辺りの村は大騒ぎになっていた。村の者達が大八車に荷を積んでガラガラと音を立てながら山の方に避難しているのだった。沖に爆発音と閃光が続いて（それは機雷を処理している音であったのだが）、ソ連軍が上陸して来るという噂が人々をパニックに陥れたのだった。避難騒ぎは夜を徹して続いた。

翌十六日、八〇一空は解散となり、田中は大分県の宇佐基地まで復員兵を輸送した。一度に二十五人ずつ三度往復したが、その三度目の飛行でエンジンが不調となった。さいわい宇佐基地の格納庫に一式陸攻最新型のM３があったので、それに乗り換えて帰ることにした。鹿児島の出水《いずみ》飛行場に降りる三人を乗せていた。機上からの見納めかも知れぬと思って阿蘇山の上を飛んだが、八代駅の上空あたりでエンジンが煙を吐き始めた。やむなく八代の海岸に不時着し、その夜は近くの民家に泊めてもらった。

翌朝飛行機に戻ってみると、驚いたことに一夜の内に電信機もラジオも水晶機も機銃も車輪までもが持ち去られていた。駐在所に届けて警防団にも出てもらい回収してまわったが、村の者達はこの機関銃で村を守るつもりだといって渡そうとしなかった。飛行機はもはや飛べないので、海岸で燃やした。

田中里行は八代駅から故郷の熊本県有佐《ありさ》へ汽車で帰って来た。兄弟三人の中で一番早い復員であったが、二人の兄は遂に戦地から還らなかった。

「いまになってみると不思議なほど、最後の特攻隊の印象は薄いですねえ。どうしてでしょうねえ。津久見上空まで見送ったことも覚えていませんねえ……。辻野さんがそういわれるんでしたら間違いないでしょうが……」

田中が済まなそうにいうのを聞きながら、寺司はまたしても兵達の八月十五日を考え込まざるをえなかった。いま振り返る昭和二十年八月十五日は日本の歴史に刻印された終戦の日であるが、しかしあの時点での兵達にとっては、それまで続いてきた永い戦争の延長上にいたと考えた方が、実態を誤まらないだろう。高速度で走って来た自動車が、急ブレーキを掛けられても尚余勢で前へと進むように、殆どの兵達が唐突に制御され余勢のままに前のめりになっていたのだとみれば、田中一飛曹の最後の特攻隊への無関心ぶりも納得できる。宇垣長官の同行を知らなかった田中にしてみれば、八月十五日夕刻の彗星隊もまた、沖縄戦で連日のように飛び立って行った特攻隊のもう一つの例でしかなかったことになるのだから。

思いがけぬなりゆきで、最後の特攻機を見送った一陸攻の機長辻野中二と操縦の田中里行の話を聞けた日からでも、既に四年余が過ぎている。その間絶えず気には掛けながら、寺司の調べはまったくといっていいほど進まなかった。大分飛行場での出来事でありながら、この事件に関しての目撃者は市内にも殆ど居ないようだった。民間から隔離された飛行場での出来事であったし、誰もが敗戦に動顛《どうてん》していたことを考え合わせれば、情報の乏しさも無理からぬことといえた。断片的な情報は幾つか耳に入ったが、突きつめていくとあやふやな話となって消え込んでいった。

中でも驚かされたのは、下宿の主人が一人の特攻隊員を縛り上げて出発させなかったという挿話を耳にしたときである。明日は特攻に飛び立つからといって別れの挨拶に来た隊員を、下宿の主人は酒をふるまって酔いつぶしてしまい、荒縄で縛って押入れに封じ込めたという。それが最後の特攻隊に加わるはずの隊員で、朝になって醒めた彼が叫んだり泣いて懇願したりするのにも耳を貸さず、遂に縄を解こうとはしなかった。そのために最後の特攻隊から脱落して生き残った搭乗員は、そのことを深く羞じて戦後出家し、いまも四国のさる僧坊で最後の特攻隊の菩提をとむらっているのだという。

この劇的な挿話が事実なら、寺司は直ちに四国に渡りたいと気負いたった。最後の特攻隊隊員のことを聞けるはずである。だが、話の出所を辿っていくうちに次第に曖昧になって、何の裏付けも得ることはできなかった。考えてみれば、中津留隊の搭乗員達が前夜から特攻出撃を知らされていたはずはないのだ。まして、特攻出撃を阻むほどに豪気な民間人が居るはずもない。前夜から翌日の終戦を見通していた下宿の主人など居るはずもないのだった。最後の特攻隊をめぐって、いつしか小さな伝説が幾つか生まれていることを寺司は知らされた。

五航艦本部や大分基地司令部の置かれた牧部落には、何かをつかめるというのではなかったが幾度も足を運んでみた。国鉄日豊本線大分駅の東隣りの駅が高城駅《たかじょう》であるが、その中間よりやや高城寄りが牧地区である。部落の背後の丘陵を、土地の者は仏生寺山《ぶっしょうじざん》、松栄山《しょうえいざん》と呼ぶが、この二つの丘陵の谷間が大迫谷《おおさこだに》で、この谷に入り込んで両側の山腹に幾本もの横穴壕が掘られていた。

いまではもうこの丘陵もかなりの部分が削られ拓かれて、大迫谷の奥深くまで家が建ち並び、往時の面影は偲ぶべくもない。それでもまだ数本の横穴は残されていて、立入りを禁じて入口は柵などで塞がれているが、中を窺うことはできる。土肌がむきだしの荒れ果てた空洞で、入口がゴミ捨て場のようになっている壕もある。奥行きがどのくらいあるのか、入口からでは見通せない。どの壕が五航艦の司令部であったのか、いまではもう確定の手がかりもない。このような場所に昭和二十年八月の日本海軍の中枢部があったのだとは、信じ難い気がしてくる。宇垣長官も幕僚達も兵士達も、最初は牧部落の民家に寝起きしていたが、広島に原爆の落とされた頃からは常時壕内での寝起きとなったらしい。

　牧地区でも往時を知る者は稀で、ようやく訪ねあてた故老の話では、海軍による部落の接収は一方的であったという。昭和二十年四月上旬に施設部から人が来て、区長の家で説明会があり五月五日期限で立退きを迫られている。否も応もない強制であった。一時的な借り上げだから荷物は残して行ってもいいといわれたが、皆不安なままに荷物を積んで立退いて行った。

　立退く先が見つからずに、谷間や松栄山の上に掘立小屋を建てて住み着いた者もいる。遠くに移った者は、毎日田畑に通って来るのが大変だった。その往き帰りにきっと空襲警報が鳴り、溝の中などに避難せねばならなかった。やむなく、近くに移っている者達で農兵隊というのを組織して、部落全部の田畑を共同で管理することにした。農耕馬を世話してほしいと司令部に交渉した結果、基地司令部が憲兵隊から馬を借りてくれたが、毎日夕刻になると馬を曳いて三キロ程離れた憲兵隊に返しに行かねばならなかった。

「この家に一番偉い人が入っていたと聞いています」

　そういって寺司は大きな家に案内されたが、それが宇垣長官の宿舎であったのかどうかは語り伝えられていない。恐らく、宇垣長官が大分に在ることも極秘として伏せられていたはずである。『戦藻録』には、大分に到着した八月三日の記述の中で、宇垣は自分の宿舎についてわずかに触れている。

〈爆撃により破損せる日豊線鉄橋も修復し三時間半の遅延にて大分駅に〇七四〇頃着、半分焼失せる大分市を抜けて橋を越え山麓の新壕陣に将旗を移揚す。長官宿舎は直下に在る四室の百姓家此の辺にての大廈と聞く。此の辺蚊と蚤に苦しむ〉

　寺司はこの四年余の間に、最後の特攻隊に関して大分市内で調べのつくことは調べ尽したつもりだが、進展といえるものは何もないままに過ぎた。あとはもう七〇一空関係者に直接会って話を聞く以外に方法はないと分りながら、どこの誰に連絡を取ればいいのかすら分らないのだった。いや、それは本気になれば調べのつかぬことではなかったが、よしんばそれが分ってみたところで、寺司にはためらいがあるのだった。なぜ関係者でもない自分が調べようとしているのかを、どう説明すれば納得してもらえるのかと考えると、つい気おくれが先に立ってしまう。

　旧知の岩尾雅俊から、最後の特攻隊の慰霊祭に協力してもらえないかという話が持ち込まれたとき、寺司の驚きは大きかった。これは運命だと、ひそかに確信した。七〇一空関係者とこのような形で出遇えるとは、不思議な運命の糸につながれたと思うしかなかった。さあ、これで本格的な調査に入れるぞと興奮を洩らしたとき、妻の愛子は呆れたように彼の顔を見返した。

「どうしてあなたが、いまさらそんなことを一生懸命調べようとするのか、わたしには男の人の気持が分らないわあ。だって、あなたとは直接関係ないことなんやもん」

四　中津留大尉の父

東京での個展を済ませて来てからゆっくり行けばいいのにと、その性急さを妻に笑われながら寺司が津久見市に向けて車を走らせたのは、慰霊祭から七日を経た五月一日であった。端午の節句には少し早かったが、途中で柏餅を仏前の供え物に買った。

寺司は年に一度新宿の小田急デパートで木版画の個展を開いていて、いまではその日を心待ちにしてくれる愛好者もついている。今年も五月三日から上京して、五日から一週間の会期中を会場に詰める予定でホテルの予約も済ませている。今年の展示作品は「臼杵《うすき》の屋根十景」と「歌舞伎座の屋根六景」が中心になる。その準備のあれこれに忙しい思いをしている彼が、突然思いついたように今朝になって津久見に中津留大尉の父親を訪ねてくるといいだしたのだから、妻が呆れて止めようとしたのも無理はなかった。

「もう、ずいぶん高齢な相手だから、一日でも早く会って話を聞いておかんと、あとでとりかえしのつかん悔いを残すことになるかも知れんのだ。――なに、半日もあれば済むことだから」

　そんないいわけを残して家を出たのだったが、何かいたずらを見つけられた少年のような気恥ずかしさが心の隅に残っている。これでも慰霊祭の日から今日まで、よほど辛抱してきたのだ。肝腎な仕事を脇に置いてまで最後の特攻隊について尋ね廻ろうとする自分の衝動を、彼は妻の愛子にすらうまく説明できそうになかった。

　大分市から津久見市へは、坂ノ市、臼杵経由で車を走らせれば一時間足らずである。津久見市はセメントと蜜柑の町として知られるが、中津留家のある堅浦《かたうら》は地名から見当をつけておいたように、市街から少しはずれた海岸沿いであった。岸辺に車を止めて湾沿いの道を歩いて行くと、小さな蜜柑畑をへだてた位置にめざす家はあった。

「慰霊祭のときに司会をつとめさせていただいた寺司勝次郎という者です。あの折の写真が出来ましたので、中津留大尉の御仏前にお届けしたいと思いまして……」とあらかじめ電話で通じてあったので、老人は心待ちにしていた。対面して言葉を交してみると、さすがにもう耳が遠かった。

　仏壇に飾られている額の写真は少尉時代の中津留達雄らしく、海軍兵学校の校舎を背景にして夏の制服を着用している。何かの機会に兵学校を再訪したのであろう。頰がしもぶくれにふっくらして、おっとりした印象が伝わる。

「これと、もう一枚のほかにはほとんどはっきりした写真がありませんでなあ」

老人は歯のない口で詫びるように呟きながら、仏壇の引き出しからもう一枚の小さな写真を取り出して見せた。飛行機の操縦席に立上っている写真で、飛行服姿である。機体が九九艦爆であるところからみると、宇佐空時代の写真と思われる。

仏壇に手を合わせたあと隣りの座敷に移り、寺司は持参した慰霊祭の写真や特攻隊出撃直前の写真を応接台に拡げて、老人に説明を始めた。

寺司が持参したのはグラビア写真からの複写であるが、最後の特攻隊出撃直前を写した貴重な写真として、関係図書にはよく収録されているものである。一連の写真の一枚目は、指揮所前面に二列横隊に並んだ二十二名の特攻隊員を前にして、椅子の上に立つ宇垣長官がいましも出撃にあたっての訓示を述べている光景である。その刻が午後四時十五分から三十分頃にあたるはずで、整列した隊員達の影は列の前の地面に長く伸びている。やや後方の高所から俯瞰した撮影なので、各隊員の後姿が写されていて、どの背が誰とは識別がつかない。飛行帽の上から巻いて長く垂らした鉢巻や、背に十字に廻した襷《たすき》の白さが際立って眼を惹きつけるだけである。写真上方に大きな川が流れているが、これが飛行場の東側に沿った裏川で、対岸の遠景も入っている。指揮所のあたりには、幕僚達が十余人これは列を作らずにそれぞれに佇立してかたまっている。

「これが中津留大尉ですね」

寺司は整列した前列右端の搭乗員を、ペン先で差して示した。顔までは判らないが、指揮官の位置はそこになるはずである。老人はペンの差すあたりに視線を落としたが、定かには見分けがつかぬようであった。

「これも中津留大尉です」

寺司は別の写真を老人の前に押しやって、彗星操縦席に坐っている搭乗員をペン先で示した。これもやや斜め後からの撮影で、中津留の顔は分らない。後部の座席には略帽をかぶった宇垣長官の横顔が見える。その前に深くうつむいて顔の見えぬのが、遠藤飛曹長ということになる。狭い後部席に二人乗り組んで、随分窮屈な姿勢で計器を覗いているのであろう。滑走路に向かって移動する直前の写真と思われる。その写真に視線を落としたまま、老人がぽつりと呟いた。

「わしにとっては、たった一人切りの息子でしたからなあ。軍の方でもその点を考えてくれるじゃろうち思うちょりましたが……やっぱあ非情なもんですな、そこまでは考えてくれんじゃったですなあ。とうとう特攻に連れて行ってしもうてですなあ。それも、戦争が終った放送のあとでしょうが。もう戦争は終っちょるわけですから、宇垣さんは部下を私兵化して連れて行ったわけですわ。わしはそのことで、ずうっと宇垣さんを怨み続けてきましたわ。戦後しばらくは、そのことを考えると気が狂うごとありましたもんな」

老人の口から出た〈私兵化〉という言葉に、寺司ははっとさせられた。虚を衝かれたような思いがあった。これまで最後の特攻隊を追ってきた彼に〈私兵化〉という視点はぼやけていた。それをぼやけさせていたのは、やはり彼が軍組織にいた人間だからであろう。指摘されてみれば、八月十五日午後の宇垣の特攻出撃命令は海軍総隊の指令に違反するのであり、まさに宇垣はこのことによって部下を私兵化したことになる。いま、〈私兵化〉という明確な言葉に出遇って、寺司はこれまで自分の中でもやもやしていたものが一気に収斂されていくのを感じた。おそらく中津留明は、息子の出撃時刻を知ったときから、宇垣の命令を直感的に〈私兵化〉ととらえ、怨みをかきたててきたのであろう。寺司はいまさらのように、老人の怨みの深さをはかることが出来たような気がした。

中津留達雄は明、ヌイの一人息子として、大正十一年一月五日に津久見町徳浦に生まれている。隣り町の臼杵中学を優秀な成績で出て海軍兵学校に入った。父は反対したが本人の志望であった。その年同校から海軍兵学校に合格したのは、中津留達雄一人である。海兵七十期になる。のちに特攻第一号に布告され軍神となった関行男大尉が海兵七十期なので、神風特攻隊の幕を切って落とした第一号特攻隊長と、最後の特攻隊指揮者は奇しくも海兵同期であったことになる。

中津留達雄の属する七〇一空の本拠地は、鹿児島県国分基地にあった。沖縄戦終了後は鳥取県美保基地に後退して損耗甚だしい隊の立て直しを図っていたが、そこから凡そ二十機の彗星を率いて中津留が大分飛行場に到着したのは、昭和二十年七月初めであったと思われる。（この日付けがはっきり分らない）

既に大分飛行場は米軍機の爆撃に蹂躙されるままで、この到着時にもシコロスキーとP38戦闘機に襲われながらのきわどい薄暮着陸になった。七〇一空が大分飛行場に中津留隊を派遣したのは、おそらく鹿屋から後退してくる五航艦司令部の護衛の役割を帯びてであったろう。既に米軍に沖縄を完全に攻略されて、本土上陸は時間の問題とされていた。米軍はどこを突いて上陸を敢行するのか、鹿児島の西方《にしかた》海岸か志布志《しぶし》湾か、宮崎の海岸か、有明湾か、あるいは四国の土佐湾か。それとも一挙に首都をめざして九十九里浜上陸という線も捨て切れない。五航艦司令部でもそれを確定できずに苦慮している。宇垣長官が台風を避けて汽車で大分基地に後退して来たのは、八月三日早朝である。

中津留隊は大分飛行場に移って来たあとは、まったくといっていいほど飛行の機会を与えられなかった。米機の襲撃が続いたせいもあるが、本土決号作戦に備えて飛行機も燃料も極力温存されねばならず（資料には、五航艦の手持燃料は僅かに全機三回の出撃を賄い得る量に過ぎなかったとある）、牧の丘陵の掩体壕に各機とも格納されたままである。八〇一空の田中一飛曹の回想では、なすこともないままに飛行場沖の別府湾に貝掘りに行ったり、川で魚釣りを愉しんだりしたという。夜になると別府温泉にもよく遊びに繰り出した。そのためにトラックを出すことが多かったが、別大電車で行くのも愉しかった。車掌が女学生で、搭乗員達は彼女達と親しくなった。

中津留達雄はここから一度だけ津久見に帰っている。お七夜にあかんぼを見に帰ったのだ。彼が大分派遣隊の隊長に選ばれたのも、子供が生まれるという報らせが留守宅から届いたからで、「おまえ、生まれてくるあかんぼの顔を見に帰って来い」という江間少佐の勧めで、大分基地に移って来たのだった。訓練の厳しさゆえに鬼のエンマ少佐といわれた上官の、中津留に示した温情のはからいであった。

中津留は海軍兵学校を出たあと、軽巡洋艦北上《きたかみ》、駆逐艦暁《あかつき》に乗り、内地に還って昭和十八年一月霞ヶ浦航空隊に入隊している。第三十九期飛行学生である。その後宇佐航空隊で急降下爆撃等の訓練を受け、そのまま宇佐空にとどまって教官を務めたので、結婚も宇佐に居た間である。十九年の春のことで、妻は十九歳であった。

「——おかげで、かろうじて血がつながりましたよ」

老人の唯一の安堵はそのことのようである。血筋を残すための結婚は、その頃軍人の間ではよくあったことで、それが多くの戦争未亡人を生むことになった。

「すると、このまえの慰霊祭でお父さんに付き添っておられたのが、娘さんの御主人になる方でしょうか」

寺司の問いに、老人は初めてほっと微笑を浮かべた。

「はい、おかげでひ孫が二人おります。二人とも女の子ですが……」

「終戦の年に生まれた娘さんの誕生日は、いつでしょうか」

それが分れば、加算して中津留大尉の帰省した日を確定できる。

「さあ……わしには分りませんから、本人を呼びましょう」

おーいという呼び声に応じて、最初に茶を持って来た女性が入って来て応接台の向こうに坐ったが、対面した途端に寺司は気が重くなった。彼女の表情が固くこわばっているのが分る。

「すみませんが、あなたの生年月日を教えていただけませんか。――お父さんのことを調べるのに必要なものですから」

「昭和二十年七月二十二日です」

そうすると――寺司はすばやく胸算用する。中津留大尉が七日目のあかんぼと対面するために帰省して来たのは、七月二十八日だったことになる。

「失礼ですが、あなたのお名前は」

「鈴子です」

「それは、お父さんの命名だったんでしょうか」

「知りません」

撥ね返すような短い答であった。寺司はもうこれ以上彼女に何かを訊くことができなかった。

彼女の立って行ったあと、寺司は再び老人の耳許に口を寄せた。

「あの方のお母さんは――」

「あれの母には、鈴子が三歳になるまで居てもらいましたが、まだ若い身でしたし仲人とも相談して再婚させました。鈴子とは別れたくなかったでしょうが……なにさま、うちにとっては唯一人の血筋でしたから、わしらの手で育てました」

「再婚された方の住所は分りましょうか」

「娘に聞けば分りますが……」

「そうですか、あとで私が尋ねてみましょう。――お父さんは、中津留大尉があかちゃんを見にここに帰って来られたときのことを、覚えておられますか」

「いや、息子が帰って来たのは、この家じゃありません。嫁は日見（現・津久見市内）の実家に帰って娘を生んだもんで、津久見駅で落ち合って一緒に行きました」

昭和二十年七月二十八日、父は息子と共に遠くはない北海部郡《きたあまべ》（当時）の嫁の実家に向かいながら、そっとささやきかけた。

「おい、ほんとのところ、日本はもう都合が悪いんじゃないのか。あんまりもう長うはないんじゃないのか」

息子は前方をみつめたまま返事をしなかったが、あえて否定をしないことが答のようであった。

「いいか、決して死に急ぎはいらんど。なにもおまえが死なんでも、生きちょっても御奉公はでくるんだぞ」

重ねて父はささやきかけた。息子の心にだけは深く沁み込ませたいが、絶対に他の者に聞かれてはならぬ言葉であった。

七日目のあかんぼと対面した息子は、「まるで猿のようだな」といって初めて笑顔を見せたが、その日の内に大分の基地へと帰って行った。父は息子に出撃の気配は感じなかった。それから間もなくして終戦であった。

近くに居る息子だから直ぐにも復員して来るはずだと、父は毎日のように心待ちにしたが、むなしく日は過ぎていった。待ち切れぬ父は、終戦の日から十日目に大分に行ってみた。「軍隊なら酒はいっぱいあろうもん。行って息子と一緒に酒でもたらふく飲んでくるわ」と妻にはいい置いて出た。本当にそんな軽い気持であった。

大分駅は復員して行く兵達や帰り着いた兵達でごったがえし、ぶつかり合うたびに暑くるしい体臭が鼻をついた。持ち切れぬ程の物を持っている兵もいる。

「どなたか大分基地にいた海軍七〇一空の中津留大尉を知った人はいませんか」

混乱の中を父は大声で尋ねて廻った。声に応じて息子がひょっこりと現われそうな気がしていた。他にも同じようなことを尋ねている者が幾人もいた。

「お父さんですか――中津留大尉は、八月十五日に沖縄特攻に飛び立たれたまま帰ってまいりませんでした」

兵の一人からはっきりと告げられたとき、父は腰が抜けたようになって駅のベンチに坐り込んでしまった。眼の前がにわかに昏《くら》んでゆくような気がして、「しもうた、しもうた」と呟いていた。しまった、とりかえしのつかぬことになったという痛恨の思いが、無意識のままそんな呟きとなって口を洩れていた。

いや、これは何かの間違いかも知れぬとようやく気を取り直して、とにかく息子の居た所まで行ってみようとして立上った。行き合う兵達に尋ねながら牧の司令部まで行って確かめると、中津留達雄の特攻死は事実で八月十五日夕刻に宇垣長官と共に出撃したことを告げられた。そのときには八月十五日夕刻という意味を考える余裕は喪われていた。寄宿していたという接収農家に行ってみると、がらんとした空屋には酒の空瓶が散乱しているだけで、息子の遺品らしい物は何一つ残されていなかった。柳行李《やなぎごうり》が二つと軍刀があったはずなのに、それすら見当たらぬ。庭先にはいろんな物を慌てて焼いたらしい灰が、まだ黒く残っていた。

無性に腹が立ってきた父は司令部に引き返して、「息子の遺品はどこにあるのか。葬式の材料はないのか」と気色ばんで抗議した。司令部は混雑し、皆自分のことで精一杯のようで取り合ってくれる者もいなかったが、とうとう一人の士官が「お父さん、ここにビールが一箱あるから、これでも持って帰ってください」と言葉をかけてくれた。父が欲しかったのは葬儀の祭壇に供えるための息子の遺品であったのに、仕方なく重いビールを担いで津久見まで帰って来た。息子の死を告げると、ヌイは激しく泣いた。

それでも尚何年間かは父も母も、息子がどこかの孤島にでも泳ぎ着いて生きているのではないかと、夢のようなことを思い続けた。達雄がかつて第三次ソロモン海戦で乗艦を沈められ、十六時間漂流して奇蹟的に救助されたことを二人は忘れられなかった。二四六名の乗員のうち十二名の生存者の一人が中津留達雄だったのだ。

「お父さん、戦死広報を見せていただけませんか」

どこでいつ戦死したとされているのかを確かめたかった。寺司に促されて老人は小暗い仏間のタンスの引き出しを探し始めたが、それはなかなか見つからなかった。老人の息遣いが荒くなっていくのが聞こえて、寺司は「もう結構です」と止めた。「おかしいですなあ、なくなるはずはないんじゃが……」老人は呟きながら、代りに一枚の褒状《ほうじょう》を仏壇の引き出しから持って来て、応接台の上に拡げて見せた。

海軍少佐

中津留達雄殿ノ

名誉ノ戦死ヲ悼

ミ謹ミテ弔意ヲ

表ス

昭和廿年十一月廿日

海軍大臣　米内光政

戦の終ったあとにどことも知れず突っ込んだ特攻死が、果たして名誉の戦死といえるのだろうかと、褒状の文句に寺司はそらぞらしいものを感じた。これで見ると、やはり中津留達雄は死後一階級しか昇級していないのだった。

寺司は帰り際にもう一度呼んでもらって、鈴子に聞きづらいことを尋ねてみた。

「あなたのお母さんの住所を教えていただけませんか。お父さんの出撃の日の写真を送ってあげたいんですが……」

本当は訪ねて行っていろいろ訊いてみたいことがあるのだったが、そこまではいわなかった。

「その必要はないんじゃありませんか」

意外なほどきっぱりした返事をかえされて、さすがに寺司もそれ以上強く押していうことはできなかった。どこの誰とも知れぬ者がいきなり飛び込んで来て、古傷をえぐるような質問ばかりしようとするのだから、彼女が反感を抱いたとしてもそれは無理からぬことと思えた。いまさら彼女の母親を再婚先まで訪ねて、三十八年前にわずかな暮らしを共にしただけの人のことをあれこれ尋ねる非礼は、寺司には許されないことかも知れなかった。

辞去するにあたって、寺司は中津留大尉の墓参をしたいので墓所を教えてほしいと頼んだ。教えてもらえれば一人で行くつもりだったが、「すぐ近くですから――」といって、老人が案内に立った。歩いて五分とかからぬ所にあった。中津留達雄の墓は中津留家の累代墓と並んで、杉のわずかな並木を背にして立っている。小高い位置にあって前面は小さな蜜柑畑なので、丈の低い蜜柑の木越しに青い湾の水平線のあたりがわずかに見える。

墓の正面には殉国院壮忠義烈居士と戒名が刻まれ、左側面に故海軍少佐中津留達雄之墓とある。墓誌は右側面にあって〈昭和二十年八月十五日　南西諸島ニ於テ名誉ノ戦死　行年廿五才　明長男　父明建之〉と刻まれている。戦死公報が見つからないので確言はできないが、南西諸島での戦死という文字は恐らく公報に記されていたままではなかろうかと、寺司は推測した。

大分へと帰りつつ、寺司の気持は沈んでいた。別れ際に浴びせられた「その必要はないんじゃありませんか」という鈴子の言葉が、いつまでも耳に残って離れない。彼女が必要ないといったのは、父達雄の写真をいまさら実母に送る必要はないといったのだとは分っているが、寺司にはあたかも自分の調査行為そのものを全面的に否定されたかのような、鋭い痛みが走っていた。そっとしておいてほしいと願うのは、彼女だけのことではないのかも知れぬ。これから幾度もこういう拒絶の言葉に出遇うのではないかと、寺司は辛い思いで予感していた。

考えてみれば、中津留大尉の置かれた立場にも微妙なところがある。宇垣長官からの「彗星五機を用意するように」という命令を伝達されたのは中津留であり、その意味では大尉の父がくやむように、紛れもなく彼は宇垣中将の自裁行為の巻きぞえを喰ったことになる。だが一方で実際に十一機の彗星を用意したのは、直接の指揮官である中津留大尉自身であった。そのことを考えれば、彼自身が更に巻きぞえを二倍に拡大したのだといえなくもない。勿論、隊員が皆口々に全員で行きたいと彼を烈しく突き上げて承知しなかったという事情はあるのだとしても。

大尉の父も、いまではそのことに思い至っているのであろうか、「息子と一緒に死んでいった若い方々には、本当に申しわけないと思っています」と、二度も繰り返したのだったが……。

――自分は調べる。最後の特攻隊の墓碑銘は自分が刻むのだ。

臼杵から坂ノ市への長いトンネルを抜けながら、寺司は何かに挑むように自分で自分に誓いを迫っていた。

第二章

一　甲飛十三期

寺司勝次郎が大分中学を四年の二学期で中退して鹿児島航空隊に入隊したのは、昭和十八年十月一日であった。第十三期甲種飛行予科練習生である。

この第十三期は十二月一日付け入隊の後期の組もあって、同年四月一日入隊の甲飛十二期に較べると人数が激増している。十二期が三二四二名であったのに対し、十三期は二万八一一一名となっている。戦況の悪化に伴い搭乗員の消耗甚だしく、早急に大量補充が必要とされたのである。海軍予備学生もまた同じ事情で第十三期から激増している。

寺司はいまでもそのときの「海軍飛行兵徴募」のポスターを、記憶している。ポスター一杯に零戦が翼を斜にして垂直旋回しつつある勇姿が描かれていた。大量応募を煽るために、いたる所にこのポスターが貼られ、県を通して各学校に応募者の強制的な割当てがあったといわれる。そのために生徒会を開いて四年生全員応募を決議したりする中学校もあったらしいが、大分中学ではそのような強制的雰囲気はなかった。

大分中学航空部に籍を置き、既に大分川の川原で滑空訓練に励んできた勝次郎にとって、海軍航空隊は誰に強制されるまでもなく憧れの対象であった。大分川の広瀬橋のやや下流の砂洲からグライダーを滑空させるのだったが、その先の河口に大分航空隊の飛行場はあった。舞い上る本物の飛行機の銀翼に勝次郎はしばしば見惚れていた。

当時、中学三年終了以上が甲種飛行予科練習生の応募資格であったから、勝次郎は三年の三学期を待ちかねて入隊を希望したのだったが、そのときは父に厳しく反対されて願書提出を見送らねばならなかった。口惜しくてたまらぬ勝次郎は、ある朝父の机上に置手紙をして学校に行った。「おばしや」という商号を掲げて呉服の大きな商いをしている父は町内の世話役も務めていて、これまで数多くの若者の出征を先頭に立って見送っている。そのたびに、お国に尽すことの名誉を若者達に訓して来たのも父である。その当人が息子の入隊に反対するのは身勝手なのではありませんかと、置手紙の中で勝次郎は少年らしい一途さで父を責めていた。私が戦地に行っても兄さんが残るからいいではありませんかとも書いた。三歳年上の兄由之進は市内の銀行に勤めている。男の兄弟は二人だけで、幼い妹が四人いる。一人いた姉は三年前に病没した。

翌朝登校しようとして、玄関先で「勝よ」と呼び止められた。「おまえの思うようにしてよいぞ」といわれて振り返ると、父が手紙を握って立っていた。

「子供だ子供だと思っていたら、こんな親に意見するようなことを書きやがって……。おまえの好きなようにせい」

父の表情が照れくさそうだった。「はいっ」と大きな声で返事をして、勝次郎は家を飛び出した。嬉しさに有頂天になって口笛を鳴らしていた。戦時教育の中で育った皇国少年の、それは偽りない心の弾みであった。勝次郎は昭和二年八月一日生まれなので、入隊時は満十六歳と二ヵ月であったことになる。

寺司はいまでも、入隊時に贈られた身近な者達の寄せ書きの日の丸の旗を大切に保存している。たどたどしい片仮名で書かれた「サクラトチレヨ　カチコ」という文字を見ると、四十年前の戦時中の緊迫した雰囲気が一気に蘇ってくるような気がする。六歳の妹香智子が意味も定かに分らぬままに「サクラトチレヨ」などと書かされる時代であった。「大空に散りて甲斐ある若桜」というのもある。そういう言葉に奮い立った紅顔の自分が思い浮かぶようである。

しかし、いま振り返ってみるとき、あの入隊時に死の覚悟があったのだとは、到底思えない。まだ海軍航空隊の特攻出撃は始まってはいなくて、予科練入隊に悲愴感はなかったように思う。勝次郎達が予科練に入ろうとした動機も、本物の飛行機に乗りたいという単純な憧れが殆どを占めていて、それが死と結びつく戦闘だという、当然抱かねばならないはずの意識は稀薄であった。

一方で学校生活からの脱出志望ということもあったし、打算的な選択が働いていなかったとはいえない。どうせ数年後には徴兵検査で応召せざるをえないのだし、そのときには自分の希望する海軍航空隊に入れるとは限らぬのだった。陸軍の歩兵にでも取られてみろ、鉄砲かついで行軍はやりきれないぞと同級生の間ではよく話し合われた。甲飛十三期前期には、大分中学から同級生二十二名が入っている。

出陣、校歌に送られ
けふ　大分市の学鷲元気で出発
（大分合同新聞昭和十八年九月二十八日付）

学窓より決戦の大空へ、今ぞ羽搏《はばた》きゆく学徒海鷲出陣を祝つてうづまく大分駅頭の壮行絵巻

——二十八日大分市出身の甲種飛行予科練習生は燃ゆる感激の嵐の中に送り出された、この日町内会旗、隣保班《りんぽはん》旗が駅前広場に林立する中に大中、大工、大商の校旗が凜乎と

して爽快な秋風に翻へる、出陣学徒を中央にして起る校歌の合唱が、嘗《かつ》ての城崎運動場に勝敗を争ふ応援戦さながらに繰り展げられ、三ヶ所に陣取つて送るもの送られるもの一筋に「海行かば」の決意をいやが上に昂揚する、白鉢巻姿の可愛い海洋少年隊が来場する、軍国婆さん幸フクさんが手製の梅の粉を配つて激励の言葉をかける、「日の丸」をしつかと握る学徒はきつと口許に漂ふ堅い決意をこめ激励の集中射撃に応へる、繰返し繰返し校歌、応援歌を声限りに歌ひまくる学友、後輩の合唱は次第に高潮し駅頭を圧する、年老いたお父さん、お母さんが歓送学徒の円陣の中にうづくまり、今ぞ大君に捧げ奉るわが子の晴れ姿に満足の顔を伏せてゐる、（以下略）

記事に添えられた出発風景の写真には、車窓から身を乗り出して見送りの人々に手を振る勝次郎が写っている。

勝次郎が入隊した鹿児島航空隊はこの年四月に新設開隊されたばかりで、湾を隔てて眼前に桜島を望んでいる。煙がたなびき、ときには兵舎に灰を降らせた。憧れの七つ釦《ボタン》の制服は一番小さいのを貰ったが、それでも袖が長目で、水に浸けて干すとちょうどいい具合に縮まった。

三ヵ月の基礎訓練ののちに、操縦と偵察を振り分ける適性検査を受けて、勝次郎は念願の操縦の組に入った。年が明けて四月には二十九名の班の伍長を命じられたが、身長は後から三人目というほど小柄で、さすがに心もとないと思われたのか、班で随一の体力を誇る熊本出身の大矢野を伍長補に付けてくれた。それでも小柄ながら敏捷な勝次郎は、見学者が来ると前方回転や水平跳びの妙技を披露する役に選ばれた。ある日、グライダーの滑空を終えてグラウンドに降り立った勝次郎は、わが眼を疑った。大分にいるはずの母の姿がそこにあった。将校達に案内されて十人程の婦人達が隊内を見学しているのだが、その中の一人はまぎれもなく母のカモである。カモも気付いて勝次郎に手を振った。そのときは言葉を交すことが出来なかったが、昼食の刻になって勝次郎は会食の席に呼ばれた。飛田司令をはじめ分隊長らの居並ぶ中で母の隣りに坐らされた勝次郎は、緊張で固くなっていた。聞けば、各県から一名ずつ選ばれた予科練習生の母大分県代表として、カモは招かれていたのだった。

「勝次郎達は、いいものを食べよる」とは、カモが後年までいい続けたことである。それはそうだろう。カモが口にしたのは士官食で勝次郎はそのときたった一度陪食しただけである。

もうひとつカモのいい続けたことがある。「勝次郎は親孝行な子じゃ。わたしの顔面神経痛を持って行ってくれた」というのだ。事実、勝次郎の入隊と共に、それまで長年にわたってカモを悩ましてきた顔面神経痛が消えていた。

十カ月間の短縮教程を卒《お》えて、勝次郎達が鹿児島航空隊の門を出たのは昭和十九年七月二十八日であった。その足で全員は鹿児島駅へ向かった。駅に着いて驚いたことに、由之進が立っていた。出発までの僅かな時間を、兄と語ることが許された。聞けば、兄はこの出発を予測して休暇を取り、鹿児島に来て既に一週間毎日駅に張り込んで待っていたのだという。一緒にパイ缶（パイナップルの缶詰）を食べながら、兄の話す家郷の様子に耳を傾けた。出発時間の迫ったとき、由之進は間もなく受けねばならない徴兵検査への覚悟を洩らした。もういままでは兄の体格を超えてずっと逞しくなっている勝次郎は、兄が徴兵検査で歩兵に取られることを思うと、哀れでならなかった。互いに元気でいようなといい合って別れた。勝次郎の隊は午後七時十五分発の汽車で門司港に向かった。由之進は駅頭で腕時計をはずすと車窓の勝次郎に握らせ、汽車が動き始めるといつまでも手を振り続けた。まさかそれが兄弟の最後の別れになるのだとは、勝次郎はそのときつゆ思わずに腕時計を握り締めていた。

八月四日、二十五隻の輸送船団を組んで台湾へ向かったが、途中で何度かの暴風に遇ったり、敵潜水艦の攻撃を受けて隣りの輸送船が真二つに割れて轟沈するなど危険な航海であった。ようやく高雄の港に入ったのは十七日であったが、船団は十八隻に減っていた。

だが、生き残った者達はそのことに不思議なくらい感傷を抱かなかった。いよいよ憧れの飛行機に乗れるのだという期待の方に前のめりになっていた。

輸送の危険を承知であえて彼等が台湾に送られたのは、にわかに急増した飛行練習生のための飛行場が国内では満杯であったためである。八月十七日午前〇時頃、勝次郎達は台南州虎尾《こび》海軍航空隊の正門前に到着した。この航空隊は五月に開隊されたばかりで、ここで彼等は実際の飛行訓練に入ることになる。第三十九期操縦飛行術練習生である。入隊早々、すでに訓練中だった予備生徒一期の伊藤猛の殉職海軍葬に参列して、彼等は訓練の厳しさを予感し緊張した。

〈八月二十四日　飛行作業開始（教官同乗飛行）　天気曇　風速5m／秒　雲高五〇〇m　脚下ニ飛行場ヲ眺メ感慨無量、町ノ家々ハマッチ箱ノ如ク、又整然ト並ブ精糖工場官舎、工場ノ巨大ナル煙突、日頃見上ゲシ物ハスベテ我ガ脚下ニ有リ、思ヘバ十ケ月ノ苦労モ皆コノ為ナリ〉と、初飛行の感激を勝次郎は手帳に記録する。赤とんぼと通称される、二枚羽根の九三式中間練習機である。

台湾に来て驚いたのは、食糧の豊かさであった。毎日が銀シャリ（白米飯）で、朝は卵が一個、昼には牛乳が一合つき、それに航空特別糧食が特配される。考えてみれば、台湾では麦は穫れないのだった。兵舎も見渡す限りの平坦な田園に散在していて、脱柵も容易な開放的な雰囲気であった。そのせいもあってか、教員は「貴様達は内地に還れば〝湾生〟と呼ばれて馬鹿にされるんだぞ。だから笑われないように特別厳しく鍛えてやるつもりだ」と叱咤した。

九月二十八日、同じ大分県出身の河野剛飛行兵長が離着陸訓練中に失速して、勝次郎らの眼の前で墜落死するという痛ましい事故が発生したが、厳しい訓練は怯むことなく続けられた。

十二月二十四日、その日付けを勝次郎が忘れないのは母の誕生日であったからだが、〝石鹸事件〟が発生した。夕食後の抜き打ちの持物検査で、石鹸が一個便槽に捨てられているのが発見されたのである。一人一個以上持ってはならぬ石鹸を二個持っていた者がいて、抜き打ち点検に慌てて一個を便槽に投げ棄てたのだとみられた。

一三〇名の分隊総員が裏庭に整列させられ、誰の仕業か名乗り出るようにと厳しく追及された。だが名乗り出る者はいなかった。名乗り出れば半殺しの目に遇うことは、手に手にバットを持った下士官達の殺気立った顔色で予測された。刻が経てば経つほど、いよいよ名乗れなくなる。

「名乗り出る者があるまで、全員前支え！」

号令一下、一三〇名は一斉に腕立て伏せを開始した。腕立て伏せは彼等にとっては一番慣れた罰直（制裁）で、一時間位は耐えられるのだった。その一時間が過ぎたが、「やめえ」の号令は掛からなかった。「白状せぬか、まだ白状せぬか」という怒声ばかり浴びせられ続けた。

二時間を過ぎても「やめえ」の声は掛からない。八人の下士官は列の間を往き来して、足を曲げたり地面に胸をつけてしまった者の尻を、容赦なく青竹で叩いて廻った。三時間を過ぎたときには、もう足を曲げずに腕立て伏せを続けている者はいなくなっていた。他の者が叩かれている間に、足を曲げたり身体を地面に伏せたりして寸時の休息を取ろうとする。いつしか月が昇り、誰の顔にも大粒の汗が光り充血していった。もう全身が一本の棒のようにこわばり、意識が遠のいていきそうになる。

午後六時から始まった前支えに、「やめえ」の号令が掛かったのは実に十二時を前にしてであった。八人の下士官の方がもう叩き疲れたのだった。全員が棒のようになって地面に突っ伏していた。六時間に及んだ前支えは、恐らく海軍にあっても空前絶後の記録であろう。そののち勝次郎達の分隊は「前支え分隊」の異名を取ることになった。

単独、互乗を経て、編隊飛行、特殊飛行をマスターし飛練の教程を卒えたのは、昭和二十年二月十五日である。同日付けで第二郡山《こおりやま》海軍航空隊配属を命じられた。神風特別攻撃隊は既にフィリピン海域で出撃し始めていたが、台湾の勝次郎達はそのことを知らされなかった。

この時期、既に硫黄島に上陸し沖縄をうかがい始めている米軍に海も空も制されて、いかにして虎尾空の搭乗員を内地へ還すかは難問であった。軍令部からは「日本海軍最後の搭乗員だから、必ず無傷で還せ」という厳命が届いていた。確かに、勝次郎達の属した甲飛の飛練三十九期操縦組は、日本海軍最後の飛行機乗りといえた。十三期後期以降になると、もはや乗る飛行機がなくて飛行練習も出来ないのだった。

虎尾空での訓練を終えた飛練操縦三十九期の勝次郎達二六〇名を本土に還すには、二十一人乗りのダグラスＤＣ３で輸送するとして十機以上が必要となるが、輸送機は二機しかないのだった。いっそ九三中練百機で還すかという奇抜な案も検討されたが、本土に着くまでには六割が撃ち落とされるだろうという計算で、断念された。

結局、陸軍の部隊と共に大型輸送船で還されることになった。勝次郎の属する部隊は第二陣で、二月二十三日の夜基隆《キールン》の港を出て中国大陸沿いに航行した。船倉にさながら蚕棚のような三段ベッドが組まれて、身動きもできないほどに詰め込まれた。跳梁するシラミに喰われるままだった。もし魚雷を受ければ海中に飛び込んで泳げと指示されていたが、この船倉ではまず助かるまいと観念した。二十七日に無事門司港に入ったときには、さすがにほっとした。

このときから三十七年を経て、寺司は鎌倉に隠棲している高橋俊策（海兵四十八期）を訪ねるのだが、そのとき思いがけない事実を知らされて慄然とする。高橋は寺司が在隊したときの虎尾海軍航空隊司令だが、勿論一兵卒の寺司のことなど知ってはいない。寺司の方も虎尾空司令としてよりは、海軍で歌われた「艦隊勤務」（月月火水木金金）の作詞者としての印象の方が強い。大病後と聞いたが、既に八十歳を超えた高橋の頭脳は明晰であった。

「ああ、あのときの練習生か——」と、高橋は驚きの表情を浮かべた。「よく生き残ったなあ。あのときは基隆から三便出したのだが、第一便と第三便は全部やられたよ。——虎尾空の分隊士四十七名（予備学生十三期）が全滅したのは三便だったなあ」

思いがけない高橋の言葉に、寺司はぞっとして一瞬言葉を喪っていた。そんなきわどさで生き遺ったのだとは、戦後三十七年間夢にも思わずに来たのだった。一隻に二千名からの兵が乗船していたであろう。第一陣と第三陣でどれ程の兵達が海底の藻屑となったのかと思うと、いまさらのように寺司の身体は震えた。

そういう危うさであったとはつゆ知らず、勝次郎達は内地に還り三月一日に福島県の第二郡山海軍航空隊に入隊した。飛行場にはまだ残雪があちこちにあったが飛行訓練に待ったはなかった。暦の上ではもう春だったが第二郡山の上空は酷寒で、操縦桿を握る手はしびれるように疼いた。飛行服の下に一種軍装と外套まで着込んで飛んだこともあった。常夏の台湾から移って来た勝次郎には郡山の寒さはこたえた。夜は零下十度にもなり、二人一緒に抱き合って寝ろといわれた。台湾でのびのびと過ごして来た彼の眼には、東北兵の多い第二郡山空の兵隊が皆かじかんだように不活発な動きに見えて、気が滅入った。湾生の方が内地兵に対して優越感を抱いた。驚いたことに、船倉からつきまとって来たシラミは、この酷寒でも死滅せずに彼等を執拗に悩ませた。

三月十五日に山形県神町《じんまち》海軍航空隊に配属を命じられたが、ここも飛行場が雪に閉ざされているということで、同日付けで特別訓練実施のため霞ケ浦海軍航空隊へ派遣を命じられた。それに先立って分隊長による面接があったが、書類を見ながら「寺司兵長は次男か」と問われた。「はい、そうです」と答えると、「よろしい」といわれてそれで終りだった。あとで思えば、それが特攻訓練要員の選抜であった。だが、それに選ばれたことに怖れはなかった。むしろ、特攻隊要員に選抜されたことで操縦技術の優秀さを認められたという誇りの方が大きかったし、一度は予科練の本家霞ケ浦で訓練を受けてみたいというのは練習生の念願でもあった。到着した日、飛行場の広大さにまず眼をみはらされた。直ぐに勝次郎は故郷の両親に宛てて航空隊の替った報らせを書いたが、「霞ケ浦海軍航空隊気付渋谷部隊」と記したとき、なにか一人前の搭乗員になった気がした。

最初の講義で教官の述べた言葉は、勝次郎の甘い考えを吹き飛ばした。

「中練特攻といえども薄暮または黎明を以てすれば成功する可能性もある」というのだ。いいかえれば、余程の僥倖をたよらぬ限り、もはや神風特攻隊も戦果を挙げ得なくなっていることを認めているようなものであった。それほどに米艦の対空砲火の密度は厚く、まるで弾の雨が空に向けて降るかのようだと教官は表現した。それをかいくぐって目標に突入していくことは至難のわざであろう。

ましてやそれを中練（赤とんぼ）でやるというのだ。全く無茶な話であるが、勝次郎は「俺ならやれるだろう」と思った。誰もがひそかにそう思っているのだろう、疑問も口にせずに素直に聞いていた。もはや彼らに実用機の割当てのないことは最初から覚悟していることであった。

急降下訓練に入るにあたって、教官は黒板に図を描いてみせた。まず標的の空母を描き、それに向かって急角度で突っ込んで行く特攻機の軌跡を、チョークをきしませて鋭い白線で描いていくのだが、まさに突入寸前というところでその線はふっと浮揚して艦を飛び越え、放物線を描いて海中に落ちるのだった。

「観測機からの報告によれば、いま見たようなこういう例が、残念ながら実際に多いのだ。やったっ、突っ込んだと思った瞬間に機首がふっとあがって、敵艦の頭上を越えてあっという間に海中に突っ込んでゆくのだ。——なぜこうなるか、分るか」

教官はチョークで黒板をトントンと叩いて、一同をジロリと見廻した。

「おそらく、急降下して来て敵空母が視野一杯にぐぐっと迫って来た瞬間、恐怖のあまり眼をつむってしまい、本能的に操縦桿を胸の方に強く引いてしまうからなんだ。——いいか、貴様らは絶対にこのようなことのないように心掛けよ。間違っても引いてはならん。このことだけは頭に叩きこんでおくんだ」

教官は厳しくその注意を繰り返した。

これまで芝生への着陸に慣れていた勝次郎達は、最初のうち霞空《かすくう》の舗装滑走路への着陸に戸惑いがあったが、それにもたちまち慣れていった。右に筑波山を眺め左に谷田部《やたべ》の基地を見降ろして飛ぶことになるが、霞ヶ浦に立つもやで地上のかすむ朝が多かった。もし、いま特攻を命じられるなら、このまま迷いなく突っ込んでいけると勝次郎は信じていた。高度二〇〇〇メートルの上空から急降下しつつ、彼の精神はいちずに昂揚していた。

四月一日付けで寺司勝次郎は海軍二等飛行兵曹に進級した。特攻要員だから一カ月早い任官だと聞かされた。十三日になって、雪の溶けた山形県の神町海軍航空隊に移った。

その神町航空隊で勝次郎が九死に一生を得る飛行事故に遇ったのは、四月二十九日である。この日天長節であったが外出はなくて、代りに中練で二十七機の大隊編隊を組んでみようという分隊長の提案に、皆は喜んで離陸した。勝次郎は九機編隊の第二小隊一番機を操縦していたが、左旋回するとき左後方についた二番機の井上兵曹が合図を見落としたのか速度をゆるめなかったために、その機の右翼端を勝次郎の機の左水平尾翼に接触させてしまった。激しい衝撃と共に、勝次郎の機は一五〇〇メートルの高度からきりもみ状態で墜落し始めた。

回転を止めようと二度、三度試みるが効かない。機はみるみる落ちてゆく。駄目だと覚悟したとき、勝次郎の脳裡に卒然と浮かんだのは父親の怒った顔だった。続いてこの飛行機が地上に撃突して砕け散っている光景が鮮明に浮かんだ。共に一瞬の幻像であったのだろうが、ありありとそれは脳裡に焼きついた。「飛び出せっ」と叫ぶ後部席の大塚裕司教官（中尉・予備学生十三期）の声にはっとして、座席バンドをはずし落下傘降下のために身体を半分機外に乗り出したが、なぜかその瞬間勝次郎の身体は烈しい力で座席に引き戻されていた。

気がつくと、飛行機はリンゴ畑の上を這うように水平飛行していた。地上から三十メートルもない高度であった。落下傘降下を命じた大塚中尉が最後にもう一度だけと思って引いた操縦桿が効いて、引き起こしに成功したのだった。着陸して見ると左尾翼が破壊されていた。整備員は「奇蹟だ」といった。このときの事故から勝次郎は初めて死を意識し、そして怖れるようになった。

彼が原因不明の高熱を発したのは、それから間もなくであった。山形市に近い漆山《うるしやま》に飛行場が急造されていて、その工事の応援に行っていたときのことである。土を掘っていて腰から下が流れるようにけだるく、その場にへたりこんでしまった。熱を測ると四十度で、担がれて帰り神町航空隊の病室に臥した。直ぐに血痰を吐くようになり、五月二十九日に急性気管支炎から肺浸潤と診断されて、大湊海軍病院秋田赤十字病院に入院を命じられた。付添いもなく一人で衣嚢《いのう》を担ぎ、私物トランクを持って神町駅から秋田へと向かった。

勝次郎の緊張の糸がぷつりと切れたのは、この入院からである。特攻訓練の日々には、いつ出撃を命じられても逡巡なく散る覚悟は出来ていたはずなのに、ひとたび病院という温室に後退してしまうと忽ちその緊張は喪われた。もうあの厳しい訓練の中には二度と戻りたくないという気持が、仲間から取り残された無念さを次第に追い払っていった。それは憑《つ》きものが落ちたような変化といってよかった。病院でなすこともないままに丹念に読む新聞には、連日のように特攻で散っていった名誉の戦死者の名が並んでいた。それを読むたびに心は疚《やま》しかった。

発熱が薄れてゆくと、病室は天国だった。彼の病棟には士官クラスはいなくて、二等飛行兵曹の勝次郎でも大きな顔ができた。彼等は毎日検温の時刻になると体温計を毛布で摩擦して発熱させ、検温の看護婦に微熱のグラフを書き込ませては入院を長びかせる細工をしていた。若い看護婦に優しくしてもらえるだけでも、入院を長びかせる愉しみがあったし、誰も内心は戦線や訓練の場に戻りたくないのであった。顔の真中だけが焼けただれた負傷兵が送り込まれて来たことがある。こんな傷を負うのは搭乗員以外にはいない。さすがにその夜は神町空に残る戦友の姿が思い出されて、勝次郎は眠れなかった。

七月に入って、一緒に特攻訓練を受けた仲間の一部が九州の基地に移って行ったと聞いたときにも、勝次郎の胸は痛んだ。その時期九州に移ることは、沖縄特攻を意味していた。実際には彼等は特攻には出なかったのだが、寺司は戦後しばらくはそう信じて心の疚《やま》しさを抱き続けていた。

寺司はずっと後年になって知るのだが、昭和十八年十月一日に入隊した彼等甲飛十三期前期の組は、実にきわどいところで特攻出撃から免れたのだった。彼等が特攻訓練をマスターしていよいよ実戦に編入される時期には、既に沖縄戦は終り、最後の本土決号作戦に備えて飛行機も搭乗員も温存される事態に至っていた。その待機のまま昭和二十年八月十五日を迎えるのであり、彼等は遂に実用機に搭乗することはないままに戦役を終ることになった。(同期でも、教程の早い偵察員は一部実戦に出ている。又操縦員でも水上機の者は人員が少なかった為に訓練が順調に進んだ。鹿児島空の三十八分班隊六班で親友だった同期の松永篤雄二飛曹が水上機の零式観測機で二十年五月天草空より沖縄へ特攻出撃、四階級特進して小尉に進級した事は戦後三十年にして寺司は知った)

一方、彼等の前の期である甲飛十二期は三度に分かれて入隊していて、鹿児島空に入隊した後期組の日付けは昭和十八年八月一日なので、寺司の入隊とは僅かに二ヵ月の差でしかない。そのたった二ヵ月の差が生死を分けることになった。甲飛十二期は多くの特攻死を出したのである。

もしあのとき父が反対をしなければ、自分も甲飛十二期に入隊したはずであり、そうすれば特攻に散っていたかも知れないのだ。なんときわどく生き残ったことかと、寺司は思う。

いや、そのきわどさは十二期に入らなかったというだけのことではない。彼等より僅か二ヵ月後の十二月一日に入った甲飛十三期後期組からは、かなりな特攻死が出ているのである。それも飛行機による特攻死ではない。後期組はもはや飛行機に乗る機会のない「翼なき航空隊員」で、そのため彼等の一部は水中特攻に廻されたのだ。人間魚雷回天や、体当りモーターボートともいうべき震洋や、豆潜水艦に翼を付けた海龍などの特殊兵器に乗り組んでの特攻出撃で、海底に散って行ったのである。前後二ヵ月ずつの入隊のずれが寺司を生き残らせたといえる。

甲種飛行予科練習生は、第十六期で幕を閉じている。

二　戦後の日々

昭和二十年八月十五日の天皇の放送を、勝次郎は秋田赤十字病院の二階廊下で入院の仲間達と整列して聞いた。西に向いた窓からは、遠く黒煙の上っているのが見えていた。前日、秋田の土崎の港が爆撃を受けて、石油タンクが炎上を続けているのだった。天皇の放送は何を告げているのかまったく聞き取れなかったが、病室に戻ったときにはもう誰からとなく、「これは日本は敗けたんじゃなあ」といい合っていた。

傷病兵達の誰一人、悲憤の言葉を吐くでもなく、涙を浮かべる者もいなかった。これで家に帰れるという安堵感を隠さずに、皆はしゃいでいた。戦場や訓練の場から逃避してきている者達の、それが率直な反応であった。米軍による占領という事態を想像してみても、ここは辺境の東北なのだということが、緊迫感を薄れさせていた。中には看護婦をつかまえてからかっている者さえいた。

「おい、日本はアメリカ軍に占領されてしまうぞ。そしたら、あんたたちは青い眼の子供を産まねばならんかも知れんなあ」

それに答えた一人の看護婦の言葉は、勝次郎を唖然とさせた。彼女は平然として、「わたしは支那人だけはいやよ」といったのだ。この時代の日本人の差別観を、これほど端的に示した言葉はないかも知れない。尤も勝次郎が唖然としたのは、彼女が示した差別観に対してではなかった。

「わたしは支那人だけはいやよ」という言葉を、白人なら受け容れてもいいといった意味に聞きとめての驚きであった。

後年、寺司が「最後の特攻隊」のことを初めて聞き知ったとき大きな衝撃を受けたのも、自分自身の八月十五日が懐《おも》い返され対比されたからであった。皆で看護婦をからかっていたりしたあの頃、大分飛行場では最後の特攻隊が地に長い影を落として出撃前の整列をしていた刻ではなかったかと思うと、自分がひどく卑しく感じられたのだった。若い死者は潔く、生き遺ったということ自体が堕落のように疚しいのだった。尤も、このときにはもうそういう感傷に深く溺れるには、寺司も年を取り過ぎていたのだが。

秋田赤十字病院での傷病兵達の復員措置はすばやかった。次々に病室は空いていったが、体温計を摩擦して熱を上げていた常習犯の勝次郎達数人の搭乗員は、医師から「当分の間、退院まかりならぬ」と足止めを喰うことになった。カルテには乱れた発熱のグラフが書き込まれていた。いまさらそれは嘘でしたとはいえない。自業自得をぼやきながら、無為の入院を二十日間も続けねばならなかった。

ようやく医師の仮退院許可が出て、謄写版刷りの復員証明書と列車の無賃乗車券（青森―鹿児島間）を貰い秋田赤十字病院の門を出たのは、九月六日であった。虎尾空からずっと一緒だった藤井照典兵曹の郷里が福山なので、二人で帰ろうということにして秋田駅に来てみると、大阪方面へ向かう列車は窓からこぼれ落ちそうな程に復員兵が鈴なりの有様だった。いっそのこと、いったん青森まで下ってそこから始発に乗ろうと相談して、午後三時頃下りの列車に乗り込んだ。何時に青森に着いたかは記憶にないが、ホームに夕日がさしていたのを憶えている。直ちに上りの始発に乗り換えて日本海側を進んだが、最初から身動きも出来ぬ程にすし詰めの列車であった。その間、食事や排便をどうしたのであったか、これも今となっては思い出せない。藤井兵曹と二人連れであったから、協力し合ってなんとかなったのであろう。新潟駅頭には早くも英国兵らしきものが進駐していた。勝次郎が〝敵〟を初めて目撃したのはこのときであった。

大阪駅に着いたのは七日の夜で、八日の未明に貨物列車に乗り換えた。それも有蓋貨車は満員なので、二人だけで石炭用の無蓋貨車に乗り込んだ。藤井が福山で降りて行き、やがて広島で長い時間貨物列車は停まった。眼前に拡がる一面の焼野原に勝次郎は茫然とした。新型爆弾とは聞いていたが、信じられぬ程の威力であった。病院に居るとき米軍機が撒いた伝単ビラに、空襲を受けた都市の名が列挙されていて、その中に大分市も挙がっていたが、それを見ても勝次郎は不思議に動揺はしなかった。多分、家は大丈夫だと思い込んでいたのだが、広島の焼野原を見てさすがに不安になった。

広島駅から有蓋貨車に移って、九州の小倉駅に着いたのは八日の夜十時であった。ここでも又乗り換えで時間を取り、大分駅に帰り着いたのは九月九日の朝五時頃であった。大分駅周辺も爽快なまでの焼野原で、駅のホームから暁の別府湾を隔てて国東《くにさき》半島まで見通すことができた。二時間程待って南大分へ行くバスが動き、大道《おおみち》の峠を越えるとほっとした。やはり南大分は戦災に遇ってはいなかった。三か田《みだ》町の自宅へ帰り着いたのは七時半頃であった。呉服商だった店は酒類の配給会社に貸してあったので、裏口の方へ廻った。朝食中の家族の姿が窓から見えた。父母も四人の妹達も勝次郎に気がつかない。衣嚢を地面へドンと落とすと、その音に六人が窓の方を向いた。勝次郎は直立不動の姿勢で敬礼すると、「ただいま帰りました」と告げた。一瞬驚きの間を置いてから六人が一斉に歓声を挙げた。病院から便りは出していたので、彼の無事は既に家族に伝わっていて皆心待ちにしていたのだった。

「勝次郎がたったいま、無事に復員して来ました」と母が近所中を触れて歩いたので、隣《りん》保班《ぽはん》(町内会の小単位)の者達が二十人位も集まって来て、勝次郎は取り囲まれ無事の復員を口々にはやされた。父が何やら書類を持ち出して班長に耳打ちすると、班長は大声で朗読を始めた。驚いたことにそれは勝次郎の「海軍履歴表」であった。彼の復員より一足先に送られて来ていたのだ。

「昭和十九年十月十日以降数日ニ亘リ南西諸島台湾及北比方面ニ策動セル敵米国機動部隊主力ニ対シ連日果敢ナル航空戦ヲ反復シテ其ノ航空母艦ノ大部並ニ其ノ他多数艦艇ヲ撃沈破シテ克ク先勢ヲ制スルノ戦果ヲ収メタルニ対シ連合艦隊司令長官豊田副武ヨリ感状ヲ授与セラル」

声高く読み上げられるのを聞きながら、勝次郎は照れくさかった。実際には実戦には一度も参加していないのに、虎尾空で第六基地航空隊の指揮下にあったおかげで、同隊が出撃した作戦(あの幻の大戦果に沸き立った台湾沖航空戦)に対しなぜか飛練の彼等までが感状と金一封を受けたのだった。最後の方の入院のところにきたとき、朗読者はふっと読むのをやめてそのあとをうまくごまかしてくれたので、勝次郎はほっとした。九月一日付けで海軍一等飛行兵曹というのが、寺司勝次郎の最終の階級であった。

敗戦を境として、掌を返したように予科練帰りは世間から冷視され始めた。特攻くずれと呼ばれ、予科練をもじって与太連と馬鹿にされ嫌われるようになった。「貴様達のような者がいたから、戦争に負けたのだ」ともいわれた。勝次郎は満十八歳になったばかりであったが、十五歳や十六歳の予科練帰りも多かった。目標を喪って帰って来た彼らは荒れていた。飛行靴に戦闘帽、国防色の軍服に白マフラーという予科練スタイルで焼跡を徒党を組んでのし歩いた。毎日のように何かの事件が起きると、特攻くずれが犯人ではないかといわれた。

〈元特攻隊長ら十三人組強盗　新春の帝都を荒して捕る

暮から正月にかけて帝都およびその周辺を荒し廻つた陸海特攻隊復員軍人を主とする十三人組の強盗団が元旦から三日にかけて警視庁管下で逮捕された、一味は福島県出身の元海軍特攻隊員赤木義一を首領とするもので首班赤木は予科練出身、マリアナ海戦、比島沖海戦に参加、鹿屋特攻基地に勤務後、神雷特攻隊となり、復員後心ならずも悪の途をたどつたものである――〉

勝次郎も何をしていいのか分らず、毎日無為にぶらぶらしていた。数人で芋畑に夜襲をかけて獲物を自慢し合った事もある。そんな彼を見かねてか、ある日母から「学校に行かぬか」と勧められた。「いまさら学校に行けるか」と、勝次郎は聞き流そうとした。大分中学四年を中退して二年間のブランクがある。いったい、どこからやり直せというのか。

「それがねえ、いい話があるんだよ。大分の経専で特別に復員軍人だけを対象に、五十人ほど募集しているんだよ。おまえもただぶらぶらしているより、それを受けてみたらどうかねえ」

母は募集の新聞記事の切抜きを持って来た。それは確かにチャンスのようであったが、勝次郎はいまさら受験する気にはなれなかった。とても学業などにはなじめそうにない、荒涼とした気分であった。兄が復員してくれれば、兄とならば何かの相談ができそうな気がしたが、由之進の消息は半年前に北支から便りが一本あったきり、絶えたままである。死んでいるとは思いたくなかったが、家族の皆が口には出さずに心の奥に不安を押し隠していた。

母の執拗な説得に負けて、「まあ、受けるだけでも受けてみるか」と返事をしたときには、しかしもう締切りの日の夕刻になっていた。「もう間に合わんやろ」と不貞腐《ふて》れる勝次郎に、母は「いいから、おかあさんにまかせておくれ」というと酒一升をさげて出かけて行った。夜になって帰って来ると、「受けてもいいことになったからね」と勝次郎に告げた。大分経済専門学校の事務官に縁戚の者がいて、うまく話をつけたらしい。母が貰って来た勝次郎の受験番号は四九五番であった。それを見た途端に、これは駄目だと諦めた。

僅か五十人の募集に十倍近い応募率である。

十一月初めに入学試験があった。試験といっても学校時の成績証明書と口頭試問だけで、朝早くから始まったのに勝次郎の番が来たときには、もう部屋に灯がともっていた。

「あなたは予科練出身ですね。——操縦ですか、偵察ですか」

草場学生部長に訊かれたのは、それだけであった。海軍で貴様と呼ばれ続けてきた勝次郎は、あなたというやわらかな響きにとまどいながら、「私は操縦でした」と軍隊時代の癖でつい大声で答えてしまった。母が事務官を通じて入学工作をしていたのか、それ以上の試問もなく彼は合格していた。

大分経済専門学校（現・大分大学経済学部）の一年二学期に彼等は編入されたが、驚いたことにクラスにかつて大分中学で同級だった者が幾人かいた。話し合って分ったことだが、結局学校に残った彼等も又、学徒動員の工場通いで、予科練に行った勝次郎と同じように学業はブランクなのであった。本当に授業が始まったのはこの十月からなのだと聞かされて、勝次郎はほっとした。十一月に入った彼は、僅かに一ヵ月遅れたに過ぎないことになる。（勝次郎は幸運にも復学できたが、予科練帰りの者の多くは中学中退の学歴を引きずることになった）

遅れても必ず復員して来るものと信じていた兄由之進の戦病死の報らせが、戦友によってもたらされたのは昭和二十一年の春であった。二十年の九月十五日に中国大陸の武昌の兵站《へいたん》病院で病死したのだという。十九年十月に応召して中国大陸に送られた陸軍二等兵寺司由之進は、どのような作戦意図なのかも知らされぬままに、ただひたすらに朝鮮・満州を経て大陸をあちこちと行軍移動させられたらしい。桂林作戦参加の途中で生水を飲み桃を喰ったあと、兵士達は下痢でばたばたと倒れていったという。

出征していくとき、「勝次郎は飛行機乗りだから、生きては還らないと覚悟しているでしょう。しかし僕は高射砲だから必ず還って来ますから安心してください」と母にいい置いたというのに、皮肉にも兄弟の生死は逆転したのだった。その日、母と勝次郎は黙ったままいつまでも涙を流し続けた。父は涙をじっとこらえていた。九月十五日といえば、もう誰もが浮足立って復員していく時期である。異郷の陸軍病院に踏みとどまって病兵を看護する者など、殆どいなかったろうことは自分の体験で察することができる。おそらく兄は寂しい病院で、打ち棄てられたように惨めに死んでいったのだと思うと、たまらなく哀れであった。歩きに歩かされただけで死んでいったのだろう。勿論、そういう推測は父母には洩らさなかった。秋になってようやく戦病死の公報と遺骨の箱が届いたが、中には一片の骨も入ってはいなかった。

昭和二十三年三月に大分経専を卒業して、勝次郎は家業の衣料品店を継ぐことになった。

会社に勤めたいと望んだが、頑固な父が許してくれなかった。「おばしや」の商号で大きく店を張っていた時代は去り、勝次郎は自転車の荷台に洋服の生地や下着類を積んで行商に廻ることになった。大道の峠を越えて市街の方まで出ればよく売れることは分っていながら、知人の多い街を行商することが恥ずかしくて、野津原《のつはら》や稙田《わさだ》など田舎の方を廻って行った。背広を着て会社に勤める者達が無性に羨ましかった。

二十六歳で見合結婚をしたが、相変わらずの小商いで妻と二人で自転車による行商を続けた。父は昔の繁昌が忘れられずに金遣いが鷹揚で、その尻ぬぐいに家作や土地を売り喰いしてしのいできたが、それももう尽きようとしていた。定まった現金収入の欲しさにあちこちの会社に当たってみたが、三十歳に近い人間を使ってくれる会社はどこにもなかった。妻と相談して炭坑にでも行こうかと話し合っているとき、新聞広告で銀行の集金係りを募集していることを知り、応募してみた。昭和三十一年三月から、寺司は福岡相互銀行の集金人となり日掛けを集めて廻るようになった。正式の行員ではなくて、固定給八千円に集金の歩合が加算された。集金に行く先々で、「おばしやの息子さんじゃないか」といわれるのが一番辛かった。

四年後に登用試験を受けてようやく正式行員となったが、他の者と較べれば十年も遅れてスタートに就いたようなものだった。その間、彼は自分が特攻くずれであることを誰にも隠し続けたし、また自分でもその頃のことを懐い出そうとはしなかった。いまの惨めな生活から一歩でも這い上ることに必死になっていたということもあるが、海軍航空隊に居た二年間をどう考えればいいのか、自分でも心の整理がつかないのだった。

軍隊時代から続いている唯一のつきあいといえば、神町航空隊に在隊したときの下宿先、安孫子《あびこ》武との間にやりとりされるリンゴと蜜柑の歳末定期便だけであった。武はタケと読んで下宿の主婦である。若い隊員達に家庭の雰囲気を味わわせるために、土曜の夜から日曜にかけて下宿が割り当てられたが、寺司と橋本昭二兵曹の泊まるのがタケの家だった。タケは寺司の母と同年輩で、甘え易い相手だった。彼はやがて秋田赤十字病院に入院したので、神町航空隊での生活は僅かに三ヵ月であったが、その入院先にタケは大豆を炒って送ってくれた。それが寺司にはひどく嬉しかった。

戦後、無事に復員したことを知らせると、遠い山形県西村山郡河北《かほく》町から一箱のリンゴが届いた。昭和二十年末、日本中が饑餓にあえいでいるとき、それは一家に歓声を挙げさせるほどにまぶしい贈り物であった。お返しに蜜柑を送ると、それはまた東北の家庭には貴重な南国の贈り物だったらしく、「こんなにおいしいミカンを食べたのは初めてです」と礼状が来た。

以来一度も絶えることなく、毎年歳末近くになると山形と大分を結んでリンゴと蜜柑の定期便が繰り返されている。そのリンゴが届いたときには、さすがに寺司も航空隊の日々を思うのだった。神町航空隊では危うく命を拾っている。あのとき墜落していく飛行機の機首を立て直して命を救ってくれた大塚中尉は、どこでどうしているだろうかなどと思うのだったが、余裕のない日々の生活はその感傷を長くは許さないのだった。

寺司と版画の運命的な出遇いは、他愛ないきっかけによっている。結婚した年の秋、舞鶴高校に通っている妹が彫っているのを見たのだった。「何をしてるんだ」と訊くと、「郵便局の年賀状版画コンクールに応募するのよ。兄ちゃんもやってみたら――」と勧められた。

「おれにもできるかな。――どんなふうにするのか」

彼は妹から版画の手ほどきを受けて彫り始めた。妻にも勧めて、結局妹達三人と合わせて五人で応募したが、これが地方、中央の審査で七枚の賞状を獲得して、大分合同新聞に版画一家と報道されることになった。それから面白くなって寺司は版画に熱中し始める。まったく手探りの独習であった。周りに勧められて県美展に出し始めたが、十年間は低迷が続いた。風景、静物、人物、抽象、なんでも彫ってみたが、彼独自の表現がつかめていなかった。

昭和三十九年秋の県美展で初めて「十六夜」と題する屋根の作品が受賞して、彼の進む方向が定まった。それまでの色彩版画をやめて、黒と白のシンプルな構図で瓦屋根を画面一杯に表現した作品が、審査員から異色と評価されたのである。以後ひたすら瓦屋根のみをテーマに木版に刻み続けて、四十一年には「夏の屋根」が日展に初入選する。簾《すだれ》越しに屋根を配した構図が成功していた。以後三年連続して日展に入選し、ようやく寺司の版画は注目されるに至った。四十二年に全国的な美術団体である白日会展に入賞したのを機会に、白日会会員となった。日本独自の瓦屋根を表現した彼の木版画は海外でも評価されて、昭和四十七年に作品「樹」が米国シンシナティ美術館に永久保存買上げとなったし、五十一年にはスペイン美術賞バルセロナ展で優秀賞を受賞する。この年に、これまでの勤めをやめて寺司は版画家として自立する。既に四十八歳になっていた。

彼が「最後の特攻隊」のことを初めて知ったのは、昭和五十一年である。この年、彼は大分勤労動員学徒の手記集『あゝ紅の血は燃ゆる』の編集にたずさわったが、その過程で大分飛行場に付設されていた第十二海軍航空廠に動員されていた者達から、その終戦秘話を聞かされたのだった。彼が自分の海軍航空隊時代を改めて考えるようになったのは、この頃からであった。どうやらここまで這い上って来たという余裕が、自らの過去に眼を向けさせたのかも知れない。

彼はこの頃になると、滅びゆく瓦屋根を版木に刻み残してゆく執念に燃えて、全国各地を取材して廻るようになっていたが、同時にまた甲飛予科練時代の自分の姿を追い求めるように、当時世話になった者達を探して訪ねる巡礼行をも始めていた。何に駆り立てられているのか、自分でも説明のつかないままの巡礼行であった。皮切りは、鹿児島航空隊にいたときの下宿先、田上一家との対面であった。台湾虎尾空での下宿先の古川一家はテレビに出演して呼びかけたが、離婚していることが分って会いに行くことを断念した。虎尾公園にあった大日本製糖会社のクラブの管理人だった岡兵吉夫婦を訪ね当てて川崎まで行ったが、一番可愛がってくれた夫人は既に他界していた。鹿児島空の人情分隊士三宅清が倉敷に住んでいることを知って、博多大丸で開催中の個展に招待して対面を実現した。

虎尾空での教官であった谷岡正夫少尉（予備学生十三期）は戦死していたが、その妹になる人を探し求めた。訓練では厳しい谷岡少尉が、ある日妙に照れながら「東京にいる妹から、おまえたちにやってくれといって送って来たから――」といって、明治神宮のお守り札を自分のペアである寺司達五人に配ってくれたことがあった。若い女性からの贈り物に十七歳の練習生達は胸をときめかし、それからは共通の〝恋人〟として語り合っては忘れなかった。少尉の母親が広島市に住んでいたらしいというところまで調べがついて、寺司は中国新聞に尋ね人の手紙を書いた。それが「特攻隊員の〝恋人〟今どこに」という記事になり、彼女が名乗り出て寺司は戦友と共に会いに行った。

「そうですか、わたしは妹になっていたんですか……。照れもあったのでしょうが、優しい人だったので若い人の気持を察したのではないでしょうか……」

谷岡フジは寺司達を前にして、そういってはにかんだ。谷岡少尉のいう妹は、新妻であったことを寺司達は初めて知った。彼女の新婚生活は僅か一年で断ち切られ、戦後をずっと一人で生きて来たが四十九年に少尉の兄と再婚していた。「皆さんは、よく生き残られましたね」といって、彼女は目頭をぬぐった。

共に九死に一生を得た大塚裕司中尉も探し出して、松山市で再会した。徳島電気通信部部長を停年退職し、電電公社の外郭団体に勤めているという大塚は、「お互い心中するところやったのう」と往時をなつかしがった。

台湾にも渡った。虎尾空跡は空軍の基礎訓練場になって立派な兵舎が並んでいた。訓練中に墜落死した同郷の河野剛二等飛行兵曹の供養も済ませた。鎮魂の念《おも》いで刻んだ「台湾の屋根五景」と題する作品は、のちに台北の国立歴史博物館に収蔵された。

安孫子武に観てもらうために、山形市の大沼デパートで版画展も開いた。その作品の中には特別にタケの家の土蔵をモデルにした作品も加えておいた。既に八十歳を超えて病床にあるタケは、その日は車椅子に乗せられて会場に来てくれた。

寺司は兄の同年兵の集いにも出席した。由之進の戦病死は同年兵達にも知られていなくて、兄宛ての招待状が三十数年ぶりに届いたのだった。寺司は兄が応召して以降の足取りをつぶさに聞き取った。新兵達の責任者に指名された由之進が、釜山から北上していく貨物列車の有蓋貨車の小暗い中で、ずっとメモを続けていたという証言を聞かされたとき、寺司は涙がこぼれそうになった。小柄な兄が責任の重さにどんなに緊張していたかが見えるようであった。あとで兄の動き廻った跡を地図に辿り、距離を計算してみるとおよそ六〇〇〇キロにも及んでいた。すみやかに本隊に合流せよという、ただそれだけの命令に従って、由之進は歩きに歩いて死んでいったのだと、改めて確認した。

寺司がいま最後の特攻隊の調査に執念を燃やしているのも、そんな彼自身の巡礼行の延長といってよかった。自分の軌跡とは交わらぬ隊だったにもかかわらず、そうとはいいきれぬような切実な思いに駆られている。

「もう、これが最後だからな。この最後の特攻隊の調べが済んだら、おれの巡礼行は終りにするからな」

版画の仕事をそのためにおろそかにしているのではなかったが、彼はやはり妻にそんないいわけをしてしまう。五十五歳になった寺司の、オールバックにした髪にめっきりと白いものが増えている。

三　七〇一空

新宿の小田急デパート七階にある美術サロンでの、寺司勝次郎木版画展も今年で七回目になる。

午前十時にデパートが開店して、最初の客が美術サロンに入ってくれるまでを待つ心細さは、幾度繰り返しても慣れるということはない。このまま誰も来てくれないのではないかと、極端な思いに沈んだりする。ようやく幾人かの客の顔が見えて挨拶を交すようになると、そんな不安も消えてゆく。やはり大分県出身者が多いのは、毎年のテーマに大分県下の古い町並をとりあげているからだろう。昨年が竹田十景で、今年は臼杵十景である。大分県下には、瓦屋根を残した魅力的な町並がまだ多く残されている。

いまでも寺司はよく、「どうして瓦屋根ばかり彫るんですか」という質問を会場で受けることがある。そんなとき彼は、「瓦屋根は全国どこでも年々消えていってるんですよ。私はそれを版画に刻んで残しておきたいんです」と答えることにしている。本当は瓦屋根についてはもっともっと語るべき魅力は尽きないのだが、遥々《はるばる》訪ねて行って古い瓦屋根を仰いだときの感動を、寺司はうまく言葉に換えることができない。瓦屋根には風雨にさらされ続けた厳しさがある。じっと耐え続け、崩れかけながらも耐えている愛しさがある。鬼瓦や軒瓦のみごとさを見れば、無名職人の仕事ぶりが偲ばれる。

そんな思いを、もう二十年間寺司は版木に彫り続けたことになる。彼の瓦屋根の表現は独自で、平鑿《ひらのみ》を上から垂直に叩き込んでゆくので鑿痕《のみあと》が残るところに特徴がある。ときには瓦屋根以外には彫れないのかという声も耳に届いて、彼自身幾度か迷ったこともあった。しかしいまはもう、このまま愚直に瓦屋根の版画に徹していこうと思っている。できれば生涯に千点の瓦屋根を版画に残したいというのが、ひそかな夢になり始めている。いまやっと三百点くらいだから、壮大な夢には違いない。なによりも版画は体力の衰えが直ちに鑿痕に表われてくるから、体力維持を第一に心掛けねばならない。「前支え分隊」出身の寺司は、いまでも毎日腕立て伏せを欠かさない。

二日目に七〇一空会の世話人のひとり佐藤陽二が会場に来てくれたのは、意外であったし嬉しくもあった。一応案内状は送っておいたが、まさか前橋から出て来てくれるとは期待していなかった。「慰霊祭ではいろいろお世話になりました」と律儀に挨拶してから、佐藤は壁面の一点一点をゆっくり見て廻った。

「ほう、野上彌生子は臼杵の出身でしたか」

彌生子の実家をモデルにした「古い蔵」の前で佐藤は寺司を振り返った。

「ええ、いまでも醤油の醸造元で、蔵が残っていますよ」

「このまえは国分の慰霊祭の帰りでしたから、いつかゆっくりと大分県を訪れたいですね。臼杵や国東の石仏を廻ってみたいものです。――あとでお宅の方に作品を注文してもよろしいですか」

佐藤のそのいいかたに、なんとなく確かな鑑賞眼が感じられた。

考えてみれば、寺司は佐藤の職業も来歴も知ってはいない。七〇一空会の世話人である彼と、たまたま慰霊祭の準備を通して接触したに過ぎないのだ。七〇一空会名簿によれば、在隊時の旧姓は前原陽二で海兵七十三期とある。いまの若い人にはもはや理解できまいが、海軍兵学校出というのは海軍きってのエリートであって、予科練出の寺司などはいまでも海兵出の相手と対面するとき、いささかのたじろぎを覚える。戦後三十八年を経ながら、軍隊時代の出身や階級差から完全には解放されないものである。

会場の中央に休憩用に置かれているソファを佐藤に勧めると、寺司は茶を持って来た妻を紹介した。広い会場に客は他に三人しかいない。

「慰霊祭のあとであなたから頼まれた写真の焼増しを持って来ましたよ」

佐藤は手に持っていた角封筒から一枚の写真を取り出して、寺司に手渡した。

「このトラック運転席の屋根に腰掛けているのが、山川代夫上飛曹です。その右隣りが北見武雄中尉で、肩に手を掛けているのが磯村堅少尉です。一番左端にちょっと顔を見せているのが大木正夫上飛曹ですね」

佐藤が写真の中の一人一人を指差しながら説明した。いずれも最後の特攻隊に加わって還らなかった七〇一空隊員である。寺司がこの写真のことを知ったのは、戦友を代表して佐藤が碑の前で読んだ「慰霊のことば」の草稿を、あとで見せてもらったからである。佐藤は次のように述べていた。

〈昭和二十年八月十五日、在大分の七〇一空彗星拾壱機、第五航空艦隊司令長官宇垣纏中将とともに沖縄に突入との報に接し、私達の彗星拾弐機は、美保基地から八月十七日、この大分飛行場に進出致しました。

夏草に蒸《むせ》ぶ飛行場は無気味な静けさに包まれて居りました。

昭和十九年秋、神風特別攻撃隊の嚆矢《こうし》、関大尉は、吾々第四十二期飛行学生に対し、「教へ子は散れ山桜此の如くに」と遺言を残されました。

関大尉と同期の中津留大尉は、最後の神風特別攻撃隊の指揮官機として、関大尉の教え子の伊東、北見を伴い此所大分飛行場から発進、沖縄に散りました。

八月十五日午後四時、嘗てない盛大な見送りを受けた拾壱機は発進したとは聞きましたが、詳細は知る術もありませんでした。唯、中津留大尉の滋愛に満ちたまなざしは、固く瞼に焼付いて居ります。

同乗偵察員遠藤飛曹長の温和な姿も、眼に浮んでまいります。

兵学校入校以来のクラスメート、伊東、北見に対しては死場所を得た羨しさで一杯でした。

内海中尉、池田中尉、磯村少尉、夜見ヶ浜でのラジオ体操をズベり、ガンルーム総員、ケプガン渡辺大尉に殴られ、目から火の玉が飛んだのも、今は懐しい思い出の一駒ですネ。大木兵曹、山川兵曹、山田兵曹、後藤兵曹、よくバレーボールをやりましたね。ユーモア溢れる山川兵曹のダミ声は、今も耳に残って居ります。

中島兵曹、藤崎兵曹、吉田兵曹、松永兵曹、「若《じゃく》」と言われながら、二十歳にも満たぬ年齢で、立派な最期を遂げました。

今の若人に語りついでやらなければなりません。

偶々《たまたま》最近、一枚の写真を手にしました。八月十五日、最後の杯をあげた後、搭乗機に向う時の姿です。午後三時三十分（ママ）と記されてあります。何と明るい顔でしょうか。何とすがすがしい顔でしょうか。

祖国は今、戦に敗れ、己が生命は二時間（ママ）の後には、此の世から消えるのです。

私の目には、既に戦争を超越し、勝敗を超越し、生命を超越し、「悠久の大義」に生きる者の姿として映りました。

　敗れたる祖国に殉じ、日本民族の安泰の為に、己が生命を神に捧げんとする者の姿です。「神に召されたる者」の平安さえも、伝わってくるではありませんか。

　戦後三十八年目の春、再び飛行場跡に立てば、曽ての滑走路には平和を象徴する施設が並び、新緑の山河は吾等を歓迎して呉れます。

特攻、戦没者等の犠牲は応えられ、日本は繁栄し、日本民族は平和を謳歌して居ります。

此所、大分の神風特別攻撃隊発進の地の記念碑に、又、江田島の教育参考館特攻記念室の石碑に彫まれた十七名の氏名は、日本が平和を求むる努力を続ける限り、日本民族が愛国心を失わぬ限り、後々迄消えることはありません。

　諸霊安らかに御眠り下さい〉

　この草稿を見せてもらったあと、寺司は佐藤に写真の焼増しを依頼したのだった。キャビネ判に拡大された写真を受取ったとき、寺司は佐藤の誠実な人柄を感じた。

慰霊のことばにあるように、写真の中の四人はいずれも歯を見せて笑っている。四人とも輸送用のトラック（フォード）の上に居るのだが、中央の三人はカメラの方に向かって笑っている。何か冗談をいいかけられたのであろう。（佐藤の説明では、これを撮ったのは西沢久夫中尉で、彼は自分の搭乗機が整備不良で居残った一人である）

いずれも飛行服にジャケット（救命胴衣）を着け、飛行帽の下には日の丸の鉢巻が見える。山川上飛曹の鉢巻の耳許に眼を凝らした寺司は、「これはリボンのようですね」と佐藤に指差してみせた。

「――そうのようですね。女学生からでも贈られたものでしょうね」

佐藤もいわれて初めて気が付いたように、眼を凝らした。山川はこのリボンをつけたまま沖縄の海に散ったのかと思うと、寺司は思わず微笑を浮かべていた。寺司もまた慰問に送られたマスコット人形を秘めて持ったことがあるが、一人前でない彼等がそれで身を飾るような真似は許されなかった。（山川代夫の出身地が山形であることを知った寺司は、のちに新聞社を通じて遺族を探し出し、安孫子武の病床を見舞いがてら、この写真を実弟に届けることになる）

「このまえから一度お尋ねしようとして、とりまぎれていたんですが……国分での慰霊祭には、どうして最後の特攻隊の十七名の方達はまつられていないのですか」

そのことに寺司はひっかかりを感じていた。七〇一空戦没者の慰霊祭は、毎年欠かさずに国分で盛大に行われているというのに、どうして同隊隊員である十七名は合祀されていないのか。

「それはまつられません。国分での特攻隊員戦没者慰霊祭というのは、国分基地から発進して還らなかった特攻隊員の慰霊祭なんです。ですから、大分基地から飛び立った中津留さん達は含まれないわけです」

「そうすると――」寺司は自分の誤解に気付いた。「国分での慰霊祭は、七〇一空だけのものではないということですか」

「そうなんです。国分基地から飛び立った特攻隊は、七〇一空以外にも、二一〇空、六〇一空、八〇一空など各隊がありましてね。なにしろ総力戦でしたから、四月頃からは宇佐空や百里原や名古屋の練習航空隊の艦爆も来て、突っ込んで行きました。――でも、一番多くの戦死者を出したのは、やはり七〇一空でしたね。沖縄戦だけに限っても一一二名の特攻戦没者を出していますよ。一番激しかったのが、昭和二十年三月十八日から二十日にかけての九州沖航空戦です。十八日の早暁から敵機動部隊に攻撃をかけたんですが、なにしろ空母だけで十八隻という大艦隊ですから、十八、十九両日の攻撃で七〇一空はほぼ潰滅状態になるわけです。――このときの戦闘に加わった七〇一空隊員の一人が戦後に書いた手紙を私は持っていますから、あとで送りましょう」

後日佐藤が送って来た淡路茂の手紙のコピーは便箋にびっしりと九枚も綴られたもので、昭和二十年三月十八日から十九日の出撃の光景を回想している。

〈三月初旬から中旬にかけて敵機動部隊は本土沿岸を北上、沿岸都市を爆撃又は艦砲を以て攻撃を加え乍ら行動を続けて居りました。この機動部隊はニミッツ提督指揮する所の第五十八機動部隊でしたが、此の帰途を我が偵察部隊が捕捉致しました。そしてこの情報に基いて三月十八日未明の隊員整列となったのであります。暗闇の飛行場指揮所前に全員整列をしましたが、隊員の眉宇《びう》には愈々《いよいよ》来る可きものが来たという決心が強く表われて居りました。江間飛行長の訓示、本江飛行隊長の命令伝達があり激しい緊迫感がひしひしと身に迫り、全員息をころして飛行長の言葉に聞き入りました。

「本隊は全員特攻である。但し攻撃をして命中の確信ある場合には爆弾を投下し帰投せよ、その確信なき場合は其の儘《まま》体当りを決行せよ」と言う命令でありました。そして此の日の早朝より、苛烈な戦闘の真只中に飛び込んで行きました。

十八日早朝此の日の天気は花曇りの空、海上はミストがかかり視界は必ずしも良好ではありませんでした。出撃する隊員は或ものは鉢巻をしめ或ものは純白のマフラーをきりりとまいて整列し「掛れ」の号令で列線に向って脱兎の如く走り去りました。折から戦闘指揮所の横には菊水の紋もあざやかに木田司令の筆になる「一棒一条痕　一摑一掌血」と大書されたのぼりが折からの朝風にはためき、出撃の隊員を見送っておりました。残る隊員や基地員は指揮所前に整列し続々として発進する機との間に、万感をこめて帽を振りマフラーを振って別れを惜しみました。この日発進したのは二十数機でしたが、発進後攻撃機

からの入電や帰還をまちましたが、僅かに数機が帰還したにすぎませんでした〉
戦史によれば、三月十七日から二十一日に及んだ五日間にわたる九州東方対機動部隊の戦闘で、出撃した総機数は一九三機、索敵偵察五十三機で、そのうち損害は一六一機にも達している。五日間の苛烈な戦闘を終えて、宇垣中将は春の句を七句『戦藻録』に記している。

合戦をよそに春日の自然かな
奮戦の五日を過ぎて麦の伸
春知らぬ戦士多かり壕の中
特攻の征きにし空や雲雀鳴く
彼岸とも知らで散りにけり若桜
桃咲きぬ特攻の士に手向して
菜の花や戦友《とも》が勲し聞き相手

前原陽二中尉（佐藤の旧姓）は昭和二十年三月時点では飛行学生終了直後で、名古屋の明治基地を本拠地とする二一〇空（練成航空隊）に属していて、まだ実戦には出ていなかった。前原が飛行機を輸送して国分基地に進出したのは、三月末であった。二日前に進出した特攻編成に予備機を空輸したのだった。そしてそのまま国分基地に待機させられることになった。あるいは特攻の予備員に擬《ぎ》せられていたのかも知れない。前原は連日のように沖縄に向けて飛び立つ特攻機を「帽振れ」で見送り続けた。それはもはや特別な光景ではなく、毎日繰り返される日常の光景と化していた。彼自身一刻も早く出撃したい焦りにも似た気持に駆られていた。彼の属した二一〇空もエンジン不調の一機を残して、全機が沖縄に散った。六〇一空、二五二空の彗星も殆ど消耗し尽した。

同じく潰滅状態となった七〇一空を立て直すために、飛行長江間保少佐が残存部隊を率いて美保基地に後退したのは四月十七日である。この後退は数次にわたって続き国分基地には木田達彦司令のもとに飛行隊長森山勝文大尉ら少数の精鋭だけが残った。この再編成にあたって二一〇空から伊東幸彦、北見武雄と共に前原もまた七〇一空に組み込まれて、美保基地に移動した。

七〇一空は第五航空艦隊の虎の子的な航空隊の為か、連日の訓練は凄絶を極めた。ハワイ以来の歴戦の江間飛行長以下、ラバウル、フィリピンの少数の生残りは、その凄愴なる戦闘を事もなげに語っては前原達を叱咤した。だが前原はついに特攻に出る機会もないままに美保基地で八月十五日を迎えることになる。その日彼等は宮沢大尉に率いられて名古屋に進出する命令を受け指揮所前に整列したのだったが、その直後に「出発待て」の報を受けて正午を迎えたのだった。玉音放送は何をいっているのかよく分らなかったが、それでも前原は断片的に聞きとめる言葉に意外な感じを抱いた。どの言葉も督戦的な響きには聞こえなかったのだ。やがて、日本は敗けたのだという情報が伝わってきたとき、それを否定する気持が起きなかったのは、放送を聞きながら既に予感のようなものがあったからであろう。

ただ、漠然と敗戦は認識できても、それに対処する術は誰にも分らなかった。爾後の命令を待つこととなり、その日の午後は飛行作業は無く夕刻になって夜見ヶ浜（弓ヶ浜）の松林にある宿舎に戻った。

夕食後、前原達ガンルーム（第一士官次室）の士官は総員で飛行長、隊長等の居る士官室に集まり、その後の情報を待った。ガダルカナルの強襲、ラバウルのこと、フィリピン以来の特攻のことなど、戦死者を偲びつつ話は続けられていたが、いつとはなしに即興の演芸会となっていった。さして酒が入っているわけでもないのに、皆酔ったようになってはしゃいだ。調子はずれな節で「ペルシャの市場」をがなり立てる者がいるかと思うと、「酋長の娘」などを歌いながら裸踊りを始めた者もいる。皆が一番びっくりしたのは、日頃からエンマ様と呼ばれて恐れられている江間飛行長が、ハモニカで越後獅子を吹奏してみせたときである。誰もが敗戦という未曽有の事態をどう受けとめていいのか分らず、戸惑い混乱していた。ただ、死からは解放されたらしいという意識だけはひそかに抱いていた。

大分基地からの緊急電が入ったのは、午後九時頃であった。宇垣長官と共に中津留大尉以下七〇一空派遣隊二十二名が、沖縄特攻に飛び立って還らぬという衝撃的な報らせであった。宇垣長官の彗星機上から発した訣別の辞も入電しているのだという。全員水を浴びせられたように凝然として、言葉もなく散って行った。

ベッドに入ったとき前原がまっ先に思ったことは、死んで行った彼等が羨ましいということであった。いま前原の前方に見えるのは、渾沌とした闇のようである。いったい明日からの日本がどうなっていくのか、想像もつかなかった。これまで信じてきた目標が突然断ち切られて、あとに残ったのは暗い空洞でしかない。むしろ、特攻として信念のままに散って行った彼等が心底羨ましいのだった。中津留大尉と共に飛び立った中に、多分北見武雄中尉と伊東幸彦中尉も含まれているだろう。二人共海兵七十三期で前原とは仲の良い同期生であった。大分に派遣されるまで隣りのベッドに寝ていたのだ。伊東の得意な「お山の杉の子」の歌や北見の「おけさ踊り」が頭の中を駆け廻った。二人に先を越されてしまったという痛恨の思いを、前原は一人で噛みしめていた。

八月十七日午後、前原達は彗星十二機で大分飛行場へ降り立った。飛行場には殆ど機影はなかった。前原達は特攻機として飛び立った十一機の補充のために大分に来たのである。既に戦争は終っているのに補充で大分飛行場に移って来るというのも奇妙であるが、そのときは別に奇妙とも思わなかった。フィリピンのマニラに停戦交渉に行く白色に塗った中攻二機が大分を経由するとの情報が、十八日に入った。その交渉如何では戦闘再開も予想されていた。

確か十八日の午後であったと思う。司令部に呼ばれた宮沢大尉が帰って来て民家の縁で号泣しているのを見たとき、前原は初めて敗戦を実感し涙が溢れた。それまで両肩にずっしりとのしかかっていた「死の重圧」がにわかに無くなり、ぐっと背伸びをしたいような解放感がこみ上げていた。その一方で、これからどうなるのだろうかという不安も大きく募っていた。祖国が急に手許から離れ遠のいて行くような寂しい気持だった。

七〇一空の全機が各基地から国分基地に集結しはじめたのは、二十日午後であった。積乱雲の荒く立つ炎熱の午後、百余機の彗星が次々と降り立って来る光景は、もう二度と見られぬ壮観であった。翌二十一日総員集合がかかり、隊の解散が命じられた。謄写版印刷の文書が配られ、「三国干渉を受けたときの明治大帝の御気持を拝察して、これからの時局に対処せよ」と諭された。主計官からは一人一人に退職金が渡された。

解散にあたっては、一つの重要な約束ごとがあった。隊員全員で、「昭和血盟団」を組織し、占領軍の手が皇室を脅やかす事態に至ったとき決起するという誓いである。各ブロックごとに責任者も定めた。

前原は二人乗りの彗星に三人で乗って、故郷群馬の小泉飛行場に着陸し、彗星は放棄した。その瞬間、前原陽二は兵であることをやめたのである。

帰ろうとして立上った佐藤が、壁面の版画の方に視線をやりながら言葉を継いだ。

「寺司さん、われわれも決して大分派遣隊の慰霊祭を心にかけなかったのではないんです。七〇一空会ではずっと気にかけてたんです。ただ、いいわけめきますが、全員が皆働き盛りで忙しい身体でしたから、世話役として動ける者がいませんでね……。七〇一空会の生存者名簿ができましたのも、やっと去年なんですよ。それもまだ僅か四分の一くらいが確認できた程度でしてね。――それと、はっきりいって中津留さんのお父さんの問題もありましたし……」

「私もこちらに出て来る前に、お訪ねして話を聞いて来ました。お父さんは宇垣さんをずっと怨んでおられたんですね」

「ええ。中津留さんのお父さんは宇垣さんが中津留大尉以下を私兵化したとして、長い間怨んできました。今となれば七〇一空会にも同じような受けとめ方をする者もあって当然でしょう」

「そうでしょうね。宇垣さんが一人で自決をされたのだったら、こういう悲劇が起きなかったことは確かですからね」

「それに、宇垣さんと七〇一空の間には、もうひとつそれ以前の問題もあるんですよ」

佐藤は立ったまま寺司に顔を向けた。

「特攻に関する考え方の違いがあったんです。七〇一空の飛行長江間少佐はわれわれにこういってました。死ぬことが特攻じゃない。敵に弾丸を当てることが特攻なんだから、必ず当てる自信がある者は還って来い、何回でも出撃するのだというんです。――江間少佐はこの考えを上層部にぶっつけたことがあると聞いています。そのときは、尊敬する島崎中佐になだめられて、ようやく引きさがったらしいんですが……」

七〇一空会が最後の特攻隊の慰霊祭に、宇垣長官の遺族を招かなかったしこりの根の深さに、寺司は驚かされた。

「宇垣さんの出身地の岡山に〈嗚特攻雄将宇垣纒提督並十七勇士菊水之塔〉というのが立っていますが、寺司さんは御存知ですか」

「いいえ、知りません。佐藤さんはおいでになったことがあるんですか」

「いや、私は行ってません。おそらく七〇一空会の者は余り行ってないと思います。――ところで寺司さん。あなたは最後の特攻隊のことを調べようとされていますが、何か発表なさるつもりですか」

佐藤の視線にみつめられて、寺司はたじろいだ。

「ええ、大分を舞台に起きたことですから、事実だけでもきちんと整理して記録を残したいと思ってるんですが……」

「そうですか。私としては、もうこの件はそっとしておいてほしいというのが正直な気持なんです。いまさら事実をあばきたてるよりは、ヴェールに包まれたままにしておきたいんです。宇垣さんも山本長官からの短刀を手にして亡くなられました。特攻を命ずる者は、命ぜられる者と共に既にこの世の人ではなかったのですね。——私は宇垣さんを傷つけたくもないし、死んで行った者達を傷つけたくもないんです。どういえばいいんでしょうか……私はいわゆる〝最後の特攻〟は、神に捧げられた犠牲だという気がするんです」

「佐藤さんのお気持はよく分ります。私も海軍に居た人間ですから、同じような心遣いは持っているつもりです」

寺司はそう答えて佐藤を送り出したが、三十八年もの歳月を経てなおこの事件が関係者の心に、暗い陰を曳いていることを思わざるをえなかった。

四　出撃の写真

品川家範とは銀座東急ホテルのロビーで会ってもらえるように、寺司は大分を出てくる前から打ち合わせていた。品川の勤務先が直ぐ近くなので、そこでなら昼休みを利用して会ってもいいということだった。寺司の聞きたいことも、多分それほど時間のかかることではなかった。個展四日目の昼前、彼は会場を妻に任せて抜け出した。

寺司が品川に会ってみたいと思ったのは、彼が大分飛行場で最後の特攻隊を見送った一人であることを、彼の書いた小さな文章で読んだからだった。品川家範は七〇一空ではなく、五航艦付き少尉である。あの明治神宮外苑での学徒出陣壮行会で送り出された海軍予備生徒第一期（海軍予備学生十四期と共に入っている）である。

「私が日本政府の無条件降伏を知ったのは、確か八月十一日か十二日でしたね。特情班の糠沢少尉と夕食後、壕を出て近くの護国神社を散歩しているときに聞かされたんです。日本はポツダム宣言を受諾するぞ、外国放送が繰り返しそのことを放送してるんだといわれて、そんな馬鹿なことがあるかと、思わず否定したことをおぼえていますよ。特情班から宇垣長官に報告したら、この件は絶対に口外するなと止められたそうで、私にも絶対に他の者には洩らすなと口止めされました」

「それが十一日か十二日か……はっきりした記憶はありませんか」

「ありませんねえ……いまとなっては」

東急ホテルのロビーにある喫茶店で対面した品川は、見るからに誠実そうな人柄で、記憶の薄れているところは薄れていることとしていい加減な答え方はしなかった。（あとで寺司が『戦藻録』に確かめたところでは、日本政府がポツダム宣言の受諾を申し込んだというサンフランシスコ放送を、宇垣が情報主任から聞かされて愕然としたのは八月十一日午後となっていた）

「八月十五日の玉音放送はガンルームのラジオで聞いたんですが、何をいっているのかさっぱり聞きとれませんでしたね。しかし私は既に糠沢少尉から外国放送のことを聞いていましたから、放送のあとでこれはポツダム宣言の受諾じゃないかといって、皆からえらく叱られましたよ。みんな、これは一億総特攻なんだと真剣にいい合ってましたからね。それから間もなくして、緒方大尉が新聞社に放送の内容を確かめに行くというので、私もその車に乗せてもらって一緒に行きました」

大分合同新聞社は府内城跡に近い荷揚《にあげ》町にある。行きつつ緒方大尉が怖い顔をしてむっつりと黙り込んでいるので、品川は言葉を掛けることもできなかった。

大分合同新聞社は七月十七日早暁の空襲に焼失し、野津原村に工場を疎開していて隣家の中山医院の家を仮事務所としていた。そういう事情を知らない品川は、これが新聞社だろうかと拍子抜けした程の粗末な編集局だった。木造の階段を登って二階に上って行くと、社内の雰囲気が異様であった。新聞社に特有のはずの騒然とした活発さがなく、沈み込んでいた。やはりポツダム宣言を受諾したのだと品川は直感した。あとで推察したのだが、既に阿南陸相の自刃のニュースも届いていたのであろう。

緒方大尉と二人で手分けして「詔書」を書き写した。

朕深ク世界ノ大勢ト帝国ノ現状トニ鑑ミ非常ノ措置ヲ以テ時局ヲ収拾セムト欲シ茲ニ忠良ナル爾臣民ニ告ク

朕ハ帝国政府ヲシテ米英支蘇四国ニ対シ其ノ共同宣言ヲ受諾スル旨通告セシメタリ

……

帰りはいっそううなだれて、二人とも言葉はなかった。恐らくこの「詔書」は宇垣長官にそのまま渡されたと思うが、品川は確かめてはいない。

午後四時前、指揮所からガンルームに連絡があって、宇垣長官がこれから彗星艦爆十一機を率いて沖縄に突っ込むという、衝撃的な報らせを受けた。直ぐさま外に飛び出すと、通り合わせたトラックの荷台に飛び乗って飛行場に駆けつけた。宇垣長官の姿はまだ無くて、特攻隊員達と見送りの者達が別れを惜しんでいた。発って征く者達が笑っており、居残る者の方が沈んでいた。

緒方大尉に手招きされて寄って行くと、「君の同期だよ」と一人の特攻隊員を紹介された。予備生徒一期の磯村堅少尉だが、顔見知りではなかった。

「いよいよ征くのか……。いいなあ、おれと替れよ」

握手しながら品川は言葉を掛けたが、磯村は白い歯を見せて笑っただけだった。一瞬のぞいた右の八重歯が印象的だった。これから死に向かって飛翔する者に、それ以上どんな言葉を掛けていいのか分らなかった。やがて整列の号令がかかり、特攻隊員が整列すると間もなく三台の乗用車で長官らが到着した。

「私は夢中になって写真を撮り始めました。いったい、生きていてこれから先どうなるのだろうかと、そればかりを思いながら泣くような思いでカメラを構えていました」

品川の述懐に寺司は驚かされた。

「あなたは、最後の特攻隊の出発の光景を撮影されたのですか」

思いもかけない事実であった。

「ええ。――あなたはこれが見たいのだろうとばかり、私は思っていたのですが……」

品川が角封筒から取り出した写真を一目見て、寺司はあっと思った。

「この写真ならよく知っています。——これは品川さんの撮影だったんですか」

最後の特攻隊に関心を抱き始めてから、既にいろんな関係書で見てきた写真である。『別冊・一億人の昭和史・特別攻撃隊』（毎日新聞社）にも掲載されていて、最後の特攻隊といえば必ず登場する一連の写真である。つい何日か前、寺司が中津留大尉の父親に届けたのも、その本のグラビア写真から複写したものであった。そういえば『一億人の昭和史』のその一連の写真には、撮影者の名も提供者の名もなかった。（あとで確かめたのだが、同書巻末には提供者リストが付されているのに、品川の名は洩れている）

「確かそのときは連続して十枚撮ったと思うんですが、あちこちに貸しているうちにネガが八枚になってるんですわ」

昔のシックス判のネガフィルムは現像後一枚一枚切り離して保存をするので、現在のように一本の連続フィルムにはなっていない。

「もっときちんと整理しておけばよかったんですが、いまになってみると写真の順番も正確には分らなくなりましてね……」

品川は、多分こうであったろうという順序に八枚の写真を卓上に並べてみせた。

一枚目は、指揮所前の折り畳み椅子に足を拡げたようにして坐っている宇垣長官が、正面から撮られている（5ページ、写真①）。もしこれが一枚目であるなら、飛行場に到着して直ぐと思われる。整列した隊員達に幕僚の誰かが、これから宇垣長官の訓示があることを告げているときであろう。次の瞬間には立上って、宇垣長官は特攻隊員達の整列する前に足を運んだのであろう。

それが二枚目の写真になっている（6ページ、写真③）。折り畳みの椅子が隊員達の前に移されていて、その上に立つ長官は三種軍装の胸に双眼鏡を下げ、左手に山本五十六元帥より贈られた短刀を持っている。二列横隊の特攻隊員の後方にも幾つかの影が見えるので、多分そこには居残りの兵達が整列しているのだろう。指揮所の前の端の方にたむろしている幕僚をかぞえてみると、二十三人くらいが識別できる。宇垣長官の背後の土手には芒《すすき》の穂が一杯に茂っている。三枚目も同じ光景をもう少し接近して写している（5ページ、写真②）。

これまで見慣れたグラビアよりも鮮明な写真を手にして、寺司は奇妙なことに気がついていた。整列している特攻隊員の中にジャケット（救命胴衣）を着けていない者が六、七人はいるのだ。宇垣長官の前に立つにしては不揃いな姿で、そのことからも長官の出現がいかに不意であったかをうかがわせる。それ以上に不自然なのは、指揮所前にたむろする参謀達のばらばらな姿である。彼らは、たむろするとしかいいようのないほどに雑然と佇んでいて、長官の訓示中にもかかわらず、後ろに手を組んでいる者さえ見える。寺司の眼には、それが参謀達のそれぞれのとまどいの現われのように映る。置いて行かれる彼等は、このあとどうすればいいのか誰にも判らなかったろうし、濃い不安におおわれていたのだろう。

四枚目の写真は宇垣長官が幕僚達との別れを告げている光景で、品川はその一人一人の名前を教えてくれた（7ページ、写真④）。参謀副長高橋大佐、副官三辺少佐、城島少将、気象長坂東中佐、宮崎先任参謀、横井参謀長等々。宮崎先任参謀は一緒に連れて行ってほしいと宇垣長官に泣いて訴えたと伝えられているが、この写真の中の彼は泣いてはいない。共に行くことを諦めたあとであろう。

五枚目の写真は、宇垣中将の階級章をはずしている場面である（7ページ、写真⑤）。これまでの関係書では、宇垣中将は牧の司令部を出る時に既に階級章をはずしたという記述になっているが、それが間違いであったことはこの写真で分る。折り畳み椅子の上で訓示をしている中将の襟にはまだ階級章が見えるので、訓示後にはずされたのであろう。中将の襟に手を掛けてはずしているのは坂東中佐で、その後方で三辺少佐が鋏のような物を手にしている。

六枚目の写真は、これから搭乗する彗星の前での宇垣長官の記念撮影である（7ページ、写真⑥）。彗星にはまだ整備の士官がとりついているが、既にプロペラは廻っている。頬骨の張った長官は黄金仮面と呼ばれた固い表情でカメラをみつめている。それでも、心なしか微笑を浮かべているようにも見える。恐らく、それを幽《かす》かな微笑ととらえるのは間違っていないだろうと、寺司は思う。参謀達の誰もがこれからどうすればいいのかを定めえない中で、宇垣のみは死処を定めて、いまやそれに向かって飛翔しようとしているのである。宇垣の遺墨が躍るような筆勢で「抱夢　征空」としたためられていたという挿話を、寺司は懐い出していた。特攻として散ることは最高司令長官としての「死の美学」にふさわしい死方だと信じて、宇垣は選択したはずである。十機が随伴するということも、彼の「死の美学」を際立たせこそすれ傷つけるものではなかった。

長官が美しい死を選んだとき、中津留達十七名の死もまた運命づけられたのだと思うと、寺司には改めて無残な思いが湧いてくる。

七枚目は列線上より滑走路に向けて動き始めている長官機を写している（8ページ、写真⑦）。プロペラが廻り砂塵を捲き上げているのが分る。後部席で遠藤飛曹長が立上っているのは、滑走路前方を見張っているのであろう。

八枚目の写真には、離陸して別府湾の上空へと上り始めた長官機が小さくとらえられている。（8ページ、写真⑧）二番機も今し離陸したところである。

品川はそこで撮影をやめたのだったろうか。それともまだ三番機、四番機と離陸を写し続けたのだったろうか、その記憶もいまはないという。彼は最後の特攻隊を見送った感慨を、後年の文章の中で次のように書いている。

〈戦争は終っていた。やっと死をまぬがれた筈の若者たちが、長官の死出の旅の伴をして死地に追いやられた。むごいことだと、戦後の人たちは、そのような受け取りかたをするかも知れない。しかし、あの時代、あの現場に居合わせた日本人なら、やはりそうは感じなかった。異常だったと言えばそれまでだが、已むに已まれぬ気持を至極当然のように行動に結びつけることのできた磯村堅少尉を、真実うらやましく思ったのは、わたしだけではなかった筈である〉

「このネガを一週間程貸してはいただけませんか。大分に帰ってから直ぐに焼付けしてお返ししますが……」

寺司が思い切っていうと、品川は気軽に応じてくれた。

「いいですよ。お貸しするつもりで持って来たのですから」

寺司は受取ったネガの一枚を宙に透かしてみた。椅子の上に立つ宇垣長官が訓示をしている写真である。これまでグラビア写真で見た限りでは、印刷の関係からか写真の上方に写る裏川の対岸の風景がぼやけてしまっている。このネガをぐっと引き伸ばして遠景がはっきり出れば、あるいは最後の特攻隊の整列した位置を割り出せるのではないかと寺司は思いついたのだ。ネガはわりと鮮明に遠景をとらえているようであった。

品川と別れて個展会場に戻って来た寺司はまだ興奮していて、妻に背広の胸ポケットを叩いてみせながら、秘密を明かすようにそっと告げていた。

「思いがけない貴重なネガを借りることができたよ。今日は大収穫だったよ」

小田急デパートでの個展の終った夜、寺司はホテルから大分の自宅に電話して、「帰るのが一日遅れるかも知れない」と妻に告げた。妻は二日前に大分に帰っていた。

「江間さんに会って帰ることにしたんだ。七〇一空の飛行長をしていた人が静岡県にいるんだ。連絡をとったら、会ってくれるというもんだから」

電話の向こうで妻が笑った。

「何がおかしいんだ」

「だって、あなたの今年の東京個展は、最後の特攻隊のことを調べるためだったみたいだから——」

笑いながら妻は電話を切った。

寺司が江間保に会おうかと思ったのは、今日の昼間会場で七〇一空会の名簿を見ていて、彼の住所が静岡県周智郡森町と知ったからである。帰途にちょっと立寄れば済むのだと思うと、この際会っておきたかった。江間は大分での慰霊祭にも出席していたのだが、寺司は直接言葉を交していないので印象には残っていない。

電話をしてみると夫人が出て、こちらの意向を伝えるとしばらくの間を置いてから、「どうぞおいでください」という返事がかえってきた。

「主人はちょっと病気の後遺症で言葉の聞き取りにくいところがあると思いますが、私が大体わかりますから。――自宅までおいでいただくより、袋井市の方に工場がありますから、明日はそちらでお待ちします」

寺司は袋井市への行き方を尋ねて、電話を切ったのだった。帰り途といえば、不時着で生還した二村治和一飛曹（現姓大島）が名古屋市にいることも、七〇一空会の名簿で承知している。ただ、今回彼に面会を申し入れるだけの心の準備が、まだ寺司にはできていないのだった。最後の特攻隊の周辺の関係者にはわりと気楽に会えるのに、大島治和が最後の特攻隊の生還者本人だと思うと、つい寺司も構えてしまうのだった。今回はいっぺんにそこまでは欲張るまいと、自分にいい聞かせた。佐藤陽二の話を聞き、品川家範の貴重なネガフィルムを借り、江間保に会えれば充分な収穫といってよかった。

翌日午後、新幹線の浜松駅に降り、東海道本線で袋井駅まで戻ると寺司はタクシーに乗った。江間保が経営する工場というのは、木工工場であった。工場内の狭い応接室で対面した江間は作業服を着ていたが、さすがに古武士のような風格であった。何の病いの後遺症か多少舌がもつれ気味で、言葉に聞きとりにくいところがあったが同席した夫人がそれを補った。彼女はもう幾度となく聞かされたことなのか、夫の戦時中の話の内容は知り尽しているようであった。

エンマ少佐と呼ばれてその厳しい訓練ぶりを隊員達から恐れられた江間飛行長は、海兵六十三期で真珠湾攻撃にも参加したベテランパイロットである。空母瑞鶴から飛び立った第一次攻撃隊第二集団の急降下爆撃隊に属していた。彼は昭和二十年七月には、美保基地に居た。九州沖航空戦や沖縄航空戦で消耗し、練度の低くなった七〇一空を編成し直し再教育する役目を負っていた。

大分基地に中津留隊を派遣したのが正確にはいつであったか、江間の記憶にはない。一個中隊九機に予備機をつけて十二機を派遣したことは憶えている。

「中津留大尉が七月二十八日にあかちゃんのお七夜に帰っていますから、大分に移ったのは七月中旬くらいのようですね……」

寺司がそういったとき、突如江間の声が昂《たか》ぶって震えた。

「――私が……私が中津留君を死なせたのです。私があのとき彼を……」

寺司は驚くべきものを見た。涙が老いた江間の双眼から溢れ、頬にしたたり始めていた。

「この人はねえ……中津留さんの話になると、こうして泣きだすんですよ」

どう対応すればいいのかとまどっている寺司に、夫人がとりなすようないいかたをした。江間が何か口の中で呟いているが、寺司には聞きとれない。

「たとえあなたがそうしなくても、誰かがそうしたんですから……そんなに自分を責めなくてもいいじゃありませんか」

夫人は夫のくぐもった呟きも、さすがに聞き分けているようだった。

江間少佐が大分派遣隊の隊長に中津留達雄を選んだのは、中津留が大分県津久見の出身で、留守宅に間もなくあかんぼが生まれることを知り、「あかんぼの顔でも見てくるか――」という温情からであったのだが、その結果中津留が宇垣長官と共に特攻に散って、派遣を命じたおのれは生き残ることになった。そのことを自責して、江間保は三十八年後のいまも痛恨の涙を流し続けているのだ。だが夫人がいうように、中津留が選ばれるのは当然な順番であったともいえるのだ。美保基地にいた七〇一空では、中津留以外の分隊長は海兵七十一期と七十二期で、分隊長としては唯一人七十期の中津留が派遣隊長に指名されるのは、当然な順番であったろう。

思いがけない江間の涙に困惑した寺司は、話題をそらせた。

「特攻について、江間さんは七〇一空の飛行長として独得のお考えを持たれていたようにうかがいましたが……」

その問い掛けを受けて、心なしか江間の表情に生気が戻ったようである。

「そうですな。私には私の考えがありましたもんですから。――特攻とは爆弾を命中させることなんです。爆弾を命中させる自信のある者は、いたずらに死ぬな、還《かえ》ってこいというのが私の持論だったわけです。宇垣さんのお考えは別でした。特攻は必ず死ねといわれてましたからね。それでも、私のやり方はどうやら黙認されていたようでしたな」

いかに江間飛行長が急降下爆撃のベテランであったかを証する挿話である。もともと特攻出撃は、ベテラン搭乗員が急激に消耗していったあと、練度の低い速成の搭乗員をいかに効果的に活用するかの発想から生まれている。死を決することによってまっしぐらに敵艦に突入できるのであり、特攻とは必ず死ぬことを定められた出撃にほかならなかった。江間飛行長が隊員に「爆弾を命中させる自信のある者は生きて還れ」というためには、よほど苛酷な訓練が繰り返されたであろう。エンマ少佐の呼び名もさこそと思われるが、いま眼の前でまだ頬に涙の痕をとどめている江間からは、往年のエンマぶりはうかがうすべもない。

辞去する寺司を送って、江間が一緒に立上った。

「せっかくおいでくださったというのに、大分派遣隊のことは、ほんとのところ私はよう分らんのじゃ。あなたが調べてくださるのなら、私は嬉しいのです。ぜひ彼等のことを調べてやってください」

江間保から手を握られてそう告げられたとき、寺司の胸にはこみあげるものがあった。新幹線浜松駅まで戻って時刻表を見ると、名古屋駅で「ひかり」に乗り換えれば夕刻五時過ぎには岡山に着けることが分った。その日の内に大分まで帰るつもりだった計画を変えて、寺司は岡山に下車することに決めた。佐藤陽二に聞いた宇垣中将の碑を見ておきたいと思ったのだ。岡山市内の護国神社の境内にあるというから、明るい内に見ることができるだろう。

岡山駅に午後五時十九分に着いて、寺司はタクシーに乗ると護国神社を告げた。駅からは余り遠くないという。ホテルもまだ決めてはいなかったが、明るい内に碑と対面しておきたかった。

「護国神社の境内に宇垣海軍中将の碑がありますね、その前にやってください」

「さあ……その碑のことは分りませんが……行けば分るでしょう」

中年の運転手の返事は意外であった。岡山市では有名な記念碑だと思っていたが、戦後三十八年も経てばこういうものであろうか。

護国神社の境内は広くて、運転手が降りて行って売店の人に尋ねてようやく碑の位置は分った。ちょうどタクシーを乗り入れた道からグラウンドを大きく迂回して、反対側の木立の陰に、「噫特攻雄将宇垣纒提督並十七勇士菊水之塔」はあった。説明板によれば、塔の形は戦艦大和の艦橋塔を模した八角形で、高さは五メートル、両翼に一メートルの張出しを作って砲塔の形としたとある。塔の正面には出撃直前の彗星機前に立つ中将の写真が銅板に描かれ（品川の撮影したもの）、右側面には『戦藻録』の最初の日付けの抜粋が刻まれている。左側面には彗星機上から発した長官の訣別の辞、裏面には建塔の由来が記されている。

建塔ノ由来

昭和廿季八月十五日、吾神州ノ国難ニ方リ、畏クモ　天皇陛下ハ、聖断ヲ以テ万民ヲ救ハセラレ、万世ノ為に太平ヲ開カセ給フ。

時ニ第五航空艦隊司令長官宇垣纒中将ハ本土防衛ノ最前線九州大分航空基地ニ在リテ神風特攻菊水隊ノ出撃ヲ指揮シツツアリ、玉音ニ泣拝シ、敗軍ノ一将トシテ自責ノ念ニ耐エズ、直チニ挺身彗星機ニ搭乗シテ敵艦ニ突入、壮烈ナル戦死ヲ遂ゲタリ、之ニ従ヒシ将兵十一機内突入八機、之ニ殉ゼシ勇士十七人ナリキ。

烏兎《うと》匆々《そうそう》二十有七季戦後国民ハ克《よ》ク堪エ難キニ堪エ、忍ビ難キヲ忍ビ、戈《ほこ》ヲ捨テ軍ヲ撤シ、以テ今日世界ヲ瞠目セシムル復興ヲ成シ得タルハ、素ヨリ其刻苦精励ニ因ルト雖《いえど》モ亦以テ今次大戦ニ於ケル戦没勇士ノ英霊ノ加護ト神助ノ賜物タルハ論ヲ俟タズ、就中《なかんずく》、岡山県出身ノ勇将宇垣提督ハ、今ハ亡キ日本海軍ノ最後ヲ飾リシ、真ノ大和魂ニ徹シタル武将ニシテ、県民ノ以テ誇リトシ、右十七勇士ノ名ト共ニ永ク吾国民精神ニ深ク印象ヲ遺スベキ人ナリト信ズ。

茲ニ、吾等岡山県民ノ有志相諮リ全国有縁ノ士ノ協賛ニヨリ、提督終焉ノ地沖縄ノ復帰ヲ機トシ、其霊ヲ祀レル岡山県護国神社ノ神域ニ、此ノ記念塔ヲ建テ、以テ万世太平ノ為ニ寄与セントスルモノナリ。

冀クハ、此微衷ヲ諒セラレ永ク此塔ノ護持セラレンコトヲ。

昭和四十七季壬子歳十月

謹ンデ白ス

聳え立つ記念碑を仰ぎながら、寺司は大分の公園に建つ簡素な碑との対照を思わずにはいられなかった。やはり海軍中将の碑ともなると、このように大仰なものにならざるをえないのだろうか。確かに十七勇士のことにも触れているが、それは付け足しに過ぎずあくまでも提督宇垣纒の碑であることは紛れもない。これと較べるとき、大分での小さな碑はまさに無名の兵達を悼むにふさわしい碑だという気がしてくる。

宇垣提督の碑よりも少し奥に、宇垣一成の像もあった。二人は同じ郷里の出身である。宇垣纒は岡山県赤磐《あかいわ》郡潟瀬《かたせ》村大内（現・瀬戸町大内）の出身で、明治二十三年二月に生まれている。僅か十数戸からなる一村の殆どが宇垣姓で占められていて、隣家が陸軍大将宇垣一成の生家である。但し、一成と纒の間には直接の血縁関係はない。二人のほかにも海軍中将宇垣莞爾など、この小村からは将官級の陸海軍人が幾人も出ている。

蝦名賢造の『最後の特攻機』によれば、陸軍大将宇垣一成は昭和二十年八月十九日の日記に、次の如く記しているという。

〈——国民の大多数は意気銷沈、一部には昂奮の人もあり、いずれもともに平静を欠きあるが現状なり。自刃、焼打ち、殺傷、籠山、猪突等を各所に見る。好漢、纒も、多数部下の死跡を追うていさぎよく戦死をとげたりと。壮なりというべきや〉

だが、壮なりというべきやとだけではくくれぬところに、宇垣中将の最後の悲劇がある。終戦を承知でなお二十二名もの兵達を死の道連れにしようとしたとの批判はまぬがれない。確かに、中津留隊の者達は皆長官と行を共にすることを自ら願ったとはいえ、最初に彗星五機の用意を命じたのは宇垣長官である。そのことによって、少くとも彼は十人の道連れを自ら命じたことになる。

『最後の特攻機』によれば、八月十二日に宇垣長官は七〇一空の佐藤大尉に「飛べる彗星は何機あるか」と尋ねたという。「十一機あります」と答えると、長官は「五機もあれば……」と呟いた。そのとき長官は彗星五機による特攻を思い決めていたのだろう。「五機もあれば……」という呟きには、長官自らの出撃である以上五機くらいの随伴は当然だという響きが感じられる。数多くの特攻を送り出し続けたがゆえの人命感覚の麻痺といえば、苛酷な評言になるだろうか。尤も、それがいまの感覚での批判であることを寺司は承知している。江間保の次のような言葉はまだ寺司の耳に残っている。「私は宇垣さんが十一機連れて行ったことを不思議には思いませんね。宇垣さんは、それだけの地位の方でしたから」と江間はくぐもった声でいったのだった。

十二日に宇垣が彗星五機による特攻をひそかに決意するに至ったのは、前日の外国放送が伝えた重大ニュースの衝撃によっている。八月十一日午後、サンフランシスコ放送は、日本政府が天皇を其儘《そのまま》とする条件の下にポツダム宣言に対し其他は無条件降伏を申し込んできたというニュースを伝えたのだ。情報主任からニュースを伝えられた宇垣は、なぜこれ程の重大事を第一線で全責任を負う自分に断わりなく決めたのかと怒り、〈余をして甚だしき驚愕を感ぜしめたり〉と記している。既に戦勝祝いに沸くロンドン市中からの実況放送も伝えられるに及んで、宇垣の心境は追いつめられた。『戦藻録』八月十一日の項には、たとえ一億総ゲリラと化しても降伏に出《い》ずべきではないことを強調して、次の如く記している。

〈而して長官としての余個人にとりてもまた大に問題あり。大命もだし難きも猶此の戦力を擁して攻撃を中止するが如きは到底不可能なり。決死の士と計りて猶為すべき処置多大なる事を思ふ。豫《かね》て期したる武人否武将否最高指揮官の死処も大和民族将来の為深刻に考究する処無くんばあらず。身を君主に委ね死を全道に守る覚悟に至りては本日も更めて覚悟せり〉

この記述からすれば、長官自ら特攻出撃によって徹底抗戦の範を示そうとしたともとれなくはないが、しかし出発を諫止《かんし》しようとする幕僚達に対する説得には、そのような気迫は感じられずむしろ自らの死処を求めている印象だけを残している。『最後の特攻機』が伝える次の一場面を見るだけでもその印象は濃い。

〈「先任参謀、もうよい。とにかく命令を起案したまえ」

宇垣長官の特攻の並々ならぬ決意は、宮崎先任参謀から直ちに、この時デング熱におかされ自室で病臥中の横井参謀長に報告された。横井参謀長もすぐさま長官室へ駆けこんで再考を迫った。

「長官、たとえ無条件降伏が決定したと申しても、まだ艦隊整理の命令も出ておりません。長官は陛下から艦隊の指導を委任されております。いまここで大任を放任されるとすれば、陛下の御親任に応えることにはならないと思います。また御詔勅にしても、まだ真相がはっきりしておりません。もっと詳細な報告を基礎に判断せられるべきと信じます。ご再考をしてしかるべきと存じます」

宇垣と同期生で親密な間柄にあった城島高次十二航戦司令官も知らせを受けて駆けつけてきた。皆、泣いて、宇垣長官の翻意をうながした。しかし宇垣長官の決意を翻すことはとうていできなかった。

「武人として、おれに死場所をあたえてくれ。皇国護持のために必勝を信じて、喜んで死んでいった多数の部下のもとへ、おれをやらせてくれ。おれを喜んで見送ってくれ。後の事は後任の長官ももうすでにきまっていることだろうから心配はいらない。なすべきことは既になした」〉

徹底的な抗戦というよりは、死場所を求める印象しか残さない宇垣長官の言葉であり、そしてこれが本意であったと察せられる。だからたとえば、宇垣長官は沖縄まで達しながら、あえて米艦艇への突入を避けたのではないかという見方すら生まれているのだ。もし本当に八機が次々と沖縄の米艦に突入し多大な実害を与えていたなら、その後の敗戦処理に日本政府はもう一つ厄介で荷の重過ぎる難題を背負い込んだはずであり、明敏な宇垣がそれを避けて自裁したということは充分考えられることである。いずれにしろ、宇垣纒が自ら求めた死処に若い兵達を道連れにしたという事実は、拭い消すことができないと、寺司は考える。なんという事実の重さであろうか。

「海軍の偉い人なのですか——」

待たせていたタクシーから降りて来た運転手が、碑に向けてカメラを構えている寺司の傍に寄って来た。

「終戦のときの第五航空艦隊司令長官です。終戦の八月十五日夕刻に、部下を連れて沖縄特攻に突っ込んだんです」

「八月十五日夕刻というと……戦争の終ったあとですか。どうしてまた……」

運転手が不審そうな顔を寺司に向けた。

「敗戦という事実を受け入れることに耐えられなかったんでしょうね」

寺司はそう答えて、車の方に戻って行った。帰ればまだ大分まで帰り着ける時刻であったが、ホテルを取って岡山に居る二人の戦友と今夜は飲もうと決めていた。


大分に帰って間もない日、『空母零戦隊』（岩井勉著）という本を読んでいて、寺司は次のような箇所に出遇った。国分基地での出来事であるが、部隊は七〇一空ではなく六〇一空である。

〈この頃のことだが、甲飛四期生の某准士官がいた。彼は妻帯者であり、准士官にもなっているので技量も優秀なのは当然である。

彼が、特攻出撃の前夜私のところに来て、

「特攻出撃とは、爆弾命中率百%であれ、という意味ではないのですか。私は敵艦に完全に命中させる自信があります。その場合生きて帰ってはいけないのでしょうか」

と、私に問いかけた。

私は返事に困った。

「いや、それはいけないのだ」

とは、知ってはいながらとても彼を前にしては言えなかったので、

「古い搭乗員が殆ど死んでしまった今日、君が言うように、老練な者は確実に戦果を挙げ、何回も出撃してこそ、国のためになるのだと考える。生きて帰るがよい」

と言うより言いようがなかった。また彼自身にしても私のこの返答には心の中で解せないものがあったのか、

「明朝出発の際、長官にこのことを質問してみます」

といって、彼は部屋を出ていった。

翌朝、特攻隊は例の如く、出撃のため号令台の前に整列し、宇垣長官のはなむけの言葉をちょうだいした。

「前回は、小官所要のため特攻隊の見送りができなかった。本日お前たちが征ったら、昨

日出撃していった者たちによろしく伝えてくれ。みんなの成功を祈る」

長官の言葉が終ったとき、昨夜の准士官が、

「質問があります」

と言って手をあげた。

長官は彼の方を見た。

「本日の攻撃において、爆弾を百％命中させる自信があります。命中させた場合、生還してもよろしゅうございますか」

彼が言い終えるや否や、長官は即座に大声で答えられた。

「まかりならぬ」

の一言であった。

「かかれ」

の号令があって、彼は私のところに走り寄った。

「今聞いていただいたとおりです。あと二時間半の生命です。ではお先に」

と言い残して機上の人となった。

この長官の一言が、三十何年たった現在も、私の耳から消えることがない。

終戦を知るや、宇垣長官は、彗星と共に沖縄に突入し、自ら生命を絶たれたが、若い特

攻隊を見送るとき、すでに覚悟ができておられたからこそ、あのような厳しい命令を下すことができたのだと感じている〉

これを読んだとき、寺司には江間のいったように、果たして宇垣長官が七〇一空に関しては生きて還ることを黙認していたかどうか疑問が湧いてきた。右の記録にみられるように、特攻を命ずる宇垣としては「生きて還ってもいい」とは、絶対にいえなかったはずなのだ。それをいえば、どの搭乗員の心にも生還の期待が忍び込むことは必定であった。未熟な搭乗員を決死の突入によって最大限に活用しようという特攻作戦は、その瞬間に瓦解するのであったから。「まかりならぬ」と非情の命令をいい切ることで、宇垣はいつかは彼等の跡を追う以外にないところに自らを追い詰めていたのだ。

終戦の日、それを一人で果たさなかったところに、宇垣纒の悲劇は生まれたのだった。

第三章

一　二村治和一飛曹

四月二十三日の慰霊祭を機に、最後の特攻隊を追う寺司の調査は一気に展開し始めている。これまで五年間の停滞が嘘のような進行であった。

ここまでくればもう、不時着して生還した隊員に直接会うときであった。そう思いながら、しかしなんとなく寺司には気おくれがある。慰霊祭にもし生還者の誰か一人でも出席していたのなら、彼の気おくれもよほど薄れたはずだが、予測されたように彼等の出席はなかった。国分市での毎年の慰霊祭にも、これまで一度も生還者の出席はないのだという。戦友をさえ避け続けているのだと思うと、まして部外者の自分が会いに行くことなど許されない僭越行為だという気がするのだった。

いったい、最後の特攻隊の生還者は現在幾人が生存しているのであろうか。十一機飛び立った内三機が不時着したのだが、その三機のペアは次のようになっている。

操縦員　　　　　　　　　　　偵察員

前田又男一飛曹（丙飛）　　　　川野良介中尉（予備学生十三期）

川野和一一飛曹（乙飛十八期）　日高保一飛曹（乙飛十八期）

二村治和一飛曹（甲飛十二期）　栗原浩一二飛曹（甲飛十三期）

このうち、不時着の時の衝撃で日高一飛曹が死亡しているので、生還者は五名いたことになるが、寺司が慰霊祭のときに受取った七〇一空会の名簿に現住所が記載されているのは、二村治和（現姓大島）と川野和一の二人だけである。佐藤陽二の話では、残りの三名には連絡がつかないのだという。戦後三十八年も経てば、亡くなっている者もいるのかも知れない。佐藤も大島と川野にはまだ会っていなくて、ただ大島との間には手紙のやりとりが三度ほどあるとのことで、その手紙のコピーを寺司は見せてもらった。大島治和は名古屋市で大きな陶器会社を経営していて、多忙な身体らしい。佐藤は四月の慰霊祭のときに、生還者の代表として大島の出席を要請したのだったが、多忙を理由に断わられていた。

寺司が意を決して大島に電話をしてみようと思い立ったのは、大島が一期先輩の甲飛出身だということに通じるものを感じたからであった。それに大島ならペアの栗原浩一の消息を知っているかも知れぬという期待もある。寺司は自分と同期の栗原にはぜひ会ってみたいのだった。

先に詳しく手紙を書くべきかとも思ったが、そんな手順を踏んでいると気持が萎えていきそうで、とにかく電話で直接当たってみることにした。こんな性急さを、寺司はよく妻から呆れられるのだったが。

電話番号を廻しながら、年甲斐もなく寺司の動悸は高まっていた。もし断わられれば、彼の五年来の調査は水泡に帰してしまうことになる。

「大島です」

受話器を通して低いが力のある声が返ってきたとき、寺司は自分では気づかずに声を昂ぶらせていた。

「私、初めて電話をしています。大分市の寺司勝次郎という者です。実は七〇一空会の佐藤陽二さんの紹介で電話をしているのですが、私、大分に居ます関係で、これまで最後の特攻隊のことに関心を抱いて調べてきているものですから、ぜひ先輩の話を聞かせていただけないかと思いまして、お願いの電話をしているわけです。——私、甲飛十三期でしたから、大島先輩の一期後輩にあたります」

一気にそれだけしゃべって言葉を切った。そのあとにきた電話の向こうの沈黙が不安だった。実際にはその沈黙は短かかったのかも知れないが、寺司にはひどく長く感じられて焦った。

「君は、予科練はどこに入ったんだ」

何かを試すような押殺した声が返ってきた。

「鹿児島空です」

「そうか、わしも鹿児島だ。——で、君は操縦か偵察か」

「操縦です」

寺司は声を弾ませた。

「そうか、操縦か——」

その声音に、寺司は仲間意識を嗅ぎ取っていた。もう大丈夫だと直感した。

「それで、君は私からどんなことを知りたいのか」

「私がお聞きしたいのは、最後の特攻隊として出撃したときの、先輩たち下士官のその日の行動や気持です。それを直接お聞きしたいんです。これまでにもいろいろ書かれているのを読みましたが、宇垣長官中心の話に私は満足できないものですから……」

「で、君はこちらに出てくるのか」

「ええ、先輩の都合さえよければ、ぜひそうさせてもらいたいのですが……」

またしばらく大島が沈黙した。

「君は何をしているのですか——仕事のことだが」

「版画家です。版画家の寺司勝次郎といいます」

「ハンガカ？」

「棟方志功という版画家を御存知ですか。——あの版画です」

「ほお、そうですか、分りました。じゃあ、明日もう一度電話をしてもらえないかな。スケジュールを確かめておくから」

電話が切れたとき、寺司にはどっと安堵の思いがこみあげていた。受話器が手の汗で濡れていた。

結局、寺司が名古屋を訪れたのは、それから間もない六月五日の日曜日であった。夕刻、名古屋ターミナルホテルのロビーで大島と待ち合わせた。ホテルの入口をつかつかと入って来るずんぐりした男を見た瞬間、寺司はめざす相手だと悟った。歩きぶりに精気が感じられた。自分はグレイの夏用の背広を着ていること、白髪の混じるオールバックの髪型であることを伝えていたので、相手もまた直ぐに気付いたようで寺司の視線を受けとめてまっすぐに寄って来た。

「寺司さんですか」

「寺司です。お忙しいところ、お呼び立てして済みませんでした」

二人は握手を交した。

「落着いて話せる場所に移りましょう。行きつけの店に酒席を用意させていますから。歩いて十分たらずの所です」

大島が先になってホテルを出た。案内されたのは、名古屋名物とり料理の店で「鳥久」の看板を掲げた古い構えの店であった。

「版画家が最後の特攻隊を調べているという組み合わせも、妙なもんだね」

最初の盃を乾したとき、大島はそういって笑った。

「そういわれれば、妙でしょうなあ。——実は私は四月に大分での最後の特攻隊の慰霊祭で司会役をさせてもらいましてね。あのとき、ひょっとしたら大島先輩がみえるんじゃないかなと期待したんですよ、忙しいということでおみえになりませんでしたが……」

「ねえ、寺司さん——」

口許まで持っていっていた盃を置いて、大島が顔を上げた。

「私がそんな場所に顔を出せると思いますか。みんな死んだのに、私は生き残ったんですよ。——とてもじゃないが、顔は出せないよ」

その気持はよく分りますともいえずに、寺司は黙ってうなずいてみせた。

二村治和が愛知県立惟信中学校を卒業したのは、昭和十八年三月である。一月に飛行予科練習生の合格通知を受けていたので、卒業と同時に入隊できるのかと思っていたら、自宅待機を命じられた。甲飛十二期は四月、五月、八月の三回に入隊が分けられて、二村はその最後の組に入れられたのだった。どうやら年長組が最後に廻されたようであった。大正十四年十二月六日生まれの二村は、中学卒業時点で満十七歳三ヵ月であった。やむなく家の農業を手伝いながら、八月の入隊を待った。農家の四男坊である彼は、飛行機乗りにでもなるかという軽い気持で予科練に応募したのであった。

八月一日、二村治和は鹿児島海軍航空隊に入隊した。三重航空隊に入るものとばかり思っていたので、九州南端まで来たことは意外であった。この年十月一日に鹿児島航空隊に入った甲飛十三期の寺司とは、僅かに二ヵ月の差でしかない。同じ航空隊内で二人がすれ違ったこともあったかも知れない。

既に前線の搭乗員の消耗は甚だしく、補給を急ぐために予科練の訓練も八ヵ月—十ヵ月に短縮されていて、それだけに二村達は猛訓練でしごかれた。

十九年三月に茨城の谷田部基地に移って、九三中練（赤とんぼ）による飛行訓練（飛練三十七期）を経たのち、七月には宇佐空に移り九六艦爆、九九艦爆による実用機訓練を受けた。このときの教官が中津留達雄であった。ふっくらした温顔の士官で、最初に会ったときから尊敬できる上官という予感が二村にはあった。飛行訓練を終えて地上に降りると、中津留は彼等の飛行ぶりを両手を前に付き出して、その傾きや旋回や急降下を宙に描いてみせては細かな指示を与えるのだった。二村にはそのときの中津留の指の太さが、強い印象として焼きつくことになった。中津留が結婚したのはその年の秋で、女学生のような妻だという噂が伝わったが、二村達は夫人には会えぬままに終った。

十一月になって二村は愛知県の明治基地（二一〇空）に移って、ここで初めて彗星三三型に搭乗した。既に三菱航空や愛知航空などの軍需工場を中心に、名古屋市内は爆撃を受け始めていたので、二村は訓練に飛び立つたびに自宅の方向が無事かどうかを確かめるのだった。彼の生家は名古屋市中川区下之一色町にあった。

彼が七〇一空（攻撃一〇三）に編入されて第一国分基地へ移って来たのは、昭和二十年三月末であった。中津留も少し遅れてやって来た。彼等は森山大尉の指揮下にあって、非理法権天と大書した旗を翻し空母殺し森山一家を名乗った。しかし、二村は出撃しなかった。機会は二度あったのだが、一度は出撃直前に中止になり、もう一度は屋久島上空で引き返せの命令を受けたのだった。

結局、沖縄戦の終了と共に消耗した七〇一空を再編し訓練し直すために、二村達が江間少佐に率いられて美保基地へと後退したのは四月十七日であった。殆どの私物は国分基地へ残したままで、落下傘バッグ一つを提げて美保基地に降り立った。基地の前面は弓ヶ浜の名勝で、烹炊所《ほうすいじょ》が松林の中にあった。

宿舎になる農家は宍道湖のほとりにあって、養蚕室を改良した部屋に十二人が入った。尤も二村達は美保にずっと居続けたのではなく、近くの米子基地で訓練を受けたり、国分に再び進出したり、かなり頻繁に移動している。美保基地では青島《チンタオ》から来た偵察の栗原浩一《いち》とペアを組み、降爆訓練に明け暮れた。栗原は甲飛十三期である。それまでは二村が一番若《ばんじゃく》（新人）の身であったので、初めて後輩を得て嬉しかった。彼等は美保基地と隠岐島と米子基地を結ぶコースを飛ぶことが多かった。美保の桑畑の中には、敵機の眼をあざむくためにベニヤ板で偽装された飛行機が並べられていた。

中津留大尉に率いられて大分基地へと移ったのは、確か七月初めであった。（記憶のしっかりしている大島も、このときの正確な日付けは憶えていない）

出発前夜、忘れられぬ事件が起った。

二村達は寄宿している農家の養蚕室から母屋の方に行くことを先輩の中村兵曹から固く禁じられていたのだが、彼等は慣れるにつれてこの禁を破るようになっていた。母屋には米子高女に通っている娘がいて、宿題を見てやったり墨や筆を借りに行ったりしていたが、それはごく自然な交わりで家族からも歓迎されていることだった。

明日は大分基地へ移るという前夜、もう遅くなって彼等に中村兵曹から「総員整列」がかかった。

「母屋の勉強部屋に出入りしたことのある者は、一歩前へ出ろ」

中村の声は母屋の家族に聞こえよがしの大声であった。既に調べはついているのだといいたげな眼でジロリと一瞥されたとき、二村は観念して前へ出た。

「たった一人か」

鋭い声が飛んで、続いて二、三人が前へと出た。

「よくぞ、おれのいいつけを破ってくれたな。——これが、おれからの餞別だ」

左右の頬を二十発も殴られて、二村の頬は紅く脹れ上った。もともと、いやな兵曹であった。翌朝、母屋の方に呼ばれて娘の居る前で母親から手縫いのシャツとお守り札を貰った。頬の脹れているのが恥ずかしかったが、なぜとも訊かれないままに黙っていた。昨夜の制裁を知っているようであった。娘はこの日学校を休んでいて、家の上を過ぎる飛行機を見送ってくれるといった。

出発のため整列したとき、中津留大尉から頬の脹れを見咎められ、どうしたのかと訊かれた。前夜のことを説明すると、大尉は黙って笑っていた。二村達は中津留から殴られたことは一度もなかった。

二十機くらい（というのが大島の記憶である）が付きつ離れつの準編隊を組んで、日本海沿いに九州をめざした。二村の機は一小隊二番機であった。北九州の上空に出て南下して大分へ向かうコースだが、近付いたとき北九州の上空に沢山のグラマンが現われて緊張させられた。一斉に迎撃態勢を組み迫って行ったが、それらが気球の群れであると分って拍子抜けした。敵機の低空侵入を阻止するために防空網を吊り上げている気球で、飛行船のような形が遠眼にはずんぐりしたグラマンのように見えたのだった。

大分飛行場の上空に来たのは夕刻五時頃であった。眼下には爆撃痕を示す赤い旗が林立していて、着陸地点はせばめられている。これはひどい飛行場だと思った。いよいよ着陸態勢に入ったとき、着地寸前だった前方の一番機がいきなり機首を上へ向けて再び一気に急上昇して行ったので、二村は一瞬何事が起きたのか分らなかった。はっと気付いたときには、彼の機もまた慌てて機首を起こして脱出をはかっていた。まったく突然という感じで、彼等はシコロスキーとロッキードP38に急襲されていたのだ。（皆の話を突き合わせて四機の攻撃に過ぎなかったと知ったのは、のちのことである）

二村は眼の隅で三番機が別府湾に墜落して行くのを見たような気がした。各機は蜘蛛の子を散らすように、八方に散開して逃げ惑うた。二村機は遠く耶馬渓《やばけい》の谷間まで逃げたが、しばらくして引き返すと既に敵の機影はなく、中津留機などが着陸しているのを確認してようやく着陸した。大分飛行場の地面に降り立ったとき、手荒い歓迎だなと栗原と顔を見合わせて苦笑した。

しかし彼等が緊張したのも、その第一日目だけであったといっていい。その後彼等が飛行機に乗る機会は殆ど訪れなかった。大分飛行場への敵機襲来は頻繁で、貴重な飛行機は牧やその他の掩体壕に匿《かく》されたままで、飛行訓練に引き出されることもないのだった。本土決号作戦に備えて飛行機と燃料を温存するために、積極的な攻撃も中止になっている。

二村達は朝一応飛行場に整列するが、あとは自分の飛行機の整備具合を見廻るだけで、これといってすることもなかった。暇をもて余すままに、別府温泉に繰り込む日が多かった。別大線の電車を運転しているのは女学生で、二村達は彼女達と直ぐに親しんだ。飛行服は着ていないが白いマフラーと飛行靴は誰が見ても搭乗員と分って、娘達の憧れの的なのであった。

そのうち、電車の中で知り合った女性から二村に宛てて、毎日のように手紙が届くようになった。彼は返事を書くのがわずらわしくて、戦友に頼んで「彼は昨日の出撃に出たまま ついに還りませんでした。冥福を祈ってやってください」というハガキを出してもらった。同じ文句を二村が戦友のために書いてやったこともある。彼等にとって、それはくすぐったいような冗談であったが、しかしそれがいつ現実の出来事に転化するかも知れぬという緊張した意識は、誰も言葉には出さないながら胸底に秘めているのだった。

二村がよく出入りしたのは別府湾沿いの椰野旅館で、地下に浴場を持つ古い木造の建物だった。煙草の「誉《ほまれ》」を持って行ってやると、おかみさんから喜ばれた。

八月に入って間もなく(それは確か、広島に原爆が落とされた頃からだが)、彼等は牧の壕で寝泊りすることになった。それでなくても少い搭乗員を爆撃から守るためである。まだこの頃でも丘陵の谷間の奥ではハッパの音が響き、横穴壕の造成は進んでいた。勿論、この谷の壕のどこかに第五航空艦隊最高司令官である宇垣中将が居るなどとは、二村達の夢にも知らぬことであった。壕内は片側を通路にあけて、もう片側の土壁に寄せて二段ベッドが組まれていた。そのベッドに横たわると、ときどき水の雫の垂れる音がしてひんやりとした涼しさがあった。

なすこともないままに八月十五日が迫っていた。

「――これはどうも、この戦争もおしまいになるのじゃないかなと思った記憶があるんだわ。皇国の国体護持あるのみという新聞記事を読んだときだったんだが、八月何日だったのかなあ……。壕から飛行場へ行く途中の踏切を渡りながらそれを読んだという記憶が、はっきりとあるんだなあ」

大島のその言葉を確認するために、寺司はのちに県立図書館資料室で大分合同新聞の昭和二十年八月分を調べてみた。八月十二日の一面のトップにその記事は出ていた。「民族の名誉保持と国体護持に努力　最悪の事態至る」と題して、情報局総裁の談話（八月十日午後四時三十分）が掲載されている。

〈敵米英は最近とみに空襲を激化し一方本土上陸の作戦準備を進めつつあり、これに対しわが陸海空の精鋭はこれが邀撃《ようげき》の戦勢を整へいまや全軍特攻の旺盛なる闘志をもつて一挙宿敵を撃砕すべく満を持しつつある、この間にあつて国民挙げて克《よ》く暴虐なる敵の爆撃に耐へつつ義勇奉公の精神をもつて邁進しつつあることは洵《まこと》に感激に堪へざるところであるが、敵米英は最近新に発見せる新型爆弾を使用して人類歴史上かつてみざる残虐無道なる惨害を一般無辜《むこ》の老幼婦女子に与へるに至つた、加ふるに九日には中立関係にありしソ連は敵側の戦列に加はり、一方的な宣言ののち我に攻撃を加へるに至つたのである。

我軍もとより直にこれを邀《むか》へて容易に敵の侵攻を許さざるも、いまや真に最悪の状態に立至つたことを認めざるを得ない、正しく国体を護持し民族の名誉を保持せんとする最後の一線を護るため政府は固より最善の努力をなしつつあるが一億国民にありても国体の護持のためにはあらゆる困難を克服してゆくことを期待する〉

二村治和一飛曹が読んだ記事は、これに間違いあるまい。

寺司は図書館で三十八年前の新聞を読んだ帰りに、牧の日豊線の踏切を渡ってみた。丘陵の横穴壕から飛行場に行くには、日豊線の線路を越えなければならない。真夏のレールを踏み越えながら八月十二日の大分合同新聞を読んでいたという大島の回想はリアルであった。いまはもう踏切周辺の光景は家も建て込んですっかり変貌してしまっているが、しかし一人の搭乗員が一片の新聞記事に国の終焉を予感して、ひそかに胸底を暗くしている姿が、当時の踏切や牧部落の様子を知っている寺司にははっきりと想像できるのだった。

それは、最後の特攻に飛び立つ三日前であったことになる。

二　不時着

八月十四日夜、珍しく中津留大尉が二村達の居る下士官宿舎に一升瓶を提げて現われた。

「今夜はひとつ、皆であるだけの酒を飲んでしまおうや。おまえたちも、とっておきを出さないか」

中津留からそんなことをいわれるのは初めてで、一斉に歓声が挙がりそれぞれに秘蔵の酒を持ち出して来た。尤《もっと》も、二村が持っていたのは戦給品の赤玉ポートワインくらいなものであった。中津留がこんなことをいってきたところをみると、明日はいよいよ出撃なのかも知れぬという思いを、誰もひそかに抱いたはずであるがそれを口に出していう者はいなかった。

灯火管制の小暗い部屋で二十人程が車座になって酒盛りを始めたが、二村はたまたま中津留の隣りであった。肴は何もなく、ただ飲むだけのことで忽《たちま》ち酔いはまわった。ふと見ると、壁に吊ったズボンの裾のあたりが何やらうごめいている。酔眼のせいかと思って寄って行ってみると、ノミがうじゃうじゃと群れているのだった。次々に軍歌の合唱が続き、酒宴は尽きなかった。中津留は余程酒に強いのか、いくら飲んでも酔ったふうはなくにこにこと笑っていた。壕に帰って寝たのが何時であったか、二村はまったくおぼえがなかった。中津留は最後までいたようだった。

「出撃命令だぞ」と呼ばれて揺り起こされたときには、既に十五日の午前九時を過ぎていた。二日酔いで頭が痛かったが、慌てて宿舎に帰り出撃準備を整えた。彼等は常時出撃に備えて寝るときも飛行服を着用しているので、いざというときにもそれ程準備をすることはないのだった。遺留品を戦友に頼んで、牧部落の中央まで迎えに来たトラックに乗り込んだ。昨夜の中津留大尉との酒宴を思うと、出撃が特攻以外であるはずはなかった。

来るものがついに来たのだと平静な気持のつもりであったが、それでも心の昂ぶりがあったのだろう、二村はトラックが飛行場に向かう間中陣太鼓を打ち続けていた。その陣太鼓は先輩が市内の遊郭から持ち帰ったものだった。最初のうちは太鼓の響きが二日酔いの頭にひどく応えたが、挑むように打ち続けているうちに頭の重さも忘れていった。

海軍橋の袂《たもと》で道路作業をしていた後輩達（ドカレンと呼ばれて土木工事ばかりさせられている予科練十五期、十六期）がトラックに縋り付いて来て、「先輩、頼みますよ」と口々に言葉を送った。彼等は皆眼に涙をためていた。出撃して行く者よりも、送る者の方が感傷を露わにする。

飛行場に着いたのは午前十時であった。搭乗割が黒板に書き出されていたが、十一機二十二名の編成の中に二村治和の名もあった。中津留が指揮官である以上、宇佐空以来の教え子である自分が選ばれるのは当然だと二村は思った。中津留機に次ぐ二番機になっていることにも、優越感をおぼえた。

中津留大尉から伝えられたのは、済州島沖に敵機動部隊が認められるので一二〇〇（十二時）に発進という命令であった。予期していた特攻ではなかった。整備の手伝いなどをしながら待機したが、やがて敵機動部隊は沖縄に引き返したという理由で攻撃命令は解除され、そのままの待機が命じられた。

彼等は指揮所に近い裏川の土手の上に散らばって、昼食に赤飯の缶詰とパイ缶を食べた。

飛行場の遥か西端の位置で、整備兵などが直立不動の姿勢で並んでいるのが見えたが、それが何のためなのか二村達には分らなかったし、気にもとめなかった。彼等はこの日正午の重大放送のことを何も聞かされてはいなかった。土手から見降ろす裏川には芦《あし》が茂り、真夏の陽光をきらきらと反射して二村の眼にまぶしかった。彼にはちょうど裏川が故郷の庄内川を見るような懐しさを誘った。皆、ジャケットをぬぎ捨て飛行服の前をはだけていた。いったんは覚悟した出撃命令が解除されて、彼等はなんとなく宙ぶらりんな気持で落着かなかった。

午後になってようやく新たな命令が伝えられた（それが何時であったかを大島は記憶していない）。沖縄に集結している米艦隊に特攻攻撃をかけるという命令であった。特攻ということが分ったとき、七〇一空派遣隊でこの搭乗割に名の洩れている者達が同行を叫んで大騒ぎになった。くやしがって黒板を蹴倒したり、男泣きに泣いて中津留に詰め寄る者もあった。大分飛行場に飛行可能な彗星が十一機しかない以上、仕方ないことであった。「おまえたちも飛行機の整備が済んだら、明日の黎明を期して来い」と中津留は慰撫した。確実な死に向けて出撃して行く者の優越感で、二村達は残される者の荒れ狂うさまを見ていた。彼等は誰一人遺書を書こうとしなかったし、書けという指示も受けなかった。

この段階になって、爆弾を替えよという指示が出された。既に装着されていた五〇番

（五〇〇キロ）の爆弾をはずし、八〇番（八〇〇キロ）に替えよというのだ。彗星で八〇番を積むのは初めてのことである。巨体の八〇〇キロ爆弾は彗星の弾倉に納まってしまわないので、弾扉が閉まらなくなる。半ばはみだした爆弾を鎖で吊って行くのである。二村達は整備兵を手伝ってきびきびと作業を進めた。気を取り直した残留組も手伝った。爆弾の重量が増えた分だけ機を軽くするために、ガソリンを半分抜き取れという指示も出された。

午後四時、中津留大尉以下二十二名の搭乗員は二列横隊で指揮所前に整列した。ジャケットをぬいだままの者もおれば慌てて着込んだ者もいた。二村は鉢巻の尾を長く背に垂らしていた。彼等の後方に残留組が十数名並んでいた。

やがて黒塗りの乗用車が三台飛行場に入って来るのを見たとき、これはえらいことだと二村は驚いた。高官達が揃って見送るなど初めてのことではないかと、いぶかった。車から降り立つ幕僚達がいったい誰なのか二村などには分るはずもなかった。彼には直接の指揮官中津留大尉より上の階級の者は、雲の上の存在であった。これから第五航空艦隊司令長官宇垣中将の訓示があると告げられたときには、耳を疑った。初めて間近に見る最高司令官に、彼等は極度に緊張した。

三種軍装の宇垣中将は、折り畳み椅子の上に立上った。その訓示を二村は殆ど茫然とする思いで聞いていた。驚きが深くて、その言葉を充分に聞きとめることができなかったが、

「本職先頭に立って沖縄の米艦艇に最後の殴り込みをかける」という言葉が耳に入ったとき、身体に電流が走ったような衝撃を受けた。見送りに来たと思っていたのに、長官自らが特攻隊を率いるというのか。余りに異様な事態をどう理解していいのか分らなかった。

「一億総決起の模範として死のう」といったとき、長官は手に持つ短剣をぐっと皆の方に突き出すようにした。本当に長官も共に行かれるのだと思ったとき、二村一飛曹の興奮はきわまっていた。なんという光栄であろうかと奮い立つ思いであった。

宇垣長官が中津留大尉に向かって、命令した五機より多いではないかといい、中津留がそれに抗弁したとき彼等もまた一斉に「全員でお伴させてください」と、烈しく叫びを発していた。

「そうか、皆行ってくれるか。――では命令を変更する。彗星十一機で沖縄の米艦艇に特攻をかける」と宇垣が告げた瞬間、彼等は一斉にワーッと歓声を挙げ右の拳を突き出していた。

そのあと中津留大尉からの注意を受けた。

「貴様達の命をおれに呉れ。これは特攻なのだ。決して生きて還るな。必ず突っ込め」という指示と、「降爆をしてからいったん機を引き起こしたのち、空身《からみ》で突っ込め」という注意で、いつものように右手の太い五本の指を宙に動かして、急降下突入の仕方を描いてみせた。このときになって残留組が又騒ぎ始めたので、「搭乗割のことは長官に聞けっ」と中津留はどなった。

「掛かれっ」の号令で、搭乗員は一斉に列線の飛行機へと駆けて行った。既に各機はエンジンをごうごうと始動させていた。二村が操縦するのは二番機である。

一番機の中津留機には、後部座席に遠藤飛曹長と宇垣長官が乗り込んでいる。八〇キロ爆弾の重量だけでもこの穴だらけの滑走路で揚がるだろうかという不安があって、二村は三人乗りの一番機が砂塵を捲き上げて滑走路を疾駆して行く様を、眼を凝らして見守った。フワッと別府湾をかすめるようにして一番機が浮揚したのを見たとき、よし、これならいけると二村もまたレバーを力強く噴かしていた。不発弾を示す赤旗が林立している飛行場で、爆撃痕のないのは北西に向けての一筋しかない滑走路で千メートル余の長さしかない。二村の機は別府湾の水面をわずかにかすめて浮上して行った。

湾上で左旋回して鶴見岳と高崎山の間を抜けるとき、既に別府の街の半分が山の陰に入り、その明暗のコントラストの鮮やかさが眼に残った。幾条も立つ温泉の湯煙も、これが見納めだという感傷が湧いた。敵に捕捉されて全滅しないように十一機は二手に分かれて、太平洋岸沿いに南下するコースと、九州を横断して東支那海側を南下するコースを定めていて、二村機は一番機と共に後者のコースを選んでいる。見えつ隠れつする一番機のあとを追って九州を横断し阿蘇山を越えたが、山並の緑の美しさが眼に沁みた。何を見てもその美しさに打たれるのは、これが最後だと思う感傷のせいかも知れなかった。雄大な入道雲が九州上空一杯に湧き立っていて、その間を縫うようにして高度四五〇〇メートルで飛行し、八代海へ抜けた。

東支那海上空で高度を上げ、プロペラのピッチを二速に切り換えた瞬間、突然ガタガタッと機体を震動が襲った。みるみるうちに、ブースト計、油圧計、回転計などの針が下がっていき、ゼロを指してしまった。何が起こったのか分らなかった。手動ポンプで燃料を送り込んでみたが震動は止まらず、ついにプロペラが止まってしまった。

「どこら辺だ。もう甑《こしき》島の近くか」

どなるように背後に訊いたが、栗原は「よく分りません」という返事をかえしてきた。

「馬鹿野郎」とどなり返した。あたかも栗原の進路計算の未熟さが事故の原因ででもあるかのように、腹立たしかった。もう中津留機の影もない。

とにかく不時着するしかない。雲の層を突き抜けて下降すると、眼下は蒼く茫洋と拡がる海原だった。こんな所で鱶《ふか》の餌になるのは御免だなという思いが、脳裡をよぎった。不時着に備えて、高度一五〇〇メートルで海面に爆弾を落とした。一瞬、爆弾の離れたのは分ったが、不発に終ったのだろうか水煙を確かめることはできなかった。

振り返ると、近くに海岸が迫っていた。

「不時着を打て」と指示して、栗原が「フ」を連打し始めた。だが動顚した栗原は機名を打ち忘れていることに気付かなかった。

二村は機をUターンさせて、海岸をめざして滑空して行ったが、海岸までは行き着けそうになかった。

「用心しろ、海へ不時着するぞ」

後方に叫んで降下して行った。プロペラが海面に着く瞬間左翼端が海面を叩き、そこだけがブレーキの役をして機はくるくると激しく回転して海面に浮かんだ。頭から突っ込んで機体が逆立ちすることだけは免れた。潮をざーっとかぶったが、機体は直ぐには沈まなかった。風防を開け翼の上に這い出てから、二人は海中に飛び込み岸をめざして泳ぎ始めた。ジャケットを着けているので、尻の方が浮き上る感じで泳ぎづらかった。

あとで分るのだが、二村機が変調を起こしたのは甑島上空あたりで、不時着した場所は鹿児島県の川内《せんだい》川河口に近い西方《にしかた》海岸の、岸から遠くない海上であった。午後六時頃であったろう。海はまだ明るかった。この海岸には北海道から来ている高師部隊（陸軍）や動員学徒が、海岸線にタコツボを掘って米軍の上陸に備えていた。そこへ飛行機がたった一機、乳母車を引くときのような変な音を立てながら落ちて来るのを見て、皆いったんタコツボに避難したが、日本軍の飛行機の不時着と分って海岸へ駆けつけた。

船を出そうと騒いでいるうちに、二人の搭乗員が岸に泳ぎ着いた。直ぐに陸軍の少尉が来て、周りの者達と接触させないように二人を民家に連れて行き隔離した。ここでずぶ濡れの飛行服をぬがされ、ざっと洗って干してくれた。自分達だけが取り残されてしまったという焦燥感に駆られている二村は、一刻も早く大分基地に連絡を取りたいのだったが、海岸線を守る隊には無線機がなかった。郵便局に逓信電話があるはずだがと尋ねたが、不通だという。更に鉄道電話までが不通だといわれて、連絡は諦めるしかなかった。あとで気付いたことだが、何かを恐れて二村達の連絡が故意に妨げられたようである。

その夜は民家に一泊し、翌朝近くの高師部隊の本隊に行くと、書類を堆《うずたか》く積み上げて焼いていた。「敗戦処理だ」と説明されて、二村と栗原はようやく敗戦を実感した。二人とも天皇の放送は聞いていないが、出撃するまでには戦争は終ったらしいという噂は耳に届いていたのだった。二村達は高師部隊の指揮官に不時着証明を書いてもらった。不時着は整備不良の飛行機のせいには違いないのだが、やはり操縦員としては屈辱的なことであった。

十六日の夜も農家に泊められた。月の冴えた夜で、煙草の大きな葉が天井から吊り下げられているのが珍しかった。娘が米を一升瓶に詰めて搗《つ》いていたが、「おとついから、ぱったりアメリカの飛行機が飛びませんよ」といった。本当に戦争は終ったのだなあという実感が、ここでもこみあげていた。岸に泳ぎ着いたときには、直ぐにも新たな飛行機を得て皆のあとを追いたいと思い詰めた焦燥感も、いつしか薄れていた。農家の主がふるまってくれる芋焼酎に二人は酔っていた。

翌十七日、二人は西鹿児島駅まで三十キロ近い道のりを歩いた。鹿児島航空隊を出て以来一年半ぶりの鹿児島市であったが、市中は空襲で焼野原になっていた。いつまで待っても汽車は来なかった。ホームの近くに赤煉瓦の専売局の建物が残っていて、砂糖らしいものが地面にこぼれ散っているのを二人は放心したようにみつめていた。結局国分基地に辿り着いたのは夜の十時頃であった。

第一国分基地には七〇一空の一部が残っている。森山大尉に不時着の模様を報告すると、「まだ戦闘は続行中だから、備えて待機せよ」と指示された。宇垣長官をはじめとする他の十機のことについては、何も知らされなかった。二村もまた自分の方から尋ねることができなかった。既に米艦隊が錦江湾に集結しつつあるなどの噂が流れ、基地内は緊迫していた。（現にこの基地から十七日と十八日に、爆装した彗星が三機飛び立って還らなかったという噂を、大島は聞きとめている）

十八日になって二村達は予備機を与えられたが、翌十九日になって一切の戦闘行為に中止命令が出された。美保や大分など各基地の彗星が、次々に第一国分基地に集結したのは二十一日である。ここにおいて七〇一空の解散が司令によって命じられ、二村も二十二日に飛行機で帰郷することになった。（他の記録や証言に照らしてみると、国分基地に彗星が集結したのは八月二十日で、二十一日に解散したというのが正しいと思われるが、ここでは大島の記憶に従っておく）

大分基地から来た者達と再会して二村は、長官を乗せた中津留機が沖縄の米艦に突っ込んだことを知らされた。生きて還るなという中津留の言葉が懐い出されて、二村の胸中には申しわけないという気持が烈しく揺れ動いた。大分基地に遺しておいた彼の遺品（貯金通帳など）は行方が分らなくなっていたので、落下傘バッグに煙草の「誉」十個と地下足袋だけを入れて帰ることにした。どうせ郷里に帰れば農業をやることになるので、なによりも地下足袋が必要だと思ったのだ。持ち切れないほどにいろんな物を持ち帰る者もいたが、二村にはそんな欲はなかった。

同じ方向に帰る早川一飛曹と連れ立つことにして、搭乗の彗星の状態を整備兵に確かめると、エンジンも大丈夫、ガソリンも満タンになっていることを保証してくれた。だが飛び立って間もなく、高千穂の峰を越えたあたりでエンジンが突然止まってしまった。驚いたことにガソリンが切れていた。整備兵が調べもせずに、まったくいい加減なことを告げたのだった。八月十五日正午までの軍隊であれば、到底考えられぬ軍紀の弛みである。もはや誰もが自分のことだけを考えて、浮足立っているのだった。

やむなく機首を海岸の方へ転じて、富高《とみたか》の飛行場（宮崎県）に不時着を試みたが、降下速度が速過ぎて脚を掩体壕にひっかけてしまい、地面に激突して機体は回転し大破した。さいわいガソリンが切れているので爆発炎上は免れた。けたたましいサイレンを鳴らして救急車が駆けつけたが、奇蹟的に二人とも無傷のまま地上に這い出して来た。よくよく自分は生き残りの運命なのだなと、二村は苦笑した。飛行場に並ぶ零戦は総てエンジンを落とされていて、あたかも頭部を落とされたトンボを思わせた。飛行機乗りである二村一飛曹の眼に、それはさすがに無惨な敗戦の光景として映った。

この日は富高飛行場の指揮所で野宿し、翌二十三日九三中練（赤とんぼ）を得て飛び立ち、夕刻名古屋の甚目寺《じもくじ》という陸軍の飛行場に帰り着いた。飛行場は既に閑散として兵の影はなく、週番士官の少尉が一人だけいた。ところが厄介なことに、この士官が「まだ一度も飛行機に乗ったことがないので、ちょっとでいいから乗せてくれぬか」と二村につきまとった。ここまで生きて還って、つまらぬことで死にたくはなかった。乗って帰った赤とんぼの調子もよくなかった。「今夜はもう飛行には危険なので、明日来て乗せてあげます」といい逃れをすると、「では、これは預かっておく」といって二村の飛行服を取り上げてしまった。やむなく二村はシャツとパンツという奇妙な格好で、飛行場にあった自転車に乗って帰って来た。シャツ姿で自転車をこいで帰って来た二村に、家族は皆びっくりした。近所でも一番早い復員であった。

飛行服が惜しいので翌日行ってみると、少尉はまだ頑張っていた。飛行機に乗り込んでわざとプラグをいじくり首をかしげて、点火栓の調子が悪いようなので整備員を呼んでもらえぬかと頼むと、整備員はいないという。

「それじゃあ、飛べませんよ。あなたも不良整備の飛行機で命を落としたくはないでしょう」というと、ようやく少尉も諦めて飛行服を返してくれた。

二村治和は満十九歳八カ月になっていた。

三　玉音放送を聞かず

「結局、最後の特攻に出撃した隊員達は、八月十五日の玉音放送は聞かないままだったわけですね」

寺司は一番確認しておきたい点を、大島に念押しした。

「そうだよ。わしらみんなその時刻には、裏川の土手の上で赤飯やパインの缶詰食べたり、ぼんやりしてたものなあ。あれっ、向こうの方で何か並んでるなあというくらいなもんで……」

出撃直前の整列写真には裏川の土手も写っていて、茅や芒が茂っているのが見える。真夏の白昼の太陽に照らされながら、彼等はこの土手の上で飛行服のまま待機していたのだ。

「そうすると……終戦になったことは知らないまま、出撃して行ったことになりますか」

「ウーン……そこのところが、いまになってみると、どうも曖昧なんだなあ……」

大島は盃を置いて考え込んだ。

「玉音放送は聞かなかったんだが……なんとなく終戦のことは伝わっていたような気はするんだ。多分、整備兵なんかから教えられたんじゃなかったかと思うんだ。——ただ、耳に入っていたからといって、終戦の意味まではぴんとこなかったと思うな」

「出撃にあたって宇垣長官が椅子に立たれて、訓示をされてますよね。記録で見ますと、そのとき長官がはっきりと戦争はもう終ったということをいわれていますね。それは記憶にありませんか」

「どういうふうにいわれたことになっているのかな」

寺司は手許に置いていた『最後の特攻機』の頁を繰り、終り近くに出ている宇垣長官の訓示を声に出して読んで聞かせた。

「第五航空艦隊は全員特攻の精神をもっていままで作戦を実施してきたが、陛下の御発意により終戦のやむなきに至った。しかし今日ただいまより、本職先頭に立って沖縄に突入する」

寺司が頁を閉じたとき、「いや、それは違う」と、大島は言下に否定した。

「わしははっきり憶えているが、終戦になったというはっきりしたいいかたはされなかったな。長官のいわれたのはこうなんだ。〝ポツダム宣言も受諾したことだし〟といわれたんだ。まあ、それが戦争が終ったといったことになるのなら、そうには違いないが、わしらにしてみればポツダム宣言てなんのことやら分らないしな」

考えてみれば、宇垣長官の最後の訓示は草稿として残されはしなかったであろう。のちに参謀達の記憶によって復原されたのだとすれば、大島の記憶とどちらが正しいとはいえぬことになる。そのときの宇垣長官の心理からすれば、終戦という言葉よりもむしろ大島の記憶にあるようにポツダム宣言受諾といったのではないかと、寺司には思われる。

「いずれにしろ、先輩達は終戦ということは本当には確認できぬまま、出発して行ったことになりますか」

「まあ、そういうことだな。戦争は終ったらしいな……といった程度じゃなかったかな。だからどうだとは考えなかったと思うんだ。終戦とかいわれても、身も心もまだ戦争の続きの中にいたんだからなあ。――だから、終戦を知っていたかどうかというのは、余り重要な問題じゃないんじゃないかな。終戦を確認したからといって、じゃあわしは行きませんという者は誰もあの中にはいなかったはずだからね。そこらの気持は寺司さん、あんたもよく分るだろ。あんたも特攻訓練を受けた人なんだから」

「ええ、よく分ります。二十歳にもならぬ者達が、毎日潔く死ぬことだけを叩き込まれていたんですからね。まして先輩達の場合、長官が一緒に行かれるんですからね」

「そうなんだよな。われわれにとっては雲の上のような人が突然現われて――五航艦が大分に来ていたなんて知らなかったもんな――一緒に行ってくれるかといわれるんだものな。まったく思いがけないことでね、皆もうワーッと歓声をあげたんだわ。それ行けってなもんでね」

最高司令官のお伴を出来るという、その感激が総てを吹き飛ばしたろうことは、寺司にも充分に察しはつく。それはもう軍隊に身を置いた者でなければ理解できぬ集団心理といっていい。

「もう一点確認しておきたいのですが……最初、済州島方面に米艦艇が北上中ということで、その敵機動部隊に攻撃をかける命令で朝から待機しますね。――私にはどうもそれが先輩達を飛行場の一隅に隔離するための、仕組まれた指令だったという気がするのですが……そうは思われませんか」

「というと……どういうことかな」

「つまり、先輩達に玉音放送を聞かせないために、朝からずっと午後まで飛行場に隔離しておいたのではないかと、疑われてならないのですが……」

「それは寺司さん、考え過ぎだよ。そんな手の込んだことはしないと思うな。さっきもいったように、わしら仮りに玉音放送を聞いたとしても、やはり出撃することをためらったりはしてないもの」

「それはそうですけど、でも、送り出す側からすれば、やはり終戦の放送は聞かせたくないというのが心理だと思うんですよ。外国放送を傍受している参謀達には、天皇の放送が終戦を告げることは分っていたでしょうし……聞かせたくなかったと思いますね」

「ウーン、考え過ぎという気がするけどなあ。――そんなところが真相であったのかなあ……」

寺司はもうそれ以上その点を話題にはしなかったが、自分のその推測を打ち消す気にはなれなかった。考えれば考えるほど、そう思えてくるのだ。

済州島方面の米機動部隊に一二〇〇時を期して攻撃をかけるという命令には、幾つもの疑問点がある。第一に、八月十五日午前に済州島辺を米軍の機動部隊が北上中ということ自体、ありえない情報のように思える。済州島といえば朝鮮半島の直ぐ近くである。米艦艇はまだ遥か南方の沖縄に集結していたのであり、このような海域に進出していたとは思われないのだ。第二に、既に積極的な攻撃は見合わせよという呉鎮守府からの指令が届いているのに、敢えて攻撃態勢に入ったということが不自然に思える。

そしてこの指令が一番不自然に思われるのは、その朝五航艦の参謀達が直面していた事態を考えるとき、より明らかになってくる。宇垣長官が五機の彗星で沖縄特攻に飛び立つという意志は、頑として固かった。その日未明から長官の翻意を迫り続けている参謀達も、次第に説得し切れないものを感じていたはずである。そうだとすれば、八月十五日の大分基地はいつ長官が出発ということになるか分らぬという、緊迫の事態に追い込まれていたことになる。もし済州島沖への攻撃に彗星が出払ってしまったあと、長官がにわかに沖縄特攻へ出発したいといいだせば、大分飛行場には飛行可能な彗星は残されていないということになる。まさか参謀達がそんな不用意を犯すはずはあるまい。一方では長官に対する必死の説得を続けながら、他方ではいざ長官が出撃という場合に備えて、この日は朝から彗星が飛行場に用意されていたはずである。いいかえれば、済州島沖攻撃などやるはずもなかったと考えねば、不自然であろう。

『第五航空艦隊（天航空部隊）戦闘経過』の八月十五日の項には「艦上機関東来襲ノ行動

執拗ナリ」「列島線南東方海域索敵」とあって、済州島方面の敵機動部隊のことは記載がない。

彼等二十二名は（多分、中津留は別だったと思われるが）、午前十時から飛行場で待機させられることで正午の重大放送から隔離され、その後の情報からも遠ざけられて沖縄特攻への出発を待たされたのだという推測が、寺司には一番自然に思われる。

確かに大島のいうように、玉音放送を聞いていたとしても出撃をためらう者などいなかったに違いない。だが、敵艦に突っ込もうとする恐怖の一瞬に、どのようなたじろぎが湧くかは誰にも分らぬことである。終戦を知っていたがゆえの一瞬の迷いが、突入を失敗させるかも知れなかった。少くとも参謀達はそう判断したと思われる。中津留隊の者達を隔離し正午の放送を聞かせまいとするストーリーが、誰かによって仕組まれたのだ。

実に巧緻なストーリーであったなと、寺司は感嘆する。済州島沖の米機動部隊に攻撃をかけるという指令で集合させ、やがて機動部隊が沖縄へと引き返したという理由で命令を解除し、飛行場に待機させる。もしその間に宇垣中将を説得できれば、彼等はそのまま解散させられたはずである。彼等の命運を握った説得工作が横井参謀長、宮崎先任参謀、城島戦隊司令官らによって牧の壕内で進行しているとも知らずに、彼等は待たされていたことになる。恐らく中津留大尉には、朝の段階からその真相は伝えられていたと思われる。

大島の話を聞いていて、寺司がもう一箇所はっとさせられたのは、爆弾の積み替えをさせられたという思いがけない事実に出遇ったときである。そこにも仕組まれた作為を感じずにはいられなかった。これまで彗星は五〇番の爆弾を抱いて特攻に出ていたのであり、このときに限って八〇番の爆弾を用いねばならないという理由は、何もないのである。

ではなぜ、出発直前になって敢えて八〇番に積み替えさせられたのだろうか。その理由として考えられることは唯一つしかないように、寺司には思える。ガソリンを半分抜き取るための口実だったのではないか。

出撃の写真で見ると、最後の特攻隊の彗星は空冷の四三型であることが分る。この型の彗星なら八〇〇キロの爆弾を搭載してもガソリンを満タンにできるはずであり、敢えて半減させる必要はない。結局、彼等は還って来れぬように片道燃料にされたのだと考えるしかない。事実は、八〇番の爆弾に替えたからガソリンを抜かれたのではなく、ガソリンを抜くための口実として八〇番の爆弾に替えさせられたのであったろう。

あるいは彼等が江間少佐によって訓練された隊であったということが、参謀達にそこまでの細工をさせたのかも知れない。敵に爆弾を当てることが特攻であり、当てる自信のある者は死なずに還って来いという江間飛行長の持論は、五航艦では知られた事実であったろう。参謀達は、長官のお伴をした者の中から生還者が出ることを避けたかったのではあるまいか。明らかに十一機二十二名は殉死者なのであり、殉死すべき者の中から幾人もの生還者が出ることは、宇垣長官にとっての不名誉とみられたであろう。彼等は還ることの許されぬ片道燃料で送り出されたのだ。

寺司は胸中に拡がるその疑念を、しかしもう大島には洩らさなかった。

これはのちの日のことになるが、このときの爆弾積み替えに関連して寺司は興味深い証言に出遇うことになった。大分県庁に勤める園田英雄に会ったとき、「寺司さんは最後の特攻隊のことを調べているそうですね。こんな話が役に立つかどうか分りませんが――」といって、自らの体験を聞かせてくれたのだった。

――大分工業三年の園田英雄が大分飛行場に付設されている第十二海軍航空廠に動員されて働くようになったのは、昭和二十年三月であった。彼の持ち場は木工工場で、既に不足の甚だしい鉄類に代えて、アンテナ支柱を木で作ったり計器盤を木で作ったりという木工仕事であったが、沖縄特攻が始まると「爆装」の仕事にかかりきりになっていった。彼等は「爆装」と呼んでいたが、それが正式名なのかどうかは知らない。要するに爆弾を弾倉に固定する補助具といったもので、一方の面を斜めに削った木片で爆弾を両側から押さえる形になる。大して難しい細工ではない。

航空廠が空襲を受けて破壊されたあとは、市内田室《たむろ》町の塔鼻製材所に移って、ここでも

「爆装」作りに明け暮れたが、七月頃からぱったりとその仕事はなくなっていた。なぜ特攻作戦は終ったのだろうかと、十五歳の少年達は小声で話し合っていた。

八月十五日正午の放送のあと、戦争は終ったと教師に告げられて、彼等は気抜けしたようにごろんと寝転んでいた。そのとき大声で、「司令長官殿が沖縄に特攻で突っ込まれるので、大至急爆装を作れ」という指令を受けた。彼等は撥ね起きて木を切り、削り始めた。もう戦争は終っているのに、なぜ……といった疑問は抱かなかった。司令長官が特攻に行くという衝撃的な事実に、少年達は感激していた。その爆装を作っている自分が誇らしかった。

「それが何時頃であったか、憶えていませんか」

寺司の問いに園田は考え込んだ。

「一時は過ぎていたでしょうね。放送のあと昼飯を食べて、皆ごろ寝していましたから。――二時にはなっていなかったと思いますよ」

多分、その時刻に爆弾を八〇〇キロに替えることでガソリンを抜くという案を思いついた参謀がいたのだ。大至急必要になったのが八〇番の爆弾のための「爆装」であることは間違いないのだから。

思いがけないところから、大島の話は裏打ちされたのだった。

「寺司さん、場所を変えよう。名古屋には面白い所があるんだ」

「鳥久」を出て、大島が次に案内したのは「海軍」という名のクラブであった。入口のドアも内部もさながら船室の装いで、壁面にはいろんな海軍の記念品や軍艦の模型や写真が飾られ、店の者達も水兵服を着ている。客は少かった。こういう趣向が今の若者達にどう受けとめられるのだろうかと、寺司は気になった。軍隊体験のある初老の者達の溜り場になっているのかも知れぬと思うと、侘しい。

やがて壁面のスクリーンに連合艦隊のニュースフィルムがぼやけながら映り始めると、オルガンが鳴り軍歌が始まった。マイクを持って朗々と歌っているのが、店のマダムであろう。古いニュースフィルムを背景に、歌詞が壁面に映し出されている。「同期の桜」「艦隊勤務」「若鷲の歌」「いかに強風」「轟沈」……。「ラバウル小唄」になったとき、大島がマイクを受取って歌い継いだ。

さらばラバウルよ又来るまでは
しばし別れの涙がにじむ
恋しなつかしあの山見れば
椰子の葉かげに十字星

大島の歌はうまく、声に力があった。寺司は黙って聞いていた。彼はいつの頃からか、軍歌を聞くと反射的に哀しい気分に沈んでいくようになっていて、とても唱和する気にはなれないのだった。大分のバーで、戦争を知らぬ若者達が酔うて「同期の桜」を合唱し始めたとき、寺司は「やめろ！」と叫びたい衝動に駆られたことがある。それは寺司にとってとりわけ哀しみの歌で、眼に涙が溢れていた。

壁面のスクリーンに飛行兵の姿が映ったとき、「寺司さん、これ、わしや」と、大島が指差した。「国分に居たときの写真なんや。きりっと引きしまっていい顔してるだろ。純粋という字が、そのまま顔に出てるみたいだな。——えっ、今の脂ぎったわしと、同一人物に見えるか」

大島の声音に感傷がこもっている。さすがに少し酔うているようだ。

「私も航空隊の頃の写真を見ると、いい顔をしていたなと思いますよ。——俗なことにはまったく触れてない時代ですからね。ただもう、死という目標に向かって純粋培養されていたんですからね」

寺司の声も感傷的になった。いま、彼の脳裡をよぎっているのは、自転車の荷台に衣料品を積んで行く行商の日の姿だった。戦後間もなくの日々が走馬灯のように流れて行く。俗な世間を這いずり廻って、ここまで生きて来たのだと思う。彼に較べれば大島の戦後はしごく順調であったように見えるが、内実を問えばそれなりに恥多き日々を重ねてきているに違いなかった。大島の戦後のおおよそは、さっき「鳥久」で聞いている。

大島治和は復員後、専門学校を受けてすべり、警察に入ったのがスタートであった。経済監視官でヤミ米の取締りなどにあたったが、これは一年間でやめ、勧められて検察事務官の試験を受けた。これに合格して名古屋検察庁に五年間いたが、この間中央大学の通信教育で勉強している。昭和二十七年、母方の身内である陶器販売会社に養子として入り、四十五年にオオシマの社長となっている。デパートに陶器を入れた先駆者は自分だと、大島は自慢した。才腕の経営者を自負しているようである。最後の特攻隊生還者としての彼を、一番先に探し出したのはＮＨＫであった。四十五年の終戦記念日の番組「八月十五日の一日」に、僅かながら登場して体験を語っている。そのあと、三國一朗がインタビューする「私の昭和史」にも出演した。他の関係者にも会ってきている寺司にはよく分るのだが、大島の記憶力は抜群のように思える。最後の特攻隊について語れるのは、彼を含めて僅かな人数でしかあるまい。

「寺司さんよ。われわれも、いつの間にかもう六十歳が近いんだものなあ」

大島がぽつりと呟いた。

「そうですなあ、空を飛んでたのは、ついこのまえだったみたいな気がしますけどね……」

　同世代の感傷はどうしても共通していくのだった。

　このクラブの軍歌の時間は決まっているようで、一連の映写が終るとオルガンも鳴りやみ、寺司達はまばらな拍手をした。

「――ところで、栗原浩一さんにもぜひ会いたいんです。私と同期ですからね。同期生が特攻のメンバーにいたと知ったときにはびっくりしましたよ。栗原さんと先輩は連絡をとりあっていませんか」

　それを聞けないうちに「鳥久」を出て来たのだった。

「寺司さん、遅かったな」

「えっ……」

「栗原は一昨年亡くなりましたよ。実は私も知らなかったんだ。年賀状を出したら、奥さんから主人は亡くなりましたという返事が来てね……」

「そうでしたか……それまでは連絡はとりあっていたのですか」

「いや、殆ど年賀状のやりとり程度でね。還ってからあと一度会っただけだな。戦後一、二年してひょっこり訪ねて来たんだ。――最後は川崎でガソリン・スタンドを経営してたんだが、ちょっと飲み過ぎたようだな。肝硬変だったそうだから。あとで川崎までお参りに行ったけどね」

　寺司は落胆していた。一番会いたいと思っていた相手を、にわかに喪ったのだった。最後の特攻隊を追い始めてからの、五年間の空白が悔まれる。亡くなっているのは、栗原浩一だけではないのかも知れぬという不安が募っている。

「先輩は、他の不時着生還者とは連絡はないんですか」

「ないなあ。――あの時は誰が一緒に行ったのやら、実はよく分らなかったんだよ。あなたも知ってのように、七〇一空は沖縄戦のあと再編成された寄せ集めの隊でね、互いによく知ってたわけじゃないんだ。のちになって本を見たりして、ああ、こういうメンバーで行ったのかと思ったようなことでね。――寺司さんは、他に連絡のついた人はいるのかな」

「まだ連絡はとってませんが、連絡先の分っているのは四国の川野和一さんですね。乙飛十八期の操縦です。憶えていますか」

「ウーン……憶えているような気もするなあ。確か小柄な人だったように思うな。会いに行くんだったら、よろしく伝えてほしいな」

　いっそ一緒に会いに行きませんかと、口許まで出かかった言葉を寺司は呑み込んだ。不時着した生還者達が戦後の長い歳月を互いに無縁に生きているところに、彼等の屈折があるのかも知れなかった。

「寺司さん。中津留さんという人は本当に指の太い人でなあ。その太い指を揃えて、ゆっくりと敬礼するんだ。こんなふうでね——」

大島はゆっくりと敬礼を真似てみせた。

「中津留さんは、どこに突っ込まれたのだろうな。そのことは分ってるんだろうか」

大島の胸中にはやはり中津留大尉が一番生きているのだろう、酔いと共にその面影が浮かび上ってきているのだ。

「いろいろ説がありましたが、どうやら定まってきたようですね。一番新しい資料で見ますと、どうも沖縄本島に近い伊平屋《いへや》島という島の海岸に突入されたようですね。遺体が三体あったというから、間違いないでしょう。——帰ったら資料をコピーして送りましょう」

「生きて還るなと中津留さんはいわれたんだ。こんなふうに太い指を揃えて、突っ込む角度を示されたんだ……」

大島は宙に右手を翻すと、水割りのグラスめがけて急降下の軌跡を描いてみせた。酔いは急に深まっているようだった。戦後三十八年経ってもなお断ち切れぬ大島の負い目が、いま浮き出ているのかも知れなかった。

寺司は黙ってグラスを傾けた。いまからは彼もまた酔おうと思った。話を聞き洩らすまいとする緊張で、それまで飲むのを控え目にしていたのだ。

四　最後の特攻隊の行方

昭和二十年八月十五日午後五時頃大分飛行場を飛び立った宇垣長官機が、沖縄のどこに突入したのかは長い間不明であった。それを解明しようとしたのが、秦郁彦である。『八月十五日の空』の第九章「宇垣長官突入す」と第十章「宇垣隊の死を追って」が、その追跡記録をなしている。以下、同書に拠って辿ってみよう。

宇垣長官機が離陸すると、五航艦司令部では長官機からの突入電を確実にとらえるために、直ちに四人の電信員が受信機の波長を合わせて配置についた。

一番先に飛び込んだ電信は磯村機（操縦・後藤高男上飛曹、偵察・磯村堅少尉）からで、〝敵水上部隊見ユ〟続いて〝突入電〟が入ったのは、一八三〇（午後六時半）であった。大分飛行場を発ってから一時間余しか経っていない時刻で、まだ種子島上空附近であったと思われる。結局、磯村機が何に向けて突入したのかは、ついに分らない。米艦艇にそのような被害は報告されていないのである。（この前後に二村機が機名は忘れたが不時着電を発し

ているはずだが、その記録は電信室には残されていない）

宇垣長官機から訣別の打電が入ったのが一九二四時で、これによって司令部電信室にあらかじめ用意されていた訣別の辞が、全軍に打電された。関係書ではよく間違えられて、この訣別の辞を打電して直後に長官機は突入したように書かれていることが多いが、突入はそれからなお一時間後である。長官機から〝我奇襲ニ成功セリ〟続いて〝突入〟電が入ったのは二〇二五（午後八時二十五分）であった。急降下開始と同時に飛行機の無線機のキーを押しっ放しにしているので、その発信音のとだえた瞬間が突入とみなされる。宇垣機の発信音は異様に長く、十秒から十五秒も続いた。

司令部が確認した突入電は、他に吉田機（操縦・藤崎孝良一飛曹、偵察・吉田利一飛曹）ともう一機突入電らしきものが入ったが、混信してどの機なのか不明に終った。

大分から沖縄までは約八五〇キロメートルの距離があり、これを時速三〇〇キロメートルの彗星で飛べば三時間近くかかることになる。午後八時二十五分に突入電を発した宇垣機が、沖縄に達していたことは航続時間からみて間違いない。

では宇垣機は沖縄本島の中城《なかぐすく》湾に集結していた米艦艇に突入していったのであろうか。それを追跡して秦の執拗な調査が次第に真相に迫ってゆく。これまで多くの関係書では、宇垣中将の彗星は水上機母艦カーチスに突入したという記述が見られたが、これを誤報として秦は退ける。カーチスは六月に特攻機に命中され、終戦時にはアメリカ西岸のドックに入っていたという事実を突きとめ、念のため米海軍戦史部に問い合わせた結果、八月十五日沖縄周辺で攻撃または被害を受けた米艦艇はないという返事を、秦は受け取る。では不時着した三機と磯村機を除く残りの七機は、いったいどこに突入していったのか。彼等が還らなかったのは事実なのだ。解けぬ疑問のまま日を経て、ある日他の調べ物のために眼を通していたワールド・アルマナック一九四六年版の小さな記事に、秦の眼は吸い寄せられた。その前年の戦争日誌八月十五日の項に、「終戦の通報十二時間後に三機の特攻機が沖縄本島北方三〇マイルの伊平屋島に突入した」という記載を見たのだ。

秦は早速、米海兵隊戦史部に手紙を書いて、当時伊平屋島を占領していた米第二海兵師団第八戦闘団の戦闘記録などによる調査を依頼したが、第八戦闘団の記録は行方不明になっていて、僅かに二つの次のような情報のみが回答として返ってくる。

「八月十五日の防空部隊情報ファイルには、この日最後の空襲警報が発令され、日本機一機が伊平屋島に突入爆発した。また識別不明の多数の飛行機がレーダーに映ったが、消え去るか、友軍機と確認された」

「第二海兵航空団の戦闘日誌によれば二機の日本特攻機が伊江島に突入した。施設に被害はなく、氏名不詳の二名が負傷したとある」

伊平屋島のみならず伊江島にも特攻機が突入したらしいと分り、秦は沖縄に飛ぶ。昭和五十二年五月末のことである。伊江島は本部《もとぶ》半島の渡久地《とぐち》港から、指呼して直ぐの位置にあってフェリーで四十分である。しかし伊江島では確たる情報はつかめないままに終った。この島では守備隊は昭和二十年四月二十一日に全員玉砕し、八月十五日には島の住民は一人もとどまっていなかったのだ。皆、慶良間《けらま》列島の難民キャンプに連行されていて、島に還ったのは昭和二十二年春であった。還って来たときに島の畑に翼に日の丸のある飛行機の残骸があったという証言は得たが、それ以上のことは分らずに終った。多分、宇垣隊のどの機かが突入したのであろうと思われる。

翌日、秦は伊平屋島に渡った。本部半島の渡久地港から三十余キロ北上した位置にある島である。米軍がこの島に上陸したのは昭和二十年六月三日朝であったが、さいわいにもこの島には日本軍が駐留していなかったので、村長の勇断で村民全員が白旗を掲げて投降したため、沖縄の各所で繰り返された玉砕や集団自決の悲劇を繰り返さないで済んだ。投降した村民達を米軍は一つの部落に収容し、鉄条網をめぐらした。

八月十五日夜八時過ぎ頃、前泊《まえどまり》の米軍キャンプと我喜屋《がきや》の海岸に殆ど時を置かずに一機ずつの飛行機が突入したことを、多くの村民達がその衝撃音と火柱によって記憶していた。ただ、全員が部落に足止めをされていたので、駆けつけて見た者はいない。結局、現地での確証は得られなかったが、終戦当時この島に潜伏していた二人の不時着パイロットが目撃したかも知れぬという情報を得る。東京近郊に健在であった二人を訪ねて、秦は次のような証言を得ることになる。

篠崎元少尉の回想——

「八月十五日、わたしは野良仕事を終えて止宿先の井戸で水を浴びていた。薄暗くなった空を聞きなれぬ飛行機の爆音が聞こえたと思うと前泊の米軍キャンプの方向に爆発音が聞こえ火柱が立った。つづいてもう一本、すぐに特攻機の突入を直感した。港には数隻の輸送船がいたし、キャンプでは灯をつけて米兵たちが終戦を祝って西部劇さながらの大さわぎをしていた。そのさわぎも突入と同時にぴたりと静まった。

その日の朝、米軍が住民を広場に集めて戦争は終ったと訓示したばかりだったが、まだ戦争はつづいていると直感した。

翌日前泊キャンプへ労務に出た何人かがやってきて状況を伝えた。遺体が二つあり、一人は飛行帽に飛行服だったが、もう一人は予科練の七つボタンのような服を着ていてパイロットには見えなかったと聞いた」

飯井元少尉の回想——

「その日は爆発の轟音を聞いただけだが、翌日労役に出て海岸を走るトラックの上から、潮の引いたサンゴ礁にぶつかったバラバラになった特攻機の尾翼を見た。わたしは六三四航空隊の瑞雲に乗って指宿《いぶすき》にいたが、元来は彗星のパイロットです。だから機体が彗星だということはすぐ分った。暗緑色に塗られて尾翼に七〇一（空）の数字も見えた。ああ鹿屋の部隊だなと思った。二―三人の米兵が飛行服を着て靴もつけたパイロットを引きずっていたが、どうして遺体が原形を保っているのかフシギに思った。わたしは特攻隊の遺族に会った時何度かこの話をしました」

以上の談話から、秦は伊平屋島に突入して炎上した二機が宇垣隊の特攻機であると断定する。但し、その中に宇垣自身の機が含まれていたかどうかは遂に確認できない。

しかしそれを、アメリカに渡って確認したのが大沢博である。「丸」の昭和五十三年三月号に発表された「特攻宇垣長官機・最期の真相」によって、長官の伊平屋島海岸への突入はほぼ解明されることになった。

大沢はまず、グアム島に在住する貿易会社社長である米人クライド・タルボットの証言を掲げる。

〈――私は当時、一万トン級のリバティ船チャールス・E・スミス号に船員として乗船し、八月十五日には沖縄本島の本部半島の先端ちかく（対岸に伊江島がある）に停泊していました。

湾内の状況は、輸送船ばかりがならんで投錨し、比較的本島にちかい位置におり、ほかの軍艦は遠くはなれて、湾外に停泊していたようだった。私からは大型軍艦の姿は見えなかった。

日本がポツダム宣言を受諾したことは八月十四日の朝、スピーカーで流していたので知りました。そのときにはみな何かのまちがいで、本当ではないと思っていました。

それまで間けつ的に襲ってくるカミカゼからの防御方法としては、米海軍の小型ボートが昼間ひっきりなしに船のあいだをまわって、いつ襲ってくるかわからないカミカゼにそなえ、煙幕をはっていました。

私の船もこれまでに二回にわたりカミカゼの襲撃に会っていますが、この煙幕のために、下からはあまり機影を見ることもできず、いつも射撃音のみを聞くていどでした。私たちリバティ船にあまり被害がなかったのも、彼らの多くがその目標に軍艦をえらんでいたからでしょう。

ところが、十四日の朝からはそれがまったく行なわれなくなった。船団についていた対空護衛艦もちかくから姿を消し、護衛小型空母も私たちの船とならんで錨をおろしてしまっていました。

十五日になってもおなじ情況がつづき、多くの人たちは上陸をしてしまい、あたりはしごく静かでした。そして昼ごろになってはっきりと、われわれは勝った——と知らされました。そのとたん、はるか沖のほうにいた各艦がいっせいに空に向けて機銃や砲を打ち上げ、それはうるさいばかりのさわぎとなりました。

この日の夕方からは灯火管制もとかれ、湾内や島に明るく灯火がつきました。七時半ちかかったと思います。空だけが明るく、あたりが暗くなりかけていたとき、甲板にいた私は突如として、複数機の爆音がひびいてくるのに気づきました。それは単発機の音でキーンという金属音がまじり、あの有名なゼロのそれではないようでした。

やがて、機影がしだいに大きくなり、船団上空にちかづいてきましたが、それでも私たちはまだカミカゼとは思っていませんでした。しかし低空に降りた何機かは、なんと機銃掃射をはじめたのです。私たちにはなにがおきたのか理解できませんでした。

その飛行機は各船にたいし、くり返し機銃をうち込みました。だれかが「カミカゼだっ！」とどなりました。いままでのカミカゼはくり返し機銃を撃つことはなかったのです。

艦船の灯りが急速に消えはじめ、対空射撃がはじまりました。私もそばで機銃をうちはじめた射手に弾丸を運びました。そのとき私は、船尾から船首へ飛び抜ける日本機に、二つの人影が空の明るさを背景にシルエットとなって浮かび上るのをはっきりと見ました。

私はその間、七機のカミカゼを数えていました。はじめてはっきり見るカミカゼをけんめいに目で追いました。一機また一機、はるかの海面に火をふいて落ちて行きました。私の船の真上をとびこえて小型空母をねらったカミカゼが、その頭上をとびこえて海中に突入し水柱を上げました。それが最後の一機だったと思います。

その直後、みなで話をしたところを総合すると四〜五機であったようです。はじめ私は、たしかに七機を数えたのですが……。戦いは十分間ほどで終ったでしょうか。静かになった海上に、空から数本の黒煙が下りていたのが印象的でした。はるかかなたの小型船から一時的に黒煙が出たものの、すぐに消えて、われわれに被害はありませんでした。

それまでの私たちは、カミカゼにたいし一種の同情をもっていました。かわいそう、とも思っていました。しかしこの攻撃によってわれわれはみな、日本がまたもパールハーバーとおなじことをやった、と大いに怒りを感じ、そして戦争は終っていない、終ったというのは日本の謀略だ、といい合ったものです。

この日のカミカゼはたぶん、点在する軍艦より、きれいにならんでいるわれわれの方がミスするパーセンテージが少ないと計算したのでしょう。しかし、なんといっても下方、海面近くが暗かったことが幸いしたのだと思っています〉

この証言によれば、宇垣隊は伊江水道に殺到し、眼下に並ぶ輸送船団に機銃掃射を加えたことになる。しかも一機も米艦船には突入せずに、何機かは海中に落ちて行っている。

伊江島の畑に突入したのも、この中の一機であろう。なぜリバティ船などを狙ったのか、なぜ突入せずに機銃掃射したのか、なぜ一機も目標に突入できなかったのか、いくつもの謎が残る。

一方、伊平屋島の方にも証言がある。当時LST「Z96」の甲板長として伊平屋島の米軍キャンプへ食糧陸揚げを指揮していた、米人ダニイ・ローズウェルの証言である。

〈──八月十五日の午後四時二十分ごろ、私のLSTは、キャンプにちかい砂浜に食糧をおろしていました。島には多くの日本人が収容されており、二日おきにLSTが輸送任務についていました。私はその荷おろしの指揮をまかせられており、身分は軍属でした。

この任務には、日本が降伏して戦争が終ったのに……と、みんなもんくをいったものです。それにビールをのみながら仕事をしていたので、作業ははかどりませんでした。オキナワジマの方向には停泊している船舶の灯がかがやいて、とてもきれいだったことが記憶に残っています。

ここのキャンプにも明りが灯り、ラウドスピーカーからはジャズが聞こえていました。六時二十分ごろだったろうか、暗くなったときの用意に私は、荷おろし地に向けてライトをつけるように指示を出して、作業を中止させました。

七時四十分ごろ、やっとライトがついてクレーンを動かそうとしていたとき、にわかに飛行機のエンジン音がしてきました。もううす暗かったのですが、空はまだ明るかったのをおぼえています。南東の方角を三機、あるいは四機編隊をくんでわりと低く、オキナワジマ方面へ飛んでいたようです。全部で八、九機ぐらいであったと思います。

そのあと私たちはクレーンのワイヤーがはずれたために三、四人をのぞいて休んでいました。機影がとなりの島影にかくれてしばらくして、敵機がまたあらわれてこちらへ向かってきました。作業を休んでいた者のなかには「ヤッホー」と声をあげてビールの缶をほおり上げ、それに向かって手をふったものです。

その間にも飛行機はますますちかくなり、やがて島の上を旋回しはじめました。そのときになって私は、それがぜんぶで四機であることを確認しました。どうじにオキナワジマの方角で機銃の発射音や、大砲の炸裂音のような音が散発的に聞こえはじめました。それでもわれわれは、その飛行機に向かって手をふり、さわいでいたのです。

二回ほど旋回したあと彼らは低くおりてきました。だれかが「ジャップだ!」「カミカゼだっ!」とどなりました。キーンという音をたてて四機がわれわれの真上をとび去りました。

と、そのとき四隻いたLSTのうち、二キロほどはなれたところにいた二隻から機銃がうなりだしました。それでもみなは何が起きているのか、しばらくのあいだ理解できませんでした。

キャンプは相変わらず明るく、ジャズを流していました。そのうちに機銃を打っているLSTへ、一機が突っ込んで行きました。が、そのカミカゼはLSTの間をぬけるように飛んだかと思うと、一瞬ののちに島へぶつかって、ものすごい火柱をあげました。

そのときになってようやく、私たちはあわてふためきました。「カミカゼ！　カミカゼ！」と叫ぶ声がほうぼうからあがり、大いそぎで船の灯りを消しましたが、さきほど苦労してつけた作業用のライトがまだついていたのです。

と、一機が私たちのLSTを襲うようにこちらへ向かってきました。あわててやっとライトを消し、みなは悲鳴をあげて逃げまどいました。私は「ジャップ！　来るなら来い！」とかくごをきめて彼をにらんでいました。するとそのカミカゼは海面すれすれにこちらへ向かってきたと思うと、一五〇メートルほど前でわずかに機首を上げ、そのままの姿勢で船側をすりぬけるように浜へ突っ込んで行きました。

たちまち機体から火の手が上がりました。爆弾ははずれたらしく炎上する機体から十五メートル以上もはなれたところで爆発していました。これを見て、われわれのLSTも機銃をうちはじめましたが、あとの二機はバラバラになり、もう一度旋回するとオキナワジマの方へ姿を消していきました。

突っ込んだカミカゼは、われわれの横を飛びぬけるとき、翼の下方から発する炎が見えており、エンジンからもポンポンというへんな音をだしていました。一方、海岸へ突っ込んだ飛行機はバラバラになり、ちぎれとんだ翼からは炎をふき上げ、胴体は至近距離で爆発したみずからの爆弾の爆風でひっくり返るようにとばされていました。

われわれはとうとうその夜は、荷物をぜんぶおろすことはできませんでした。われわれの仕事は中断してしまい、その夜はねむれませんでした。またカミカゼがやってくるだろうと思ったからです。

翌朝はやく、みなで夕べおちたカミカゼのところへ行ってみました。機体は尾翼や主翼がふっとんでなくなっていましたが、さかさまにひっくり返ったコックピットの部分は残っており、ほかの破片のようには燃えていませんでした。

シートは二つあり、前のシートにはパイロットがベルトをしたまま、さかさになって死んでいました。後方のシートからは二人のパイロットの死体が、とび散った風防をつきぬけて、折り重なるように下におちていました。

一人は前方のシートのパイロットとおなじ服装をしていましたが、一人はダークグリーンの、ボタンのついたちがう服を着ていました。右の腕がなくなっていました。顔はくだけており、ひどい状態でした。ちぎれた彼の軍服の端布には二本の線がついていました。

その後、三人の死体は手がつけられない状態なので、キャンプの兵隊が足にロープをつけて、ジープでひいていきました。いまでも私は、二人乗りの飛行機になぜ三人も乗っていたのか、わかりません〉

この証言から、伊平屋島の海岸に突入して炎上したのが宇垣長官機であったことは間違いないと思われる。補足して問うた大沢に答えて、ローズウェルは傍に血だらけの小刀が落ちていたことをも証言している。最後にローズウェルは次のような疑問で、彼の証言を結んでいる。

「あのカミカゼは、私のLSTにうまく命中できたと思うんだが、どうして浜へ突入したのかわからない。しかし、そのおかげで私は生きている」

宇垣長官機は、多分自ら命中を避けたのであったろう。明敏な彼には、もはやどのような戦果も趨勢をくつがえしえないことは判っていたろうし、逆に戦果をあげることが終戦処理に難問を残すことになるくらいは重々承知していたはずである。いわば奔騰《ほんとう》する感情と彼本来の理性とがせめぎ合い宙吊りになった結果、長官は海岸への突入を中津留に指示したのではあるまいか。

中津留の父親に見せられた褒状の中にある「名誉の戦死」の真相は、かくもむなしく無惨な死であったのかと、寺司はこの記録を初めて読んだとき、暗然として幾日も心が晴れなかった。

　宇垣隊の攻撃で唯一人負傷したウェーシー・ハーガソンの証言で、大沢博の記録は結ばれている。ハーガソンが乗るデストロイヤー（駆逐艦）は輸送船団を護衛する艦で、八月十五日夜には本部半島と伊江島の中間点に停泊していた。そこへ特攻機が迫って来たのだ。

〈――爆音がしだいにちかづき、それはイエジマ寄りから入ってくるようだった。七、八機はいたと思う。右から大きく一回旋回すると一キロほどはなれた船団の上で機銃をうった。私たちは、てっきり友軍のバカ者どもの仕業と思い、

「またはじめやがった……クレージーホースだ」

といい合って笑っていた。ところが、二機が私の艦に向かってきたと思うと、低空で通過し、イエジマ方向にとび去った。しばらくして、ドーンという音がひびいてきた。私たちは顔を見合わせて、

「クレージーがとうとう事故を起こした」

と話をしていたが、本島の方では下からも機銃をうちはじめ、気がついてみると艦船の明りが消えはじめていた。

「カミカゼだ！」

と私たちはおどろいて、灯を消すために走りまわったが、なにぶんにも人数がすくなく

手がまわらなかった。いまから考えると私の艦だけが灯をつけていたのではなかろうか。そのうちにドーン、ドーンと爆発音が聞こえ、海中に火柱が上がったりで、艦上は大さわぎとなった。

八時にちかかったと思うが、たしかではない。私はとっさに機銃にしがみついて、カミカゼを待った。

ついに一機がちかづいてきた。ちょうど私の艦の右舷あたりを、腹を見せて通過していくカミカゼに、右舷の三銃座が火をふいた。と、目前でそのカミカゼは燃え上った。しかし彼はいったん通過したのち、反転して私の艦にまっすぐ突っ込んできた。私は彼に向かって正面から機銃をうちつづけた。すでに他の連中は銃座からはなれて逃げ、私に「逃げろ!」と叫んでいたが、私はけんめいにうちつづけた。

やがてカミカゼは、はげしく火をふき出し、船腹の手まえ三、四十メートルのところに水しぶきを上げておちた。爆弾は爆発しなかったようだが、よくわからない。

というのは、ちぎれとんだ主翼がとんできて、それがさんざん私の艦の甲板をあばれまわったあと、左舷から海へおちていったからだ。ガソリンをふりまき、そのため甲板からは火の手が上がった。

そのガソリンと炎が私を襲ったのだ!　一にぎりの卑劣なジャップのために、オレは片目を失った。この顔を見ろッ！　あんなヤツがいなければオレはまともに故郷に帰れたろうに、お前も、オレの顔を見て、話しかけてきたんだろう！　あの日戦争は終っていたんだ。お前らは負けていたのに……。

——すまなかった。ついこうふんしてしまった。死んだパイロットにも、そうする理由があったんだろう。いまでは死んだ者より生きているほうがよかったのにと思うよ。そして私は生きているものね。

艦の火災はなにごともなくすぐ消えてしまった。気がついたとき、あたりはとてつもなく静かだった。あの攻撃は負傷者一人といったところだ。その一人は私だがね。十年ほど前までは日本の名を口にするのもいやだった。うらんでいたよ。いまはそんな気持はないが、でも、日本人を見るのはいやだね〉

第四章

一　川野和一一飛曹

最後の特攻隊から不時着して生還した川野和一に、寺司が会いに行ったのは昭和五十九年四月九日である。大島治和と初めて会ったときから、既に十カ月が過ぎていた。この間、寺司は仕事の方が多忙であった。東京個展のあと、注文を受けた作品を刷り上げて送り出すのに結構時間を取られたし、その段落が着いた頃には秋の別府での個展のための準備に入らねばならなかった。一方で、台北市立美術館の開館記念現代国際版画展に四〇号の「いらか」を出品したり、ニース国際絵画フェスティバルに二〇号の「露地」を送り出すと、五十八年は終っていた。

昭和五十九年は年頭から、白日展に出品する一〇〇号の大作「蒼甍」の制作に打ち込んだが、更に六月に榎本滋民が演出して舞台に載せる「貴奇湯の香り」（主演・山田吾一、三浦布美子ら）の舞台背景用に、二十六点の版画を制作せねばならないのだった。これだけ仕事が立て込めば、さすがに妻のいう〝道楽取材〟に出かける余裕はないのだった。尤も、あれからもう二度ほど上京の往き帰りに大島とは会っているが、途中下車と違って四国に渡るのは脇道になるだけに、なんとなく億劫であった。既に川野とは電話連絡がついていて、いつでも会ってもらえる約束を取り付けているという安心感が、つい先送りにさせてしまったのだ。

寺司は今度の旅には妻の愛子を伴った。四国に直行したのではなく、奈良県橿原《かしはら》市での虎尾空会に出席したあと、前日の内にフェリーで徳島に渡り一泊した。徳島で一泊することと、川野和一に会ったあとは高知に一泊するからという約束に釣られて、妻は同行したのだった。

駅前のホテルにチェックインを済ますと、妻は早速一人でデパートに出掛けた。彼女は行く先々のデパートに興味をもって入ってみたがるので、つきあいきれぬ寺司は取り残されてしまうことになる。折角夫婦で旅に来ながら馬鹿馬鹿しい気もして、「大分にもデパートはあるやないか」となじると、「その都市ごとに雰囲気の違いを見るのが愉しみなのよ。男には分らない愉しみよ」と妻はいいわけをした。デパートを覗いても、別に買物をするわけでもないのだ。

翌朝早く徳島を発ち、国鉄牟岐《むぎ》線の羽ノ浦駅に降り立ったのは午前十時十分であった。小さな駅には川野和一が迎えに出てくれていた。「私は遠慮して、近くでもぶらついていようかしら」という妻に、「この小さな町にはデパートはないんだぞ」と軽口をいって、寺司は妻の身体を川野の車に押し込むようにした。一度は妻にも彼が最後の特攻隊を追う現場に立ち合わせておきたいというつもりがあった。川野の運転で自宅に向かったが、迎えがなければちょっと一人では辿れそうもない複雑な道筋である。道脇の桜は満開にはまだ少し早いように見える。

大正十四年一月生まれと聞いている川野は、現在五十九歳のはずである。自衛隊を定年退職し東洋紡小松島工場に勤めているそうで、小柄で気さくな人物に見えた。

「――そうですか、もう二村さんには会われたんですか。本当は生き残った者同士だけでも連絡を取り合って再会すべきなんでしょうが……なんとなく連絡しそびれてしまって。第一、どこの誰に連絡を取ればいいのかも分りませんでね。いったい、あのとき誰が一緒に飛び立ったのかも、あとで本なんか読んで教えられたようなもんでしてね、戦後しばらくはさっぱり分らなかったんですよ」

川野は大島と同じことをいったが、川野が口にすると余計恐縮したような感じになる。応接室のテーブルに寺司が拡げた大分飛行場の大きな写真を前にして、川野和一は往時を語り始めた。

寺司が持参したのは、米極東空軍が昭和二十三年一月に撮影した縮尺一万六一〇〇分の一の航空写真を拡大したもので、ほぼ終戦時の大分飛行場の姿をそのままとどめていると思われる。あちこちに算《かぞ》え切れぬ程の窪みが刻まれているのは、米機による爆撃の痕で、いかに集中的に空襲を受けたかを示している。大分の地図店に終戦時の市内地図を探しに行って、そんな地図はありませんがこんな物がありますといって出されたのが、この航空写真であった。

「この写真で見ますと、爆撃の痕のないのはこの方向だけですねえ。ぼくらもこの方向に飛び立ったんでしょうね」

川野は航空写真の北西の方向に指で滑走から離陸の軌跡を描いてみせた。

川野和一は岩脇高等小学校を卒えたあと大阪に出て、材木店で働くかたわら浪速の稲荷商業青年学校に一年間通ったが、海軍少年飛行兵というのがあると知って応募してみた。それが予科練乙種であった。入隊は昭和十七年五月一日で土浦航空隊に入った。乙飛十八期になる。

操縦員として厚木での月光夜間戦闘機の訓練を受けたのち、七〇一空に編入されて美保基地に来たのは二十年五月であったから、九州沖航空戦や沖縄戦で消耗した七〇一空を立て直すために、美保での再訓練が始まるころであったことになる。近くの米子基地で降爆訓練に明け暮れた。

この訓練中に川野は基地での語り草になるほどの大失敗をしている。尾輪固定装置を使って離陸訓練をおこなっていた最中のことである。彗星は爆弾を装着すると、脚が弱いという欠点がある。滑走中に尾輪が揺れると前脚に負担がかかって折れる恐れがあるので、機の方向がまっすぐに定まった時点でノックして尾輪を固定してしまう。ところが川野がノックしたとき、何かの間違いで尾輪が曲がったままノックされてしまったらしい。滑走を開始したとたんに飛行機はあらぬ方向に暴走して行き、並んでいる九三中練数機の羽根を撫で切りにした上、自らの機をも大破させてしまった。それでなくとも乏しい練習機を数機も壊した川野は当然営倉入りを覚悟したが、バットで十回尻を強打される程度の罰直で済んだのは不思議だった。川野一人の罪というよりは、整備不良にむしろ原因があったとみられたのであろう。翌日には新しい彗星が与えられた。

川野が僚機と共に大分基地へ移ったのは八月初めである。（七月初めか中旬ではなかったかという大島との喰い違いを川野に質《ただ》していて、寺司は一つの事実に気付かされた。川野が大分に来たときには、既に中津留は先に来ていたというのだ。そうすると、大分派遣隊は二波に分かれていたのではないか。江間保の記憶では三小隊に予備機をつけて十二機を送り出したというが、それだと十一機が最後の特攻に飛び立ったあとには彗星が一機しか残らぬことになる。実際には一緒に特攻に行けずにくやしがった七〇一空の隊員がかなりいたことは明らかなので、第二波で派遣された彗星があったはずである。川野和一はその第二波に属していたと思われる）

川野の属する派遣隊は後藤高男上飛曹に率いられた七機であったが、彼等もまた大分飛行場に着陸しようとしてグラマンに急襲されている。着陸態勢から慌てて上昇した川野機は、別府湾上に浮かぶ空母海鷹《かいよう》に射撃掩護《えんご》を求めようと近づいたが、何を血迷ったのか空母から彼の機めがけて発砲して来たので、そのまま宇佐飛行場まで逃れその夜は宇佐基地に泊まった。翌朝ガソリンを貰おうとしたが拒まれて、燃料切れを心配しながらかろうじて大分飛行場へ着陸した。

大分基地ではたった一度軽い試験飛行をしただけで、あとは一度も飛行機を飛ばすことはなかった。連日のように襲って来る米機の攻撃から守るために、丘陵の谷間に造った掩体壕に匿《かく》している飛行機を、日に一度見廻りに行くくらいしか彼等にはすることがなかった。丘陵の谷間に設けられた整備工場で立ち働いている女子挺身隊や動員の女学生と、言葉を交したりするのが毎日の愉しみであった。夜はトラックを出して別府温泉に繰り込むことが多かった。一度、別府の遊郭で七〇一空の上飛曹と整備兵曹が喧嘩をして、結束した整備兵側が今後一切彗星の整備はしないと宣言したため、慌てた上官が詫びを入れたという事件があった。なんといっても飛行機の命綱を握っているのは整備員であった。

大島が印象的に記憶している八月十四日夜の、中津留大尉を囲んでの最後の酒盛りを川野はなぜか記憶していない。何かの事情でその場にいなかったのだろうか。

八月十五日、川野一飛曹は午前十時に飛行場の指揮所前に整列した。下された命令は「敵艦隊が東支那海を済州島に向けて北上中なので、正午を期してこれに反復攻撃を加える」というものであった。

間もなくして、「敵艦隊は沖縄に引き返したようなので、攻撃は中止する。次の指示まで待機せよ」との新たな指令が届いて、炎熱にむせるような草を敷いて土手で赤飯の缶詰を食べた。指揮所の裏に積んでいた不発焼夷弾が自然発火したのか、もうもうと黒煙を上げているのがよけい暑苦しく感じられた。天皇の放送が終戦を告げたのは聞かなかったが、戦争が終ったらしいという噂は誰からとなく伝わっていた。そうなのかなあといった程度で、何の実感も伴わなかった。

やがて三時を過ぎる頃、新たな指令が届いた。「これから沖縄に集結している敵艦隊に特攻をかける」というのである。戦争は終ったはずなのにとは、思わなかった。

午後四時過ぎ、決死の二十二名が二列横隊に並んだ前に、思いがけず宇垣長官が立った。

長官が同行すると知って、川野の士気は身体が震えるほどに昂揚した。命令より多く並んでいる搭乗員を見た長官が、「こんなに行く必要はない。偵察員は残れ」と指示したとき、偵察員全員が一斉に声を挙げて「お伴させてください」と叫んでいた。「そうか」とうなずいた長官の眼に、川野は涙を見たような気がした。

「――では、命令を替える。彗星艦爆十一機で沖縄の敵艦隊に特攻をかける。私はこの攻撃が不成功に終った場合は、機上で割腹するつもりである。生きて再び基地には還ってこない」

宇垣はきっぱりと告げて、手に持っていた短刀をぐいと突き出してみせた。整列の二十二名も一斉に右の拳を突き出して、「おう」と応じた。

副官が一人一人の別盃に清酒白鶴をついで廻ったが、酒をたしなまぬ川野は口をつける真似ごとをしただけで、ペアを組む偵察の日高保一飛曹に飲んでもらった。何杯も飲んだらしい日高は軽く酔ったのか顔をほてらせて、解散になると愛機の翼の陰に寝転んで飛行服のボタンをはずし風を入れていた。

出撃に当たっての中津留大尉の具体的指示は、「第一、第三小隊が太平洋側を行き、第二、第四小隊が東支那海側を行く。敵の電探につかまらぬように単機行動で、高度七五〇〇メートル以上を保つこと。攻撃目標は、一に空母、二に戦艦、以下巡洋艦、その他の艦船、地上施設の順で狙うこと」という念押しであった。

新婚一週間目の山川代夫上飛曹が「若後家を作るなあ。結婚するんじゃなかったなあ」と冗談めかして呟いた。新婚といえば、宇垣長官と席の争いをした遠藤飛曹長も新婚一カ月のはずであった。整備兵の一人が川野に寄って来て、「突っ込まずに還って来いよ」とささやいた。

三小隊二番機の川野機が離陸したのは一七三〇（午後五時三十分）であった。彼はこの時刻を航空時計で確認している。あとにはもう二、三機しか残っていなかった。

彼の機は九州の太平洋岸を高度五〇〇〇メートルで南下した。酸素マスクを使うのがわずらわしくて、それ以上には高度を上げなかった。一時間を経過して種子島を過ぎた頃、洋上に敵空母らしいものを発見して川野は「突入するぞ」と、伝声管にどなった。応じて、大分基地へ突入電を打とうとした日高が、「駄目だ、電信機が故障している」と悲痛な声を返してきた。突入を基地に報告できなければ犬死に終ってしまう。一瞬、川野は判断に迷った。

「こいつは捨てよう。沖縄に行けば敵さんはいっぱいいるんだ」

そう告げて、川野は南下を続けた。やがて水平線に太陽が沈み、沖縄本島の陸影が見え始めた。太平洋側を飛んで来たはずなのに、偏流測定をおこなわなかったためにいつの間にか東支那海側に流されていたらしく、飛行機は伊江島に近づいていた。

そのとき日高が「前方に敵機」と叫んだ。眼を凝らすと翼に日の丸が見えた。近づくと、後部席から「離れろ」と書いた黒板を掲げるのが見えた。北見中尉のようであった。川野が速度を落とすと、北見機は視界から消えて行った。取り残された川野は高度を下げていったが、既に暮れ始めた伊江島周辺の海は暗くて、敵艦船の影は見えなかった。先着の僚機が攻撃をしているのなら、どこかで黒煙が上っているはずなのに、それも見えなかった。先発した僚機は皆どこへ行ったのだろう。川野は急に心細くなった。このまま中城湾まで行ってももう夜の闇に包まれて、敵艦の識別はつかないと思われる。燃料は間もなく切れるはずである。先着の僚機も敵艦を発見できずに引き還したのかも知れぬ。そう思うと、川野は浮足立った。敵艦船に突っ込めぬのなら、死ぬ理由はなかった。彼はあくまでも敵艦船への特攻のために沖縄まで来たのであって、自爆するために来たのではなかった。

「引き還そうか。——このままうろうろして燃料切れで沈んでも馬鹿馬鹿しい」

伝声管に告げると、「そうしよう」という声が返って来た。一五〇〇メートルまで高度を下げて、暗い海に八〇〇キロの爆弾を投擲すると機を反転させた。計器だけが頼りの夜間洋上飛行になった。

しばらく飛ぶと日高が、「機が傾いている」と注意した。直そうとしたが傾きは直らなかった。前方の積乱雲を避けて廻り込むと、眼下の前方に種子島の灯影が見えた。「不時着しようか」と問い掛けると、日高は「燃料はあと三十分ある。九州まで行こう」と答えた。そのまま飛行を続けてどうやら鹿児島上空まで来たので、川野は欲を出して「あともう一息だ、大分まで戻ろう」と伝声管に告げた。しかしその直後にエンジンが止まってしまった。燃料切れであった。航空時計は九時四十五分を示していた。山の上空だったので「海岸に出るぞ」とどなって、機首を反転させた。砂浜があればいいと思ったが、そそり立つ岩壁がつらなって夜目にも白く波が寄せている。

やむなく機は海面をめざして突っ込んで行った。暗い海面がぐいぐいと迫って来た。「着水するぞ」と川野は叫んだ。風防を開いて両足を突っ張ったままドーンと海中に突っ込んでいった。着水の瞬間操縦桿を引いたので、衝撃で顔をバーにぶっつけて歯を折り、川野は短い間気絶した。ボコボコという音に意識を取り戻すと、海水が浸入しているのだった。バンドをはずして立上るとゴツンと頭がつかえた。開いていたはずの風防が着水時の衝撃で閉まっていた。あけようと引いても開かない。ようやくこじあけて翼の上に出ると、後部席に向かって「おい、日高、大丈夫か」と声を掛けた。返事がないので月の光で覗くと、日高は顔面を朱に染めて既に絶命しているようであった。着水時に顔面を発信機に打ちつけたらしい。「おい、日高、日高」と呼びながら引き揚げようと試みたが、バンドを締めたままなので動かない。いくら呼んでも日高の反応はなかった。そうするうちに飛行機が逆とんぼの形になり頭部を水中に没し始めたので、川野は海中に飛び込み尾翼にとりついていた。陸の方で半鐘の鳴っているのが聞こえた。沈む飛行機に巻き込まれないように泳ぎ始めたが、小船がこちらの方に漕ぎ出してくるのが見えた。兵隊が乗っているのか月光に銃剣の光るのが見えたので、川野はマフラーを振りながら叫んだ。「おーい、日本の飛行兵だ、撃つなよ！」

川野は陸軍の兵達から小船に助け上げられた。不時着したのは鹿児島湾で、それも鹿児島市からそう遠くはない海岸であった。（それが正確にはどこであったかを、川野はついに確かめえぬままに終った）

その夜は近くの民家に泊められた。婦人会がおかゆを作ってくれて生卵も添えられたが、川野は箸をつける気になれなかった。歯を折った疼《うず》きもあったが、不時着の衝撃で日高を死なせてしまった心痛の方が大きく、すっかり打ちのめされていた。日高保一飛曹（乙飛十八期）とはペアを組んだのは美保からだが、厚木以来の仲であった。言葉数の少い気の優しい男で、酒が好きであった。

翌朝日高の遺体が引き揚げられたので、川野は通りかかった魚を運ぶトラックを止めて、荷の上に戸板を置き鹿児島航空隊まで遺体を運んでもらった。揺れるトラックの上で川野は日高の遺体を抱くようにして守りながら、何か悪夢を見ているように放心していた。着いたのは午前十時頃であったが、鹿児島航空隊ではまだ九三中練による特攻訓練が続いていて、終戦という雰囲気ではなかった。川野はここに仮入隊した形にして、軍医から日高保の死亡確認をしてもらった。やはり着水時の衝撃死で、海水は飲んでいないと診断された。

焼場へは先任伍長が付き添ってくれたが、川野は眼前に展開する地獄図に息を呑んだ。おびただしい死体がごろごろと転がり、放置された遺体は腐乱し蛆虫がうごめいているのだった。悪臭が鼻を突いた。死者が多過ぎるのと燃料の不足で焼却がはかどらないのだと先任伍長が説明した。彼は用意よく石炭を持参していて、日高の遺体は飛行服のまま焼かれた。焼き終えたとき、遺骨と共に落下傘バンドの金具だけが焼け残っているのが、なぜとはなしに川野の哀しみを募らせた。

その夜は鹿児島航空隊に泊めてもらい、翌十七日の朝西鹿児島駅で窓から汽車に乗り込んだ。日高保の遺骨の入った箱をしっかり胸に抱いていた。汽車は途中幾度も長い停車を繰り返しながら、二日半もかかって大分駅に辿り着いた。大分基地へ帰り着いたのは、八月十九日夕刻であった。

「川野一飛曹、不時着してただいま沖縄特攻より帰ってまいりました。日高一飛曹は不時着時に死亡しました。遺骨で帰ってまいりました」

司令部に出頭した川野が緊張して報告すると、「御苦労であった」という言葉が返されただけであった。原隊に戻ったのは夜の九時頃であったが、皆やけ酒でどんちゃん騒ぎをしていた。川野の姿を見て、皆、「おい、幽霊と違うか」と取り囲んだ。その日、五航艦司令部がようやく敗戦の事実を受け入れた日であることなど、無論川野の知るはずもなかった。

翌二十日になって、七〇一空は解散するので国分基地に集結せよという指示が出て、皆一斉に飛び立って行った。川野は愛機を失っていたので乗る飛行機がなく、やむなく同期の藤本宗利一飛曹の乗る彗星に割り込んで三人で飛んだが、この飛行機の調子は最初から悪かった。宮崎飛行場を右手に見て過ぎたあたりから、エンジンが早くもプルプルと力ない音を出し始めた。「これは危ない。宮崎飛行場へ引き返せ」と川野は叫んだ。かろうじて飛行場に不時着できたが、爆撃痕の穴に頭から突っ込んだので機は逆さまになり、川野は顔面を激しく打ちつけた。胸に抱く日高の骨箱を包む白布に鮮血がしたたり落ちたとき、「ああ、これは日高が迎えに来たのだな」という考えが、一瞬脳裡を走った。しかし三人とも軽い怪我だけで、その夜は飛行場指揮所に泊まり、翌二十一日汽車で国分に着いた。

国分の飛行場は山の上の第二国分基地と下の第一国分基地とがある。川野は下の第一国分基地に退職金を貰いに行ったら、おまえの分は上だといわれた。壕の中には十円札がみっしりと山のように積まれていて、有る所には有るものだなと川野は眼をみはった。いまさら山の上まで行くのも面倒な気がして、「おれは退職金なんか要らんわ」というと、周りの者達が同情して十円ずつ分けて呉れたので百五十円ほどになった。（皆が受取っていたのは、三百円だったように川野は記憶している）

「明日の黎明を期して、それぞれ最寄りの飛行場へ飛べ。着いたらその場で飛行機を焼却せよ」という命令が出されたが、今度も川野の乗る飛行機はなかった。仕方ないので汽車で帰ろうと思い立ち、それには駅員に化けるに限ると考えて、駅に行き落下傘と駅員の帽子を交換してもらおうとしたが、落下傘一つで応じる者はなく、二つの落下傘でようやく一個の帽子を得ることができた。

汽車で帰るには少しは食糧の用意もせねばと思って倉庫に行くと、居合わせた兵曹長から「おい、ちょっと手伝ってくれ」と命じられて、馬鹿馬鹿しいことに米一俵を担がされて女の家まで運ばされた。もう一度戻って来ると倉庫の鍵は閉まっていた。そこへ名を知らぬ一飛曹が酔うて来て、鍵を刀でぶち切ると中に入って物色を始めたので、川野もついて入り三種軍装の服三着と赤飯の缶詰をバッグに詰めた。そのとき主計将校が来て見咎め、「こらっ、貴様ら何をしよるか!」とどなった。川野はビクッとしたが、酔うた一飛曹は刀を振り上げてどなり返した。「なんだと、戦争をしたのは俺たちだぞ。文句あるか」一飛曹の見幕に将校は黙って逃げて行った。もう軍隊の秩序は崩れていることを、川野は実感した。

二十二日の朝西鹿児島駅へ行こうとしていると、飛練のときの教員だった鈴木上飛曹に出会った。何をしているのかと問われて事情を告げると、「おまえ一人くらいなら乗れるぞ」と輸送機に誘ってくれた。通称ツバメと呼ばれるダグラスDC3には司令や副長が乗っていて、彼等が持って帰る米や服や自転車で機内は一杯だった。川野はその隙間にやっと割り込ませてもらった。お偉方を広島で降ろしてから輸送機は美保に飛んだ。美保基地で一泊するというので、川野は訓練を受けていたとき泊まっていた民家に挨拶に立ち寄った。「おばちゃん、生きて帰ったでえ」と顔を見せると、「よかったねえ」と涙を浮かべて喜んでくれた。

二十三日、美保基地から徳島飛行場に飛び、ここで川野を含めて三人が降りると、輸送機は東京へと飛び去った。徳島市は一望の焼野原だった。飛行場に資材を盗みに来ていたトラックに、駅まで乗せてほしいと交渉したがなかなか応じてくれなかった。もう軍人の威光も効き目を喪っていた。煙草を渡してようやく徳島駅まで運んでもらったが、駅は荒廃し水道管が折れて水を噴き上げていた。

たまたま汽車の中で郷里の近い大久保一飛曹の姉に会ったので、「弟さんも、もうすぐ帰って来ますよ」と川野は声を掛けた。国分基地で大久保と戸田一飛曹が古い彗星にガソリンを入れているのを見て、「おい、そんな古いのを飛ばして大丈夫か」と川野は声を掛けたのだった。あのとき飛び立ったのだとすれば、美保に寄り道した彼よりも先に帰り着いているはずであった。

川野和一が羽ノ浦町岩脇の自宅に帰り着いたのは、八月二十三日午後四時頃であった。第三種軍装で落下傘バッグをさげた姿であった。母が家の裏で洗濯をしているのが見えたので廻って行き、「おかあさん、帰ったでえ」と声をかけた。振り向いた母が一瞬信じられぬ表情でポカーンとしていた。みるみる双の眼に涙が溢れて零《こぼ》れると、「よう帰ったのう」と、それだけいうのがやっとだった。川野の家では兄弟三人が出征していたが、和一が一番早い復員であった。満二十歳になっていた。

隊の解散時に、搭乗員はいつ米軍に引っ張られるか分らぬので、復員してもしばらくは隠れておれと指示されていた。徳島県の者は剣山に隠れろとまで指示されていたが、川野は自宅にこもっていた。

数日して、大久保一飛曹の姉から、まだ弟が帰って来ないという連絡を受けた。結局、大久保と戸田は帰り着かなかった。二十二日に高知沖に落ちた彗星があって、引き揚げられた遺体の飛行靴に戸田のネームが入っていたことを、川野はのちになって知った。帰心にせかれて整備不良の飛行機で飛び立ち、四国沖まで来ながら海中に没したのかと思うと、二人のことが哀れでならなかった。

川野の話を聞き終えて、寺司には一つの疑問が残った。川野機の行き着いた先が、果して沖縄の伊江島であったのだろうかという疑問である。宇垣長官機をはじめとする七機の彗星が、伊江水道周辺と伊平屋島周辺を襲ったことは明らかになっている。そうすると、川野機が伊江島まで行きながら何も目撃しなかったという話とは符合しなくなる。川野機が着いたときには、もう攻撃の修羅場は終ってしまっていたのだろうか。そして、集結していたリバティ船団も次の襲撃を恐れて灯を消し、暗い海に紛れていたのであろうか。しかしこの疑問はもう、川野に確かめてみても解きえない謎であろう。寺司はあえて問わないことにした。ただ、彼の不時着地点をもう少し確認しておきたかった。

「八月十五日の夜は月が明るかったはずですが、不時着するとき桜島がどの位置に見えたとかの記憶はありませんか」

「それが、まったく記憶にないんです。慌てていたからでしょうね。落ちたあとは日高が死んだものですから、すっかり自分を喪ってしまって……」

「翌朝、日高さんの遺体を鹿児島航空隊まで運びますね。そのときトラックは何時間くらい走ったんですか」

「そうですねえ……一時間くらいだったでしょう」

鹿児島市まで車で一時間という範囲のどこかの湾岸に助け上げられたとしか、確認しえないようである。

「――ところで寺司さん、鹿屋には特攻記念館があるそうですね」

「ええ、そうらしいですな。私もまだ行ってはいませんが……」

「機会があれば、その記念館にでも寄贈してもらいたいものがあるんですが――」

川野は次の部屋に行って探していたが、戻って来るとテーブルに古びた飛行眼鏡と皮手袋を置いた。

「これはぼくが不時着したときに身につけていたものなんです。なんとなくいままで手許に置いていましたが、寺司さん、預かって行ってもらえませんか」

「そうですか……一応お預かりして行きましょう」

戸惑いながら二つの品物を手に取ったとき、寺司にはさすがに懐しい気持が動いていた。

飛行眼鏡にはひびが入っている。

「もう一機の不時着組にも会われますか」

川野が問うた。

「ええ、ぜひ会いたいと思っているのですが、どこにおられるのか誰も知らないんです。なんとか見つけ出したいんですけどね」

「寺司さん、ぼくは他の二機の不時着とは違うんです。他の二機は途中での不時着ですが、ぼくはちゃんと沖縄まで行ったんですから。敵が見つからずに帰って来る途中の燃料切れですからね」

他の二機とは区別してほしいらしい川野のこだわりが、寺司をいささか驚かせた。

——高知へと向かう汽車の中で、妻が「哀れな話でしたね」と呟いた。

「なんの話だ」

「高知沖まで帰り着きながら、飛行機が沈んだ二人のことよ」

「そうだな。——そんな悲劇はいくらもあったのかも知れないな」

明日は高知の桂浜に立つ予定なので、二人で沖に向かって冥福を祈りたいと寺司は思った。

二　五航艦の動揺

最後の特攻隊の碑の前の慰霊祭から一年目の四月二十三日を迎えたが、今年はもう大分での慰霊祭は開かれなかった。この日、寺司は碑に行って小さな花束を捧げた。この一年に多くのことが分ってみると、碑の前に立つ寺司の思いも深まっている。昨年の慰霊祭のときに植えた記念の豊後梅の一本が枯れているのがわびしかった。

そのあと裏川の方に廻ってみたのは、中津留達が整列した指揮所の位置を確認しておきたかったからである。寺司には大体の見当がついていた。手がかりは品川から借りたネガフィルムにあった。全紙判に引き伸ばしてみると期待通りに、最後の特攻隊が整列した写真には裏川の対岸の遠景がかなりはっきりと写っていた。

足立直泰に来てもらって一緒に検討した結果、写真の中に二つの目印が見つかった。手前の目印は萩原天満社の森で、その遠くに丘陵を削った白い肌が見えるのが高城にあった十二空廠のエンジン工場で、そこに一本の煙突が見える。この煙突と萩原天満社の森を結んで直線を引いた延長上に、二十二名は整列しているのだった。そこが現在のどの位置にあたるのか、区画整理ですっかり変わった町並の中から発見するのは困難だった。寺司は大分市役所の土木建築部を訪れ森昭三に協力を乞うた。森が割り出した現在地は、大分市街から大在・坂ノ市へと走る臨海道路が裏川を越える橋の袂から見降ろした直ぐ北の辺りになる。

かつて飛行場のあった頃、飛行場の東側に沿う辺りの裏川は砂洲を持つ広々とした河口であったが、いまではもう往時の流れを想像することもできない程に変貌している。かつての川幅は八分の一に縮められ、しかも直ぐに海へと通じていた流れが西側へと曲げられ大きく迂回させられている。別府湾岸を埋立てて進出した新日鉄がこの辺りの地理をすっかり変えてしまったのだ。戦後も大分空港として活用されていた飛行場は、高煙突をそびえさせた新日鉄の進出と共に国東半島の東岸安岐《あき》町に移されて、いま飛行場跡は大型団地や大洲総合運動場公園や、「思い出の森」となっている。

森から教えられた地点に降りて来て、寺司は思いがけなく一つの碑と出会った。碑銘を読み下して驚きがあった。それは富士航空機遭難の碑であった。昭和三十九年二月二十七日午後三時三十分、富士航空のコンベア二四〇型機が大分飛行場への着陸に失敗し、オーバーランして裏川の土手に激突して炎上、二十名が死亡するという事故があったが、その遭難地点がここなのだった。

指揮所があった辺りと見当をつけて来たそこが、富士航空機の遭難地点と重なっていることに、寺司は何か因縁のようなものを感じた。ここから飛び立って死んだ者達と、ここへ飛んで来て死んだ者達とを、つい思い合わせてみたのだった。

僅かにこの辺りにだけ、かつての土手の名残りが見られるのも不思議であった。この土手に寝転んで二村一飛曹は、昭和二十年八月十五日の裏川のきらめきに故郷の庄内川を懐い重ねたのであったろう。いまはもう狭い溝川に縮められて砂洲もなければ芦の茂みもない。眼前にそびえているのも新日鉄の高煙突である。この土手から見れば青い別府湾が視界に展けていたのだが、いま見えるのは新日鉄のグリーンベルト（緑地帯）で、その向こうは広大な工場の敷地であり海は遥かに遠のいている。それでもここまで上ってくるカモメが居て、海の近くであることを知るくらいである。

かつては茅や芒が茂って海まで続いていた土手も、この辺り十メートル足らずが残されているだけである。そこらに二村達が食べた赤飯の缶詰の空缶が錆びて残っていないだろうかと、ついあらぬことを考えて寺司は雑草の中を見廻していた。こうして歴史は忘れられていくのであろうと思うと、寂しさが湧いた。ここはもう公園からもはずれていて人の来る場所ではないが、最後の特攻隊の慰霊碑は本当はこの地点に建てるべきであったのかも知れない。その場合の碑文を、寺司は心に思い浮かべてみる。

「昭和二十年八月十五日、この地点に整列して最後の特攻隊員二十二名は宇垣長官の訓示を聞いた。午後五時から五時四十分にかけて、十一機の彗星は次々と離陸し沖縄の空へ向けて消えて行った。日本はポツダム宣言を受諾し無条件降伏をしていたが、彼等はそのことを知らなかった。ついに還らざる者の氏名左の如し――」

寺司は大島治和と川野和一に会ったあと、目標を喪っていた。もう一機の不時着機に搭乗していた操縦員前田又男一飛曹（丙飛）と偵察員川野良介中尉（予備学生十三期）の行方がどうしてもつかめないのだ。七〇一空関係者の誰も知らないというのが不思議だった。

今度も手掛りを寄せてくれたのは佐藤陽二だった。川野良介の復員先を知らせてくれたのだ。直ぐに寺司は、佐世保市相浦《あいのうら》免一九〇という復員先に問い合わせのハガキを出してみたが、該当者なしの付箋がついて返されて来た。戦後三十八年も経過している以上、むりもないことであった。ある夜妻が、佐世保市内の川野姓の電話番号を全部調べて問い合わせてみましょうかというので、寺司は「やめた方がいい」と呆れた。それでも次々にダイアルを廻しては同じ問いを繰り返していた妻が、八人目の電話で声を弾ませた。「その人は叔父さんです。住所は母が知っていますから、明朝もう一度掛け直してください」という答が返って来たのだ。「ほら、私の思いつきも満更じゃないでしょ」と妻は得意げな顔をした。だが翌朝電話してみると、娘の聞き違いとかで別人だった。「そんなにうまくいくはずはないと思ったよ」と寺司は笑った。

結局、寺司はこれまでよくしてきたように長崎新聞社に手紙を書いてみた。最後の特攻隊のことを説明して、相浦に復員した川野良介中尉を探していることを伝えると、六月二十二日の長崎新聞が記事を掲載してくれた。直ぐに反応があった。妹と名乗る女性から新聞社の佐世保支局に電話が入ったのだが、その返事は寺司を更に落胆させることになった。川野良介は既に二十年近くも行方不明なのだという。次兄が大阪に居るのであるいは次兄が特攻隊の話を何か聞いているかも知れませんといって、彼女は新聞社に大阪の次兄の電話番号を伝えていた。

寺司は直ぐに大阪の川野圭介と電話で話したが、やはり収穫はなかった。事業に失敗した良介は二十年前に家族を残したまま身を匿してしまい、以来その行方はつかめないままで生死さえ不明なのだという。特攻隊の話は幾度か聞かされたことがあるが、関心がなかったので記憶に残っていないし、どこに不時着したかも弟は憶えていなかった。「私も兄のことはかねがね気にかかっていますから、これを機会になんとか行方を探してみます。見つかったら直ぐ連絡をします」とはいってくれたが、期待できることではなさそうだった。電話を切ったとき、寺司は三十分も話し合っていたことに気がついた。

「あなたはがっかりするかも知れんけど、うちはほっとするわあ。全部探し当てた途端に、あなたが倒れたりするんやないかって、うちにはそんな気がしてならんのやわあ」
慰めているつもりか妻にそういわれて、寺司は苦笑したが落胆は隠せなかった。不時着したもう一機の搭乗員に会えねば、最後の特攻隊の調査に結末をつけられないような気がして落着かないのだった。

ひょっとして何か手がかりはないものかと、寺司は僅かでも最後の特攻隊に触れた書物を探しては読んでみるのだったが、もう一機の不時着機に触れた記述には出遇わなかった。そうして読んだ本の中で、昭和二十年八月十五日の大分の夜を美しく描写した文章に出遇うことになった。終戦を大分基地で迎えた特信班の野原一夫が書いた『回想・学徒出陣』の終り近くにある一節である。寺司は自分がそのとき秋田の赤十字病院にいて大分のその夜を知らないだけに、心惹かれるのだろうかと思った。

〈その日の夜、私は美しいものを見た。
からだもこころもくたくたに疲れて宿舎に戻りかけたとき、前方にひろがる薄暗がりのなかに、三つ、四つ、ちらちらとゆれる光を見たのである。宿舎を素通りして、私は草原に出た。目の下の、焼跡の大分の街の暗がりのなかに、あちらにも一つ、こちらにも一つ、なにか遠慮ぶかげに、なにか心細げに、灯火がともっていくのである。昨夜までは黒い闇の底に沈んでいた街に、今やっと、光が帰ってきたのである。暗幕をはずし、窓をいっぱいにあけ、人々は夜の外気を胸いっぱいに吸いこんでいるのだろう。そして、水っぽい雑炊をすすりながら、久しぶりの明るい食卓に子供たちの顔は喜びにかがやいているのだろう。また一つ、また一つ、灯火は数を増していく。こんなに美しい光を、こんなに暖い光を、私は見たことがなかった。目頭が熱くなり、私はいつか泪ぐんでいた〉

空襲に備えて厳しい灯火管制の下に逼塞してきた市民は、この夜誰からの指示もないままに恐るおそる電灯の遮蔽幕を取り除き、明りのまぶしさに眼をしばたたいたのだったろう。寺司にはその美しい光景が想像できるようだった。そして同時に、平和と戦争の鮮やかなコントラストを思わずにはいられなかった。野原少尉が一つ一つ増えていく美しい灯影に見惚れているちょうどその頃、不時着機を除く八機の彗星は死の淵へと近付いていたのだ。

〈その日からあと、八月十八日に大分基地を離れるまでの三日間の記憶は、かなり曖昧であり、また断片的である。貯蔵されていた酒が放出され、私たちは一升瓶を抱えながら昼日中から茶碗酒をのんでいたのである。すでに日常の勤務はなく、これからいったいどうなるのだろうということだけが私たちの話題だった。戦犯に指定されるかもしれない不安は、私たちの気持に重くのしかかっていた。戦犯の不安は私たち諜報関係者にだけあったのではなく、航空機搭乗員はすべて戦犯だという噂も流れていた〉と、八月十六日以降の大分基地の様子を野原は記しているが、大分基地は波乱なく終戦を迎え入れたのではなかった。八月十六日以降の大分基地の混乱を描いて、『終戦秘録・九州8月15日』は詳細である。著者の上野文雄は九州防衛を指揮した第十六方面軍の報道班員であった。

宇垣長官の沖縄特攻によって、八月十五日午後五時以降第五航空艦隊は司令長官を喪うことになったが、実は既に五航艦司令長官は宇垣纒中将から草鹿龍之介中将に替っていたのである。草鹿中将が内命を受けたのは八月十日で、彼は赴任途中の岩国航空隊で終戦を知ったのだった。（一方、宇垣は第三航空艦隊司令長官に転出することになっていて、これは終戦に向けての軍中枢部の配慮であった。徹底抗戦派の宇垣を第一線から退ける目的があったことは確かである。これがもう少し早く発令されていれば最後の特攻隊の悲劇は起きなかったかも知れない）

『戦藻録』八月十四日の項に宇垣は、〈夜に入る迄待ち詫びたるも遂に草鹿中将到着せず〉と記したが、十五日に至っても到着しなかった。ついに草鹿中将への引き継ぎも果たせぬままに、宇垣は沖縄特攻に出撃して行ったのだった。

草鹿中将が大分飛行場に降り立ったのは、八月十六日早朝であった。五航艦本部に到着して、初めて前夜の宇垣中将の特攻出撃を知らされて愕然とする。同時に自分が苦境に立たされていることも、草鹿は知らねばならなかった。長官自らが特攻として散った以上、五航艦麾下《きか》の各隊がおとなしく終戦を受け容れるとは考えられなかった。そうでなくても一番多くの特攻を輩出した五航艦が、曲折なく戈《ほこ》を納めるとは考えられなかった。幕僚達から受ける報告でも、抗戦を叫んで沸騰している各隊の緊迫した雰囲気が伝えられた。

しかし草鹿の覚悟は既に定まっていた。天皇の決断である以上、終戦という事実を受け容れるしかなく、赴任して来た自分の使命はいかにして平穏無事に兵達を復員させるかに尽きると思い決めている。草鹿は横井参謀長ら幕僚達に自分の固い決意を披瀝して、その協力を求めた。「即時戦闘行動を停止せよ」という命令電報が海軍総司令部から届いたのは、十六日夕刻であった。このときを以て、正式な停戦命令が発動するのである。

『終戦秘録・九州8月15日』は、大分基地での草鹿中将の第一夜に起きた奇怪なエピソードを伝えている。

別府の鉄輪《かんなわ》温泉の山の手に、小倉部落という山村がある。背後に太平山（あるいは扇山という）をいただく小さな集落で、その近くの森の中に皇神道実行団と称する社殿があったが、ここに籠もる巫女《みこ》の授かる神示がよく当たるという評判で、大分航空隊の海軍関係者に多くの信者を持っていた。敗戦という未曽有の現実に直面して呆然自失の彼等は、その進退を神示に縋ろうとして、八月十五日の夜から続々として小倉部落に登って行った。彼等が巫女から得た神示は次のようであった。

「終戦の御詔勅は天皇陛下の御真意ではない。いまに君側《くんそく》の奸《かん》は除かれて、国民の想像しないような偉い人が総理大臣になられる。そうすると聖駕《せいが》は太平山に行幸せられ、いよいよ日本本来の姿となる。九州には陸海空軍を統率される海軍の名将がいまに来る。これによって、九州を根城に最後の決戦が行われる。勝利疑いなし」

これを聞いた大分航空隊副長西村中佐は、十六日朝着任した草鹿中将こそ神示にあった海軍の名将その人と信じて、その夜就寝中の草鹿に会って抗戦を直訴するのである。草鹿の寝間に侵入した西村は、長剣を持ちピストルを手に携えているというものものしい姿であった。

「君らのいう神のお告げというものが、どんなものであるのかは僕は知らない。そんなことを信じたこともないし、考えたこともない。僕はただ若い頃から、自分の心の修練に坐禅をやっているが、いくら坐禅を重ねても、とても神の境地にはなれないし、また神慮にそえるような柄でもない。僕はただ一個の草鹿龍之介だ。その草鹿を、天皇陛下が第五航空艦隊の司令長官に親補されて〝お前が指揮をとれ〟といわれたから、ここにやって来たのだ。神様がどうお考えになろうと、草鹿は生のままで全力をあげて五航艦を指揮する。僕の責任でやるんであって、神のお告げがどうであろうと僕には関係ない」

布団の上に坐ったままの草鹿が、相手を刺戟しないように静かにしかしきっぱりと答えると、じっと聞き入っていた西村は憑きものが落ちたように急に表情をやわらげて、「長官、それでいいんです。神勅は広大無辺です。自己の信ずるところに全力を尽されれば、すなわち神示に添う所以です。しっかりやってください」といい残して立ち去った。西村は草鹿の言葉を何か勝手に勘違いして受けとめたようであった。

五航艦が一触即発の危険な状態にあるとみた連合艦隊司令部では、十七日に参謀副長菊池朝三少将を大分に派遣して説得にあたらせた。菊池は集まった幕僚や各戦隊長官に終戦の詔勅の出された経緯を説明し、これが天皇の真意であることを力説したが、動揺している幕僚達までが国体護持の曖昧さをめぐって菊池を問いつめ、果ては何の証拠を以て終戦を天皇の真意とするのかとまで疑うのだった。

とうとう見かねた草鹿が割って入り、横井参謀長を菊池と共に上京させて、直かに真相を確かめてくるように図らうことで、その場を収めねばならなかった。十八日、横井は菊池と共に東京へと飛んだ。

横井が帰って来る十九日正午を期して、草鹿は隷下の各隊指揮官に宛てて五航艦司令部に集結するようにとの指令を発した。この十九日を以て一気に決着をつける覚悟であった。

十九日朝から続々と大分飛行場には各基地からの航空隊司令や戦隊長らが降り立ち始めた。召集されていないはずの血気の中尉や大尉なども多数交じっていて、彼等の中にはポケットにピストルを忍ばせている者もいたし、決着の如何では草鹿を血祭りに上げると高言している者もいた。

　中でも人々を驚かせたのは、松山基地の神雷部隊七〇八空を率いる岡村基春大佐の相貌の憔悴ぶりであった。神雷部隊は三月二十日の九州南東洋上の敵機動部隊への特攻攻撃に、一三七名を一挙に喪っていた。その復讐に燃えている神雷部隊に、突然訪れた敗戦という事実は到底呑めることではなかった。抗戦を叫んで沸き立つ部下を抱えて、岡村は八月十五日以降一度も食事を摂っていないのだった。誰もがこの日の帰趨如何では、草鹿にピストルを向けかねない血相で駆けつけているのだった。草鹿も死を覚悟し、下着を全部着換えてその場に臨んだ。

　東京から帰って来た横井も又、病後ということもあってかやつれて顔色を喪っていた。息をひそめるようにして見守る全員の視線を集めて、横井参謀長は海軍省で確認してきた終戦に至る経緯を詳しく説明していった。八月十四日に行われた終戦を決する御前会議については、速記録全文の写しを朗読した。聞く者達にも、もはや終戦が天皇の決断であることを疑う余地はなかった。あちこちから押し殺したように啜り泣きの声が起きていた。

横井の説明に続いて、草鹿が立上った。

「私は司令長官として、諸君とともにわが屍をこの九州の地に埋めようとして着任した。

しかるに、志に反して事ここに至り、まことに残念に思う。しかし、一旦、陛下が戦闘をやめよといわれれば、私はそれに向かって全力をあげざるを得ない。戦うも戦わざるも一に大命のままである。諸君もこの意を体して協力されたい。しかし、恐らく私と意見を異にする人もこの中にいると思う。国のためを思うその心情はよく分るが、こんな長官の下では行動をともに出来ないと思う人に対してはなんとも致し方がない。ただ私の目の黒いうちは私の思い通りにやる。たってそれが不都合だ、別の方向をとるという人があるなら、まずこの私を血祭りにあげてしかるのち事を挙げよ。いまさらジタバタはしない。即座にやれ」

草鹿がソファの上にあぐらを組んで眼を閉じると、それまであちこちに起きていた啜り泣きが堰《せき》を切ったように号泣へと変っていった。この瞬間に、五航艦麾下各隊の事実上の終戦が決したのである。その日の内に上京した草鹿中将は、夕刻には東京から横井参謀長に宛てて全軍への復員命令を伝えている。『五航艦戦闘経過』を見ると、八月十九日の項に〈二三〇〇　現役下士官兵ニ対シ休暇ヲ発令ス〉とある。七〇一空が国分基地へと集結して行ったのは、翌二十日であった。

『最後の特攻機』によれば、草鹿龍之介は宇垣纏の死を次のように受けとめたことになっている。〈宇垣中将に対しこれまでこころよからぬ感情を抱いていた草鹿龍之介中将も

「この宇垣中将の最期の状況を詳しく聞いた時、いままで自分が抱いていた憎悪の念もたちまち消え失せて、ああ、彼もまた偉い武人であったと思い、過去の感情もすっかり捨てて感じ入った」が、しかし草鹿は「これと自分がきめてゆく時の態度はさすがに偉い男だと思った」が、「こういう時期にみずから特攻機に乗って敵にぶつかってゆくことの善悪は別だ」と考えた〉

寺司は最後の特攻隊の真相を調べて行くのに、これまで敢えて当時の五航艦の幕僚達を訪ねようとは思わなかった。

一つには、幕僚達の立場は宇垣長官と同じ側にあって、したがって既にこれまで宇垣関係の諸書にその言動は記録されているということがある。訪ねてみても、それ以上の事実はしゃべってもらえないだろうし、その言葉はいまとなっても海軍の面子《めんつ》をかばう公式なものに終始するに違いないという思い込みが、寺司にはある。下士官として苦労した者の、それは根強い上層不信といえるかも知れない。

かつて彼が中心になってまとめた『あゝ紅の血は燃ゆる』（大分勤労動員学徒の手記集）の編集過程でも、寺司は苦い例に出遇っている。動員学徒を引率した教官の手記も入れようということで、当時の教官二、三人の話を聞いて廻ったのだが、いずれも途中で彼は筆記のペンを止めてしまった。元教官達は、いかに軍部に抵抗して学生達を守ろうとしたかを自慢げに語るのだったが、同行した勤労動員体験者達がしらけた顔を見交しているのを寺司は見逃さなかった。あとで、「よくもあんな作り話が出来るものだ」と同行者が憤慨するのを聞いて、この手記集からは引率教官の手記は一切削ることを決めたのだった。

かたくなかも知れぬが、下士官の視線で「最後の特攻隊」を追おうとしているその一貫性を、寺司は崩すつもりはない。ただこの時期、寺司は例外的に当時の参謀を一人だけ訪ねている。それを思い立ったのは、品川の写した例の写真によっている。宇垣を取囲む参謀達の中の、胸にカメラを下げた人物が気にかかったのだ。あるいはこの参謀は別な角度からの写真を残しているのかも知れない。もし宇垣の側から写したとすれば、品川と違って整列した特攻隊員を正面からとらえているかも知れないのだ。

その人物――通信参謀高木長護（中佐）が、福岡市内に事務所を構えていることを確かめて、寺司は連絡を取ったうえで会いに行った。

「あの日、カメラを下げておられたようですが、写真を写されたのではありませんか」

寺司の問いに、高木は不思議な答を返した。

「写したような気もしますし……それどころではなかったような気もしますし……そのカメラがあとでどこに消えたかも分らんのですよ」

寺司の怪訝な顔に、高木は言葉を継いだ。

「こうして写真で見ると、なんでもないように見えるでしょう。実際には、このときの私は立っているのがやっとというほど、頭がフラフラしてたんですよ。――なにしろ、被爆して十日目でしたからね……」

「被爆といいますと……原爆にやられたんですか」

寺司は驚きの声をあげた。

「そうです。防諜関係の打ち合わせが中国方面の陸軍と必要になりましてね、大分から通信関係が三人で広島に行ったんです。そこで八月六日の朝、原爆にやられました。料亭のあずまやにいたんですが、つぶれて下敷きになりましてね。三人ともどうやら大分基地に帰って来ましたが、もう髪は抜けるわ、頭はガンガン鳴るわで……」

写真の中に並んでいる高木の姿からはうかがうべくもない衝撃的な事実に、寺司は言葉を呑んでいた。（寺司はのちに、『戦藻録』八月十日の項に次の記述を見出した。〈広島に出張中偶々原子爆弾に見舞われ事後調査を終え微傷姿にて本朝飛行帰来せる今村参謀の報告を聞く〉）

「八月十五日の正午の放送は、受信室でレシーバーを耳に当てて聞きました。宇垣長官に内容の報告に行くと、長官は一人で坐っておられましてね。放送がよく聞き取れませんでしたが、これを以って戦争をやめよといわれたようですと報告すると、ああ、そうかとだけ答えられたと思います。もう承知しておられたふうで、感情のこもらない声だったという印象があります」

それは多分、壕の外に整列して放送を聞き、長官室に戻って来たあとのことであったろう。

午後四時過ぎ、高木は他の参謀達と共に長官に随行する乗用車に同乗して、飛行場へと行っている。頭は割れるように鳴り続けていた。牧部落から飛行場へはゆっくり進んでも五、六分しかかからない。日豊線の踏切を越え海軍橋を渡ると裏川に沿うように道は蛇行し、すぐに花津留部落の方へ入って行く。随行する車の中は重い沈黙が支配していた。部落と飛行場の境になる小高い大井手を越えると、車は飛行場へと降りて行った。

「自分達も、いずれ米軍が来れば斬り死にだと覚悟していました。私はもう助からないような気がしていましたから、やけ気味のところもあったでしょうね」

既に一緒に被爆した堺中佐も今村中佐も、大分基地へ帰って来てから亡くなっていた。だが高木の場合、このあと亀川病院で繰り返した輸血が成功したせいか、奇蹟的に一命をとりとめることになった。

――一人一人の生死を分けた運命をどう考えればいいのか、大きなものに打ちひしがれるような思いで、寺司は小さなビルの階段を降りて行った。

三　十八名還らず

八月十六日にも、大分飛行場から飛び立って還らなかった特攻機がいるらしい。

その話を寺司に持ち込んで来たのは、岩尾雅俊である。慰霊祭以来寺司が最後の特攻隊にのめり込んでいることを、岩尾はよく知っている。彼が持参したのは『太平洋戦争に死す』（蝦名賢造著）という書物で、前年（一九八三）六月に刊行されたものである。岩尾はしおりを挟んでいた頁を開いて、「この部分ですけどね――」と差出した。寺司は眼を通してみた。以下の記述である。

〈さて八〇一空、最後の偵察機についてふれておかねばならない。それは衝撃的に訪れた八月十五日の日本敗戦の日、大分基地において敗戦の責任を一身に負い宇垣長官が特攻出撃した、その夜のことだった。基地は深い敗北感、挫折感、虚脱感の淵に沈んでいた。後任の草鹿龍之介中将も着任せず、司令部からはまだ停戦命令も出されていなかった。長官の特攻出撃後に、長官直率下の八〇一空大分派遣隊一式陸攻隊、偵察七〇七飛行隊が取り残された形となった。偵察隊員は今後の方針がどのような形になるかははっきり示されず、そうしたなかで、もやもやした割り切れない気持で充されていた。しかし翌十六日夜、同飛行隊の一式陸攻四機に対し、土佐沖海面の夜間索敵命令が出された。午後七時に発進した彗星夜戦と零戦夜戦の索敵で、敵機動部隊の姿を発見できなかったので、もう一度索敵をやり直すことになった。

七〇七飛行隊機長は、第十三期の武居寿恵雄、守屋一の両中尉であった。隊員のなかに、第十四期の金子博保（明治大学）、波多野俊夫（慶応大学）の両少尉がいた。隊員は両機長を中心に、夏草の上に円座を作って腰を下ろし、十時の離陸まで、残されたときを惜しんで議論をつづけた。宇垣長官の後を追って沖縄に突っ込もうか、それとも徹底抗戦を叫んで立上った、厚木の三〇二空司令小園大佐の決起に呼応しようか、そんな深刻な内容のものであった。しかしそのことの結論の出ないうちに、はやくも離陸の時が迫ってきていた。

派遣隊長の訓示後、「かかれ」の号令で、隊員は闇夜のなかの飛行場内の、かなり離れた愛機のそばまで黙々と歩いていった。そのとき一番機の機長武居中尉が、突然見送りの中北顕吾中尉に、「三五〇浬《かいり》まで出て、敵がいなかったら沖縄まで行くぞ」ともらした。中北中尉は「よせ、爆弾を積んでいないじゃないか」と止めたが、武居は黙って笑っているだけであった。二番機の機長守屋中尉は、二人のやりとりを聞いているだけで、なにも口をさしはさまなかった。

四機は派遣隊員の見送るなかを、爆音をとどろかせて、海の方向へ速度を上げていった。

滑走路は短かかったが、滑走路先端に近づいても浮き上る気配がなく、一瞬はっとさせられる機も出てきた。つぎの瞬間、皆の不吉な予感を振りはらうかのように、水しぶきを上げながらも、首尾よく機首を上げて飛びたち、ほっとする機もあった。このようにして四機は海面すれすれに、暗夜の土佐湾を目ざして飛び去った。そして暗黒の洋上に消え失せ、ついに還らなかった。その翌日、宇垣に代って草鹿中将が着任し、はじめて停戦命令が下されたのだった。

このとき消息を絶った四機十八名の隊員にたいしては、終戦後の行動ということで、なかなか戦死の認定が下りにくかった。後日ようやく戦死が公認された〉

「これが事実だとすれば、大変なことですなあ……どうしてこれ程の事実が、余り知られてないんでしょうなあ」

本から顔を上げて、寺司は岩尾を見返した。寺司がやや首をかしげたのは、この記述に少し疑問を感じたからである。十六日朝には草鹿中将は着任したのであり、十六日夜の索敵命令は草鹿の発したものであったことになる。それに、一式陸攻が四機未帰還でありながら、戦死者十八名ということも納得できないところである。一式陸攻は一機九人が定員のはずなのだから。

「もし寺司さんが調べてみたいんでしたら、紹介できる人物がいますよ。私と同期の松井という男ですけどね、山口県にいます。そのとき一緒に偵察に出た一式陸攻に乗ってたらしいんですよ。――この本の記述は間違ってて、三機で索敵に出て内の二機がそのまま還らなかったらしいんですよ」

二機の未帰還なら十八名の戦死が符合する。寺司は松井という人物を訪ねてみようと決めた。大分基地からの八月十六日の特攻なら、明らかに宇垣隊の特攻に触発されての行為と考えられるからだ。

岩尾の紹介を得て、寺司が山口県玖珂郡由宇町に松井伸雄を訪ねたのは七月末であった。終戦時海軍少尉であった松井は、いま松栄由善行寺の住職である。永い間教職についていたが校長を最後に定年退職して、まだ間がないということであった。趣味で集めているらしい焼物を並べた新しい庫裡《くり》で、寺司は松井の話を聞くことになった。

松井伸雄が海軍予備学生を命じられて土浦海軍航空隊に入隊したのは、昭和十九年二月一日であった。二十年一月一日付けで八〇一空の偵察七〇七に所属した。彼の所属する隊が美保基地から大分派遣隊として、一式陸攻五機で飛来したのは八月十二日か十三日であった。

「あなた方の隊は、ここに兵舎があったのと違いますか」

寺司は紙筒に入れて持参した大分飛行場の大きな航空写真を卓上に拡げて、護国神社のある丘陵の下の辺りを指差してみせた。八〇一空の者達の三角兵舎がそこに並んでいたことを、大阪で、辻野上飛曹とペアを組んでいた田中里行から確かめていた。

「ここでしたかねえ……ここからだと砂洲は見えませんねえ……」

寺司の指先を首をかしげるようにして見ていた松井が、意外なことをいいだした。丘陵の頂にある護国神社まで登って行けば遠くに別府湾が見渡せるが、麓の三角兵舎からでは海の見えるはずもない。

「兵舎から砂洲が見えてたんですか」

寺司は半信半疑で聞き返した。

「そうですよ。兵舎に居ながらにして、ずーっと先の方にいつも砂洲が見えてましたものねえ。兵舎も松林の中にあったんです。――そうだ、ここです。ここですよ」

松井が指差したのは、思いもかけない場所だった。飛行場の先端北西部で、別府湾の波に洗われそうな岸辺である。確かにそこには僅かながら松林らしい黒い影が見える。その松林に三角兵舎があったのだとすれば、東方に砂洲を望む位置には違いない。

「間違いありません。ここですわ。飛行機のエンジンの音が、居ながらに聞こえる兵舎でしたから」

あれだけ爆撃にさらされた飛行場にまさか兵舎などあるはずがないと思い込んでいた寺

司は、盲点を突かれたような気がした。とりあえずの仮りの兵舎であったのだろう。

「それじゃあ、八月十五日は宇垣長官の特攻を見送ったでしょうね」

「いや、それが全然知らなかったんです。妙に思われるかも知れませんが、隊が違うとそんなものでしてね。――あとで考えてみれば、八月十五日はずっとエンジンの音が聞こえていて、戦争は終っているのにおかしいなと思った記憶はあるんです」

「玉音放送は聞かれたんですか」

「聞きました。飛行場の一角に整列して聞きました。終戦と知ってほっとした気持でしたね」

「――それで、八月十六日の夜に索敵命令が出されますね。それが何時頃であったかは、記憶にありませんか」

「十時過ぎじゃあなかったかなあ……」

松井の眼が杳《くら》い日を想うように宙に向けられた。

八月十六日夜の大分飛行場の光景を、松井の回想と中北顕吾（偵察七〇七・海軍中尉）の手記「落日の鹿屋でみた特攻〝五航艦〟の光と影」（「丸」所載）で再現してみると、次のようである。

「四国南海面に敵機動部隊接近。味方水上艦艇これを攻撃中。火柱数本のぼるをみとむ」という高知空からの緊急電信が大分基地に入ったのは、八月十六日夜十時であった。『第五航空艦隊（天航空部隊）戦闘経過』によれば、〈一二四五高知空ノ南二五KB（注・機動部隊）又ハC（注・巡洋艦）マスト十三本見ユノ報アリ（一八〇〇頃）〉の記録が残されているので、それに続く後報であったのだろうか。

中北は、まだ停戦命令が出ていなかった（少くとも知らされていなかった）と書いているが、連合艦隊司令部から隷下各基地への停戦命令は十六日午後四時には示達されていた。ただそれが末端までまだ伝えられていなかったということはありうる。前掲の『五航艦戦闘経過』八月十六日の項には、〈一、自衛警戒ヲ主トスル作戦実施（本日以降）、二、自衛反撃ノ外即時戦闘行動停止発令〉とある。

正式な停戦命令を受取りながら、この夜五航艦司令部が一式陸攻に索敵命令を出したのは、味方水上艦艇これを攻撃中という高知空からの報に慌てたからであったろう。大分基地に近い佐伯基地では、同じ報に接して直ちに特攻出撃態勢に入っている。そのときの隊長の指示を大竹照彦（海軍少尉）は次のように記録していて、八月十六日という日の微妙さをよく伝えている。

「ただ今、〃土佐沖に敵機動部隊見ゆ〃との陸軍からの無電を受信した。直ちに本部に指示を仰いだところ、国際法により停戦受諾後といえども、四十八時間以内は戦闘状態が継続するとの見解により、当部隊は特攻出撃の命令を受けた」

佐伯基地ではこれが八月十七日の午前零時のことであったが、やがて土佐沖の交戦が誤報であったとして特攻出撃中止となる。それが午前四時であった。〈そのとたん、私は自らの生命がこの数時間で燃焼しつくしたように感じ、深い奈落の底に吸い込まれるような虚脱感から深い疲れを覚えた〉と大竹は記している。

大分基地にあっては、夜十時の入電と共に直ちに偵察七〇七に対して索敵命令が下された。中北も松井もこのときの一式陸攻を三機とするのだが、前掲の『五航艦戦闘経過』では〈陸攻四機、四国南方海面夜間索敵、二二〇〇頃大分発〉と記されていて、四機が発進したことになっている。したがって間違いかも知れないが、ここでは中北、松井の記憶の方に従っておく。

七〇七の隊長長谷川大尉は三機の一式陸攻搭乗員二十七名を前にして、次のように出発前の訓示をした。

「政府は終戦のための行動を起こしているかも知れないが、わが隊はまだ停戦命令を受けていない。いま本土に接近する敵があればこれを哨戒《しょうかい》し、その意図するところを明らかにし、場合によっては攻撃部隊も出撃せねばならない――」

続いて大尉は、前夜の宇垣長官率いる彗星十一機の特攻を讃えたあと、各機に任務の遂行を求めた。三機の機長は武居寿恵雄、守屋一、大江智雄で、いずれも予備学生十三期の海軍中尉である。

いよいよ出発のために飛行機の傍まで来たとき、武居が非番で見送りの中北に突然声を掛けた。

「三五〇カイリ出て敵がいなかったら、沖縄まで行くぞ」

「よせ。爆弾を積んでないじゃないか」

中北が制止したが、武居は答えなかった。夜の暗さの中で表情が笑っているようだった。二番機の機長守屋も黙ったまま二人のやりとりを聞いていた。

「武居、還ってこいよ。さっきの話の続きが残っとるぞ」

中北が重ねて念押しすると、「ああ」という曖昧な返事を残して武居は飛行機に乗り込んだ。索敵命令が下るまで彼等七〇七の十三期士官達は飛行場の夏草に坐って車座となり、これからどう行動すべきかを互いに議論していたのだった。宇垣長官自らが七〇一空隊を率いて沖縄に突入して行ったという衝撃的な事実が、彼等の上に重くのしかかっていた。加えて、厚木基地からは徹底抗戦を呼びかける檄も届いている。論議は決着のつかぬまま、索敵命令で打切られたのだった。夜にもかかわらず見送りがかつてなく多いのも、皆何かを期待してのことであったろうか。

ガソリンを満タンにした一式陸攻にとっては、大分飛行場の千メートル余の滑走路は短か過ぎる。守屋機は滑走路から海上に突入して行ったように見えて、見送る者達をはっとさせたが夜目にも白く水しぶきをあげて浮上して行った。松井がサブをつとめる大江機もまた水しぶきをあげての飛翔であった。三機は次々に夜の闇の中に爆音を残して消えて行った。

三機の索敵範囲は三重になっていた。一番索敵範囲の狭いのが守屋機で、大分からまっすぐ南下して行き、四国沖に出てから東進に転じる。紀伊半島沖まで来ると北上し、淡路島上空から西進して瀬戸内海上空を突っ切って大分へ還るというコースである。大分を発してちょうど四国を囲む四角形を描くことになる。その四角形をもう少し南方洋上まで引き延ばしたのが武居機のコースで、松井が乗る大江機が一番遠く北回帰線の近くまで南下して、南北に長く延びた長方形のコースを描かねばならない。

この夜、大江機は高度八〇〇〇メートルを飛び続けた。松井は太平洋上で大きな月が水平線から上って来るのを見た。これだけの高度を飛ぶと、地球の丸さが視界に入ってくる。宇宙の広大さの中に身を遊ばせるような気がして、不思議なまでに生死を超えた心境へと昇華してゆく。小さな一身のことなどどうでもよくなって、より永遠無窮なものへと同化してゆくような澄んだ心となってゆく。南下して東進に転じたとき、遥かな四国の方をうかがうと、積乱雲が荒く立ちそれを頻りに稲光が染めているのが見えた。一瞬それは戦闘の閃光のようにも見えたが、洋上には敵艦の影は一つも見出せなかった。高知空からの通報は明らかに誤報のようであった。

明け方、潮岬上空に達したと思われたが、厚い雲海にさえぎられて視認することができぬまま三十分程上空を旋回し続けた。雲の裂けたとき高度を下げて確かめると、いつの間にか機は舞鶴上空に達していた。美保基地上空を経由して大分基地に帰着したのは、十七日午前十時であった。降りようとすると無電で「尾翼損傷の恐れあり、着地に注意せよ」と指示された。離陸時にかなり水しぶきをあげたらしく、尾翼に損傷があるかも知れぬと心配されたのだ。無事に着陸すると、大勢の者がどどっと駆け寄って来て「よかった、よかった」というので、松井達はあっけにとられた。聞いてみると、内側の索敵コースを行った二機がいまだに帰還していないというのだった。

武居機と守屋機が果たして沖縄のどこかに突っ込んで行ったのか、あるいは土佐沖で積乱雲に巻き込まれて遭難したのか、その真相はついに分らぬままに終った。両機からは一度も無電が入らぬままの行方不明であった。『五航艦戦闘経過』にも〈未帰還二機〉と記録されている。二機合わせて十八名の戦死者は、最後の特攻隊の戦死者十八名に匹敵する悲劇であったことになる。

「おそらく二機とも沖縄に直行したのではないかと思いますねえ。われわれが飛び立ってから、二機を見ることはありませんでしたから。コースの違う二機が揃って遭難したとも考えられませんしね。武居中尉が中北中尉にいいおいた通りを実行したのだと、私は思いますね。それを聞いていた守屋中尉も同調したんでしょう」

始終を語り終えた松井は、そのように結末を推理した。

「もし、二機が沖縄のどこかに突っ込んだとしてですね、大江機だけが特攻に走らずに還って来た、その違いはどこからきているのでしょうか。――どうしてあなた方は突っ込まなかったのでしょうね」

寺司の問い掛けに、松井はしばらく考え込んだ。問いを発した寺司自身、これは答えられない難問かも知れぬと思った。

「どうしてかといわれても、よく分りませんが……。強いていえば、機長と副長の二人が宗教者であったということが、あるいは無意味な特攻を制止させたのかも知れませんねえ。大江機長は上智大でキリスト教を信仰していましたし、私は龍谷大学で仏教信者でしたから」

「そうすると……機長や副長の意志如何によって、ペア九人の生死が分れたということになりますね」

「そうですね、結果的にはそういえますが……しかし私には彼等の気持が分るんですよ。八〇〇〇メートルの上空を飛びますと、もう視界にあるのは宇宙そのものです。そこでは人間の生命なんかちっぽけなものに思えて、地上での生や死を超えた心境になるものなんです。このまま死に向かって突っ込もうと誰かがいいだせば、誰にも迷いはなかったと思いますね。そういう集団心理に陥っていたと見て間違いないでしょう。彼等は澄んだ気持で死に突入していったと思います」

驚くべきことに、十八名の死者の内、下士官の搭乗員名簿は全く不明のままになっているのだという。名前の分っているのは、武居、守屋の両機長の他には、それぞれの副長金子博保、波多野俊夫だけで、残りの十四名の氏名は不詳のままなのだ。これを考えてみれば、宇垣長官と共に散った十七名の氏名が確認されていることは、まだしも僥倖というべきかも知れない。これも司令長官と共に死んだからの栄誉というべきであろうか。なんと哀しい栄誉であることか。一方、氏名も不詳のままどこで死したとも分らずに消えて行った者達の魂魄は、どのようにして慰められるのであろうかと思うと、寺司は暗然とする。仮りに彼等が特攻死であったのだとしても、既に停戦命令後のことである以上、命令違反でこそあれ公式にも最後の特攻隊とはいえないのである。名前の判明している四名は、いずれも四国南方沖戦死とされているのだという。

「あなた方の機が帰って来たとき、大勢の者が駆け寄って来ますね。そのとき、全員が縛られたという話があるんですが、本当にそんなことがあったんですか」

岩尾から聞いた劇的なエピソードを、寺司は松井に確かめようとした。

「われわれが縛られたというんですか……」

「そうです。前の二機が沖縄に突っ込んだと知れば、きっと又あなた方もあとを追うだろうと基地の者達が心配して、行かせないように帰って来たところをつかまえて皆で縛ったというのですが……」

松井は笑った。

「そんな話になってるんですか」

「そんな事実はありませんでしたよ」

こういう小さな伝説は、いつ誰によって作られていくものなのだろうと、寺司には不思議な気がした。

松井が一式陸攻で美保基地に帰ったのは、八月十九日であった。そして彼が玖珂郡の家に帰り着いたのは、九月十七日である。その日が台風であったからはっきりと記憶している。ではなぜ美保基地に一ヵ月もとどまっていたのかについては、いまではどうしても憶《おも》い出せないと松井伸雄は語り終えた。

四　西方海岸にて

大島治和からの簡潔なハガキを受取ったとき、寺司は思わず興奮して「とうとう来たぞ」と、妻にハガキをかざして見せた。ようやく大島が、不時着した海岸に三十九年ぶりの再訪を決めたのだ。

〈前略。ようやく思い決めました。八月七日、名古屋から熊本空港に飛びます。11時15分に熊本空港のロビーで合流しましょう。あとのことは一切お世話になります。三十九年目の清算の旅になるでしょう。取り急ぎ用件のみにて失礼します〉

寺司は二度目に大島と会ったとき、鹿児島の西方海岸《にしかた》に一緒に行ってみませんかと誘ったのだった。そのときは仕事の多忙を理由に聞き流されてしまった。広域な販路を自ら飛び廻っているらしい大島の仕事は確かに多忙のようであったが、それだけではない複雑な気持が現地を訪れることをためらわせているようであった。気軽に行けるものなら、既にこれまで一人で訪ねているはずである。豪放な性格に見える大島にも、生き残ったこだわりは容易に払拭できないもののようである。しかし寺司の方も、大島を西方海岸に立たせたいということでは執拗であった。三度目に会ったとき、酒の酔いも手伝って寺司は殺し文句で大島を攻め立てた。

「命拾いをした海岸を再訪することで、先輩の戦後は本当に終るのではないですか。——それに大分の方に廻って慰霊碑も見ていただきたいし、なによりも中津留さんのお父さんに会っていただきたいんです。お父さんも随分高齢な方ですから、いま機会をはずすとどうなりますか……」

「ウーン……わしも中津留さんのお父さんのことは気にかかってるんだ。数年前に一度手紙を差上げたことはあるんだが……」

大島が真剣に考え込んだので、これは脈があるかなと寺司は期待したのだったが、その後もそのことの返事はないままであった。奇妙なことに、寺司自身もまた大島と一緒に西方海岸に立つことで、これまでこだわり続けてきた自らの戦後と訣別できそうな気がしていた。自らの戦時中の足跡はおよそ辿り尽し、その延長のように最後の特攻隊の真相を追跡し始めたのだったが、それももう大島と二人で西方海岸に佇《た》つことによって、結末としたいと思っている。三機目の不時着機の二人を見つけ出せなかったことに心は残るが、手だてを尽した以上やむをえなかった。大島も三十九年目の八月十五日が近づいて、ようやく心に決するものがあったのだろう。

寺司は直ちに南日本新聞社に手紙を書いて、谷口先雄への連絡を依頼した。

実は、大島が八月十五日夕刻に鹿児島県の西方海岸に不時着したことは、昭和五十四年八月二十日の南日本新聞の記事となっていて、その切抜きを寺司は大島から貰っている。現地の新聞に載ったきっかけは、たまたま酒場で洩らした話からであった。その夏名古屋市内の酒場で飲んでいて、隣り合わせた若い男が鹿児島県出身だと知ったことから、大島は「君は川内市を知っているか――」と口をすべらせたのだった。「よく知っています」という男に、「そうか、わしは終戦の日に沖縄特攻に向かう途中、川内市の西方海岸に不時着したんだ」と語った話を、男は郷里の父親に宛てて手紙を書いた。興味を抱いた父親が川内市西方の友人に調査を依頼して、その結果が「生きていた〝最後の特攻隊員〟」という南日本新聞の記事になったのだ。

「西方の沖に沈んでいるのは、大島さんの特攻機でしょう。戦後間もない金ヘンブームのころ、ある人が一部を引き揚げて売ってしまった。しかし、まだ残がいはあるそうです。干潮の時によく調査してみると出るかもしれません」と、調査した人の談話がその記事には添えられていた。尤もこの記事では大島が不時着した時刻は午後二時となっていて、大分基地を出撃したのは正午前とされている。天皇の放送後の出撃ということが記者には信じられなくて、正午前の出撃という誤った記事になったのであろう。

この記事が出たことで南日本新聞には反響が次々とあったらしく、同年九月八日に「現場見た証言や電話」という続報が載せられている。その中で一番正確な記憶を持っていると思われるのが、当時西方にいた谷口先雄である。次の記事である。

〈終戦の日に川内市の西方海岸に不時着水した最後の特攻機の話題は、本紙朝刊社会面(八月十五日と二十日付)に報道されたが、各地から反響が相次いだ。救助され一泊した民家もわかったし、もし「彗星」を引き揚げるなら作業奉仕したい——というプロ・ダイバー、志布志湾に着水した僚機を収容した元憲兵と、当時の小学生から戦争体験者まで、みんなが「あの日」を思い出している。

＊

「その家は西方の谷口酉一さん(故人)の家です」と南日本・新聞川内支社に証言を寄せてくれたのは薩摩郡樋脇《ひわき》町野下小教頭の谷口先雄さん(四七)。谷口さんは当時高等科二年生。「松山で遊んでいたら出水方面から低空で不調な爆音がした。川原田神社から遠矢政市さん(故人)が〝飛行機が大形岩にひっちゃえたどおー〟と叫んで走って行った。私たちもかけつけたら岩と岩の間に機首を突っ込んだ飛行機が波にもまれていた。初めて近くで見る飛行機で〝これが飛行機か〟と驚いた」

　当時、西方松山部落には北海道の稔部隊が駐とんし民家に分宿しており、隊長が居たのが谷口西一さん（故人）の家。救助された搭乗員はここに宿泊している。

「西一さん宅には三つ年下の竹之上武敏君が一緒に暮らしており、遊びに行ったら飛行兵二人が外出しようとして出て来た。思わずあっと息をのんだ。一人は二十歳ぐらい、あとの一人は少年のようであまりにも若かったのに驚いた」

　谷口先生は「きりっと引き締まった顔立ちに飛行帽。胸にかわいい人形がぶら下がっていたのが印象的でした」と話している。（以下略）〉

　できればこの谷口に現地を案内してもらいたいというのが、寺司の希望であった。南日本新聞社が間に立って、谷口先雄との連絡がついた。谷口は現在鹿児島郡十島《としま》村宝島小中学校の校長をしているが、八月七日には西方に戻ってくれるという約束が取れた。確か宝島といえば、鹿児島からは十時間を超える船旅をしなければならない遠隔の島ではなかったろうか。寺司は済まない気持だった。

　八月七日午前四時過ぎ、大分地方はかなりな地震に襲われた。妻と二人で隣りの空地に飛び出したが、再び眠れそうにないままに寺司はそのまま起き出た。大島が名古屋の自宅を出るのは多分午前八時半くらいであろうが、彼ももう目覚めているのかも知れぬと思った。

寺司が車で出発したのは午前八時である。ラジオのニュースが明け方の地震を伝えていたが、九州各地とも大した被害は出ていないようだった。豊後竹田経由で熊本へ出た。空港では僅かに待っただけで予定通りに飛行機が着き、大島が精悍な歩調でゲートを出て来た。休憩は取らずにそのまま寺司の車に乗り込むと、直ちに川内市へ向けて出発した。鹿児島本線西方駅前に午後三時半の約束で谷口先雄が待ち合わせているので、その時刻に間に合うように着かなければならない。あらかじめ道路地図で時間は計っているのだが、寺司には初めての道なのでいくらか余裕をみておかなければならない。

薄曇りだが蒸し暑い日である。往きつつ、三十九年前に命を拾った海岸を再訪する感慨を大島が一言も口にしないので、寺司も聞こうとはしない。二人はことさらとりとめもない世間話を交していた。「寺司さんはゴルフはやらないの?」と大島は不思議そうな顔をした。版画千点が目標ではそんな暇はないと思いながら、寺司は黙って笑っていた。

熊本県八代の町中でパトカーが追っかけて来て、停車を命じられた。初めての道なので、交差点の信号が青になったとき直進しかかって間違いと分り、慌てて途中から左折したのが咎められたのだった。交通切符を切られたのをしおに、二人は軽い昼食を取って又走り始めた。さすがに鹿児島までは遠い。

それでも、まるで予行演習をしていたみたいに午後三時半きっかりに、寺司の車は西方駅前に着くことができた。駅前には谷口先雄と南日本新聞社の若い記者が待っていた。他には人影のない小さな無人駅である。谷口はいかにも生真面目な校長タイプの人物に見える。

「あっ、あなた……ですね。そうです、そうです。あなたです。確かに面影があります。あなたがマスコット人形をつけていた人ですね。――いやあ、こうして再び会えるなんて、夢みたいですよ」

車から降り立った大島をじっと見つめて、谷口は思いがけない程の感激を示した。大島の方は谷口に記憶があるわけではないから、いささかとまどいながら、「名古屋からやってまいりました。よろしくお願いします」と挨拶を交した。寺司は新聞記者と名刺を交換した。

「とにかく、不時着現場に案内しましょう。すぐ近くですから」

谷口の先導で車を西方海水浴場の近くにとめた。「海の家」が立ち並ぶ堤防から降りて砂浜を行き始めたとき、大島が初めて感動の声をあげた。

「ああ、ここだ。この海岸は記憶にある」

「憶えていますか。あなたの飛行機は、あの松山の方からパタパタパタパタと音を立てて、滑空して来たんです」

谷口が海に向かって右手の方の小高い茂みを指差してみせた。

「落ちたのは人形岩の先の方なんです」

川内川寄りの方に進むと、突兀《とっこつ》とした岩山が岸寄りに幾つかそびえている。その内の一つが人形岩と呼ばれているらしい。そこへ廻り込んだとき、大島がもう一度感動の声を発していた。

「ああ、ここだ。間違いない。この岩の沖に落ちたんだ。昔のままだ。——いや、あの頃はもう少しこの岩山に松があったような気がするなあ」

波打際まで大股に歩いて行きながら、自らの感動を隠すように大島は寺司の方を振り返って冗談をいった。

「この岸にあがって来たんだ。栗原と二人でずぶ濡れになってな。ほら、まだあのときの二人の足跡がそこらの砂の上に残ってるんじゃないかな」

皆、笑い声をあげた。ここらは海水浴場からはずれているので、前面の海には人影がない。

「あれが甑島《こしき》ですね」

谷口が正面の水平線に薄く浮かぶ島影を指呼してみせた。太陽はいまその甑島の上空あたりであろうか、そこらの雲が明るんでいる。

「あの頃は甑島の上空を毎日のようにグラマンの編隊が北上して行くのを見ましたよ。多い日には三八〇機をかぞえたことがあります。十四日までそれが続いたのに、十五日になるとパタッと止んで一機も飛ばなかったのが印象に残ってましてね。家にラジオがなくて終戦の放送も聞かないままでしたから、どうしてだろうと不思議に思ったんですね。——それが夕刻になって一機パタパタパタと変な音を立てて飛行機が降りて来たんで、皆びっくりしたわけです。私が駆けつけたときには、まだ飛行機は沈んでいませんでした。初めて近くに見る飛行機が珍しかったですね」

「岸からどのくらいだったのかなあ……二、三〇〇メートルくらいだったのかな」

大島は自分の落ちた位置を、沖の方に向かって目測しようとした。

「岸に向かって栗原と泳ぎながら、きれいな魚がいっぱい眼につくんだわ。落ちたのが六時頃だから、まだ海は明るかったからね。海の中がまるで水族館みたいでね、ああ、海の中は平和でいいなあと思ったことを、はっきり憶えてるなあ」

大島は細い眼を一層細めて、いつまでも沖をみつめて佇《た》ち尽した。

「あなた方二人が岸に上って来たとき、ずぶ濡れだったのが印象的でしたよ。——尤も、私らはすぐに兵隊に追っ払われましたけどね」

谷口の言葉に、大島も新たな記憶をよみがえらせたようだった。

「そうなんだ。岸に上ったとき、すぐ憲兵が寄って来て、スパイがいるかも知れんから、何もしゃべっちゃいかんと口止めされたんだった」

近寄った南日本新聞の記者が、遠慮がちに大島の感想を問うた。相手がメモ帳を構えているので、大島の答も少し改まった。

「終戦を薄々感じながらの出撃でした。それでも国のために死ぬのは当然と考えていましたから、何の疑問も抱かないまま飛び立ちましたね。幸か不幸か不時着してしまって……。西方に落ちた時から私の新しい人生が始まったと思っています。――いつか来ようと夢にまで見た西方海岸にようやく来ることができました。いまは、平和な時代をつくづくかみしめています」

そのあと大島と寺司は、谷口の案内で海からあがった大島がその夜泊めてもらった農家に案内された。西方は海岸沿いに僅かな家並みがあるだけで、国鉄線が海岸に並行して走り、背後には近々と山が迫っている。

「この線路を越えたことを憶えていますわ」

大島は鹿児島本線のレールをまたぐとき、感慨をこめて立ちどまった。大島の記憶の確かさはこういう細部に示されている。線路を越えると直ぐに登りになる。西方は過疎の町らしい。

「これが大島さん達が連れられて来た家なんです。もうそのときの谷口酉一さんは亡くなられて、いまは叔父さんの橋口小之丞さんが住まれています。この方ももう九十歳になられます。皆さんの来るのを愉しみに待っていましたよ」

谷口が案内したのは、狭い野良道から一メートル程高みにある、すっかり老朽化した農家で、大島はここだったかなあという不審な顔で家の周りを歩き廻った。家の中から伝い歩くようにして出て来た老人が、大島に何かを話しかけたが生粋の薩摩弁なのだろう何をいっているのか全く分らない。谷口が通訳を買って出た。

「じゃしとなあ、もう眼が見えんどん、立派になったろうなあ。死なんでよかした——といっておられます」

大島が手を握ったとき、驚いたことに老人の眼から涙がにじんで、しわの深い眼尻を濡らした。

「ここらの者にとっては、あの日のことは忘れられない一大事件だったんですよ。おじいちゃんも三十九年前のあなたの姿はきっとよく憶えておられるんでしょう」

谷口が説明している間も説明し終ってからも、老人はしばらく大島の手を放そうとしなかった。大島はとまどい、そして感動しているようだった。

「おじいちゃん、御免なさい。お礼に来るのがこんなに遅くなってしまって……。本当はもっと早く来なければいけなかったのですが……」

眼の見えないという老人に向かって、大島は頭を下げた。老人が又何かいったが、聞き分けることはできなかった。大島が家の周りをもう一度見廻っているうちに老人は家の中に消えたが、再び出て来たときには手に熨斗《のし》を掛けた一升瓶をさげていた。

「おじいちゃんが、お土産にしてくれといっています」

薩摩焼酎五代とラベルの貼られた酒瓶を手渡されて、大島の困惑はきわまっていた。

「困りましたなあ。私は何の土産も用意せずに来ましたのに――」

大島にとっては思いもかけぬなりゆきであった。時の流れの遅いこの里では、三十九年前の出来事がついこのまえのように記憶されているのかも知れなかった。老人は呟くように「ありがとうございました、ありがとうございました」といい続けていた。

帰りの車の中で大島はしばらく沈黙を続けていたが、初めて口を開いたとき、

「寺司さん、ありがとう」といった。

「私が礼をいわれることはありませんよ。でも、本当によかったですね」

「これも生きていればこそと思うと……あの夜死んで行った者達に済まない思いがつきまとってね……」

「しかし、私はこう思うんですよ。川野和一さんやあなたが生き残ったために、死んで行った無名の者達の真実が伝えられたんじゃないですか」

「それはそうかも知れないが……」

再び大島は考えに沈み込んだ。車は海沿いを走り続けた。いつしか雲は散り、海は既に夕焼けに紅く染まっている。今夜は途中の日奈久《ひなぐ》温泉に泊まり、明日大島は慰霊碑と中津留家を訪ねて三十九年ぶりの巡礼行を終る予定である。

エピローグ

「寺司さん、やっと兄が見つかりましたよ。私は昨日、兄の娘達を連れて会いに行って来ました」

川野圭介の弾んだ声が受話器から響いたのは、十月十六日の夜であった。

「えっ、良介さんが見つかったのですか」

もう殆ど期待していなかっただけに、寺司の声も高く弾んだ。大阪の川野圭介と電話で話してから三ヵ月が過ぎるが、その間何の連絡もないままに此の夜の突然の電話であった。

「はい、二十三年ぶりに会って来ました。寺司さんの意向を伝えましたら、会ってもいいといってました。特攻隊のことはかなり憶えているそうです。——ただですね、特攻隊の話に限ってもらえないだろうか……戦後の話は一切勘弁してほしいとのことでした」

「ええ、勿論それで結構です。私のうかがいたいのは昭和二十年八月十五日前後のことだけですから、その他のことでお兄さんに迷惑をおかけすることは決してありません。——で、お兄さんはどちらにおいでましたか」

「愛知県××市にいました。住所と電話番号をいいますから、書き取って下さい」

寺司は川野圭介の伝える住所と番号を書きとめると、復唱して確認した。アパートでの一人暮しで、電話も階下の管理人による呼び出しだという。

「もう私は殆ど諦めてたんですよ。本当にお世話になりました。早速連絡を取って会いに行きます」

寺司が心からの感謝を電話に述べたとき、川野圭介は「いいえ、お礼をいわなければならないのは私の方ですよ」と意外なことをいいだした。

「寺司さんの用件にせかされて、こちらも本気で兄貴を探すことになったんですから。本当は私ももっと早くそうすべきだったのですが、いろいろ事情もありましたし……。兄貴が事業に失敗して家を出たのが昭和三十六年の十月でしたから、ちょうど二十三年ぶりの再会でした。さいわい、元気にしてましてね。兄貴の娘達を連れて会いに行ったものですから、涙を浮かべて喜んでくれました」

「そうでしたか……」

「どうか、戦後の生活のことは聞かずにおいてやってください」

念を押してから川野圭介は電話を切った。寺司はそのあと直ぐに、川野良介に宛てて手紙を書いた。この速達が届いた頃に確認の電話を入れるが、十月二十三日の午前中に訪ねたい旨をしたためて夜のポストに投函に行った。

結局、寺司は本人との電話での確認が取れないまま出発することになった。電話をしたときに川野良介は不在で、管理人が電話のあった旨を伝えておいてくれるということであったが、とにかく寺司は予定通り出発することにした。
「わざわざ行って、もし会えなかったらどうするのよ。ちゃんと連絡が取れるまで待ってからでも、遅くはないじゃないの」
いつもの性急さを妻に呆れられながら、寺司は家を飛び出したのだった。二十三年ぶりに発見された川野良介が、うかうかしていると又どこかに隠れてしまうような気がしていた。夜行で大分を発ち、朝早く新大阪で新幹線に乗り換え、名古屋に着いたのは午前九時前であった。在来線に乗り換えて小一時間の距離に××市がある。（兄の住所を明かさないでほしいというのが、川野圭介の希望であった）
近くでタクシーを降りアパートらしい建物を探したが分らず、公園でゲートボールをしている老人に尋ねて分った。アパートに足を踏み入れたとき、寺司は思わず立ちすくんだ。いまでもまだこんな建物があるのか。終戦後早くに乱立した木造アパートが、そのまま残されたような老朽化した建物で、廊下沿いの一室ずつに住人がいるらしい。二階に上って、名札もない部屋の前を往き来していると、一番奥の部屋の戸が開いて男が顔を出し、「寺司さんでしょうか」と声を掛けてきた。誰かに似ていると一瞬思ったが、あとで話しているときにそれが誰であるかを寺司は思い出した。俳優の笠智衆に、どうかしたときの表情が似ているのだった。

「まさか、あの件でいまごろわざわざ私を探して来る人がいるとは、夢のような気がしましてね、昨夜はあれこれ懐い出して眠れませんでしたよ」

一人暮しでなんにも構うことはできませんがと詫びて、お茶をつぎながら川野良介は語り始めた。


大正十年五月九日、長崎県佐世保市相浦《あいのうら》町に生まれた川野良介は、昭和二十年八月十五日には満二十四歳であったことになる。

専修大学専門部経理科を仮卒業して、昭和十八年九月一日土浦海軍航空隊に入隊している。海軍予備学生十三期になる。その年末には上海航空隊で訓練を受け、翌年のいつ頃だったか内地に帰り、以後は鈴鹿航空隊、名古屋航空隊、百里原とめまぐるしく各地を転々と移動し、最後に七〇一空に配属されて美保基地で急降下爆撃の訓練を受けた。消耗した七〇一空を立て直す訓練であった。川野良介中尉は偵察で、操縦の前田又男一飛曹（丙飛）とペアを組んだ。前田は色の浅黒い寡黙な男で、いかにも九州男児という感じを抱かせた。操縦の腕も確かであった。

この訓練中に、江間少佐から川野達同期の士官が全員殴られるという事件があった。降爆訓練中に一機が海面に激突して搭乗員が死亡するという事故が起きたときのことである。これには予備学生十二期と十三期のペアが乗っていたが、川野達が海岸で右往左往していたのを江間に見咎められて、「なぜ直ぐに船を出して探しに行かぬか。それでも貴様達は同期の仲間なのか」と、あとで同期の全士官が整列させられて殴られたのだった。

大分基地へは七月下旬に移って来たのではないかと思うが、はっきりは憶えていない。八月十五日の玉音放送は聞かなかったが、終戦になったらしいことはなんとなく知っていた。ただ、その実感は全くなかったというあたりは、大島や川野和一と変らない。出撃に当たって整列したとき、宇垣長官が「日本民族の再建にあたり、一番必要なことは特攻の精神である。今日の特攻はこの特攻の精神を後世に遺すためである」と述べたことを、川野は記憶した。整列した人数の多さを見咎めた長官が「では、偵察員は皆残れ」といったとき、川野もまた他の偵察員と共に「長官、連れて行ってください」と、真剣に叫んでいた。偵察がいなくて飛行機が飛べるかと思った。中津留大尉は攻撃目標などを指示したあと、「爆弾を落として、帰る者は帰れ」といった。

「掛かれっ」の声に、操縦の前田と愛機に来てみると、なぜか中津留大尉がすでに乗り込んでいた。

「中津留大尉、どうされたのですか。これはわれわれの機じゃないですか」

川野が抗議すると、中津留は「済まん」といったふうに軽く手を振った。

「おれの機は調子が悪くて、いま整備してもらってるんだ。これには長官が乗って行かれるんだ。悪いけど、おまえは整備が済んだらおれの機で来てくれ」

搭乗員にとって乗り慣れた愛機を替えることは気分のいいものではないが、中津留にそういわれればやむをえなかった。川野と前田は整備の終るのを待ちながら、僚機の出撃を見送ることになった。滑走に入る直前、磯村堅が後部席から右手を下に向けて「突っ込むぞ」という動作をにっこり笑いながら示したのが、印象に残った。応えて、川野は大きくうなずいた。もうひとつ忘れられないのは、伊東幸彦中尉が涙ぐんで長い間空を見上げていたことである。川野は話し掛けようとしてそれに気付き、はっとして言葉を呑んだのだった。

中津留の機は飛行場の端の方にあったので、整備を急ぐように催促に行った。飛行場の近くの花津留部落の者達であろう、直ぐ近くまで来て見送っていた。日の丸の旗を振り、「ばんざい、ばんざい」と声を挙げながら泣いている老人や娘がいた。ついに十機の彗星は飛び去ってしまったが、まだ彼等の乗る飛行機の整備は終らなかった。もう特攻出撃も終ったと思ったのだろう、近所の見送りの者達も引き揚げて行った。川野も前田も取り残された心細さを抱きながら、やたら煙草をふかしていた。

結局、彼等の機が飛び立ったのは、最後の十機目が出撃したときから三十分後で、午後六時を過ぎていた。飛び立った川野機はうまく上昇出来ずに、飛行場の上空を何度も低く旋回したので見送りの者達はこれは落ちるのではないかと心配して避難したが、どうやら飛び去って行った。中津留がいったように、この機の調子は最初から悪かった。海上を避けて九州東岸沿いを四〇〇〇メートルの高度で南下して行ったが、宮崎上空あたりで早くも機体は振動し始めた。見ると燃料が噴き出していた。

「おい、飛べるか」

操縦の前田に声を掛けると、

「飛べそうもありません」

と心細い返事がかえってきた。高度も下がり始めている。

「海岸に出て不時着しよう」

川野のその言葉を待っていたように、前田が機首を海の方へ転じた。海へ出ると眼下には漁をしているのか小船が幾つも見えた。やや沖まで出て爆弾を投下すると、もう海岸まで滑空して戻るのがやっとであった。広い砂浜めがけて機は突っ込んで行った。着地の瞬間、機首の引き起こしが足りずに三点着陸に失敗して、飛行機は頭から砂の中に突っ込んでしまった。川野は腹部を強打して一瞬息の止まる思いがしたが、さいわい外傷はなく二人とも砂浜へ這い出した。

海岸警備の海軍の兵達と憲兵隊が直ぐに駆けつけて来た。確かめると、鹿児島県志布志の海岸であった。大分基地を飛び立ってから一時間も経っていなかった。志布志の憲兵隊に連れて行かれ、風呂に入れてもらい夕食もよばれた。憲兵隊も終戦で混乱を極めているようであった。その夜の内に川野と前田は汽車で鹿屋基地へ行き、兵舎に泊まった。

翌朝、鹿屋基地の司令部から大分基地へ不時着を打電してもらった。鹿屋基地で代りの飛行機を貰おうとしたが無いと断わられて、やむなく汽車で大分へ帰ることにした。帰り着いたのは十七日夕刻であった。上官から「よう帰って来た、よう帰って来た」と迎えられたのが、心に沁みた。

二十日に国分基地へ集結し解散となったが、解散にあたっては搭乗員であったことを隠せと厳しく注意を受けた。家に帰っても二階のある者は二階に潜むこと、今後は七〇一空という呼称は使わずに橘部隊と称することがいいわたされた。

川野は長崎県の大村飛行場に降りて、そこから汽車で帰ったが、帰り着いた自宅には彼の戒名が待っていた。母親は名古屋航空隊に面会に来たときに息子が特攻要員であることを察して、その死を覚悟して戒名を作ったのだといった。生きて早々と帰って来た息子に母は眼をみはって、たちまち大粒の涙を零《こぼ》し始めた。

民生委員らしい婦人が顔を出して、「あ、お客さんですか」と驚いた顔をした。川野が廊下に出て行った。しばらくして戻って来たとき、寺司は尋ねた。

「出撃に当たって、爆弾を落として帰る者は帰れと中津留さんがいわれたという記憶は、確かでしょうか」

その一点はどうしても確認しておきたかった。明らかにそれは大島の記憶と喰い違っている。大島は中津留大尉の言葉を、「帰って来るな。必ず特攻として突っ込め」と記憶して寺司にはっきりと手真似までして告げたのだった。川野良介の記憶では、それが全く正反対の言葉になっている。

「ええ、間違いありません。海兵出身の士官が、よくもそういう大胆なことをいわれるものだと驚いた記憶がありますよ。——それともうひとつはっきりした印象がありましてね。不時着した瞬間、中津留さんのその言葉を思い出してほっと救われた気がしたんです。私には忘れられない印象なんです」

戦後三十九年という時の流れは、人々の記憶を曖昧にしゆがめてもいるだろう。寺司はもう、この最後の特攻隊に関連して三十人近い者達と会って来ているが、それぞれの記憶のおぼつかなさにもどかしい思いを抱き続けてきている。さりとて、省りみて自身の記憶の曖昧さに照らせば、とても人を責めることなどできるわけもない。一つしかないはずの事実が、二人の間で全く正反対に記憶されているのもやむをえないことである。どちらが正しいとは、もはや確定できないだろうし、あえて確定すべきことでもあるまい。寺司は川野に、大島の記憶はぶつけずに黙ってうなずいた。

「ところで、前田又男さんがどちらにおられるか、ひょっとして御存知ありませんか」

二十三年間にわたって世間から身を隠していた人に期待すべき問いではないかも知れぬと思いながら、とにかく尋ねてみた。

「戦後一度だけ手紙を貰いましてね。そのときの村の名が面白くて記憶していますよ。文《ぶん》政《せい》村というんです。熊本県の文政村でした。さあ、いまもそこにいますかどうですか……」

「いや、ありがとうございます。それだけでも調べる手掛りになります。とにかく全くこの方の手掛りがないものですから」

聞くべきことは終っていた。

「娘さんに会われたそうですね」

触れていいことかどうか、ためらいが寺司の声をやわらげた。

「ええ。――二度と会えずに終ると思っていたのですが……」

「よかったですね」

「寺司さん、戦後のことをお話しできずに済みません。この二十年間、何十回となく思ったものですよ。あのとき不時着せずに死んでいたら、こんな苦しみはみなくて済んだものをと思ってですね……」

寺司は黙ってうなずいた。総ては運命なのだという気がした。飛行機を中津留大尉から取り替えられたとき、川野良介は生き残ることを運命づけられたのだ。

「あなたの住所は誰にも洩らしませんから」

最後にそう告げて、寺司はアパートの部屋をあとにした。


熊本県文政村を手掛りに、寺司は熊本日日新聞の記者に手紙を書いて、前田又男の所在を調べてもらった。

「前田又男さんは八代郡鏡町貝洲《かいず》という所におられましたが、今年の六月三日に交通事故で亡くなられています」

電話で告げられた回答に、一瞬寺司は声を呑んでいた。半年遅かったか――その呟きを心中に繰り返していた。自分が怠けていて時を喪ったような口惜しさが渦巻いた。これで最後の特攻隊の生存者は各機に一人ずつとなってしまったのだ。

直ぐに川野良介に報告の電話を入れた。

「前田又男さんを探ね当てましたが、今年の六月三日に交通事故で亡くなられていました」

「そうでしたか。交通事故とはまた――」

電話の向こうで短い沈黙が流れた。それからふっと川野良介の声が明るんだ。

「寺司さん、この次連絡くださるときは、私はもうここに居ないかも知れません。――娘達が帰って来いといってくれるものですから、私もそうしようかと考えています」

「ああ、それはいいじゃないですか。ぜひ、そうしてください」

「もし、そうなったら連絡先をお知らせしますから」

そういって電話が切れたとき、寺司の表情には微笑が残されていた。そのまま仕事机に戻った彼は、版木に向かった。搬入が年末に迫っているオランダ美術賞展の出品作品「甍の街」（F40号）が、もう形をなしかけている。左手に持つ鑿《のみ》を下描きの線に押し当てると、右手の木槌をさっと振り降ろす。ドサッと鈍く重い音がして、鑿が榀《しなのき》の版木に喰い込む。水平に近く傾けた鑿を今度は軽くトントンと叩くと、版木がめくれて細かな木屑が浮く。ふっと息を吹き掛けて木屑を版木から散らす。

「鎮魂」と、寺司は呟いた。「甍の街」と最後の特攻隊は互いに何の関連もないテーマであるが、いま彼は打ち込む一鑿一鑿に鎮魂の思いを彫りこみたくなっている。

「鎮魂」——もう一度呟いて、寺司は右手の木槌を振り降ろす。

後記

本書の主人公寺司勝次郎は、作者の十余年来の友人である。彼の方が十歳ほど年長であるが、同じ大分県内に住み、鑿《のみ》とペンこそ違え、それぞれの分野で自立している姿勢を互いに認め合っての交友といえる。本書は、このような二人の関係なくしては成り立たなかったといって、過言ではない。

特攻訓練に身を置いたことのある寺司と、敗戦を八歳で迎えた作者という対照的なコンビが、本書のテーマに迫るにはかえってよかったといえるかも知れない。取材し執筆していく過程で、二人が一致して確認したのは、とにかく「事実」をきっちりと記録して残したいということに尽きた。僅かに四十年前の「事実」も、いまでは加速度的に風化しつつある。取材しつつ刻に追われているような焦りを、二人とも覚えたものである。本書が果たして「事実」の掘り起しに成功しているかどうかは、読者の判断にゆだねたい。

確かに、この作品は作者のこれまでの作品系列からすれば異色の題材で、「なぜ、あなたが戦記物を書いたのですか」と問われることがあった。作者はこれを戦記物として書いたつもりはない、と答えておく。

登場人物は総て実名であるが、文中敬称は略させていただいた。御寛恕を乞う次第である。尚、図書や雑誌からの引用も、その都度文中に明記してあるので改めて掲げないが、心からの謝意を捧げたい。

竜ちゃん応援団

松下竜一

一九四五年八月十五日夕刻に大分飛行場から飛び立った「最後の特攻隊」があったと知ったのは、『大分人脈』（西日本新聞社）という本を読んでいてのことである。

表題のとおり大分県内のさまざまな分野での人脈図を新聞記者がまとめた本で、私のこともとりあげられているので開いたのだが、その中に「最後の特攻隊」についての記述を見つけたのだ。それはごく短い記述だったが、私の関心を引くには充分だった。これほどに重大な終戦秘話がどうして世上に知られていないのかが、不思議に思えた。

おそらく予科練出身の寺司さんならこの秘話を知っているのではないかと思って、すぐに電話をしてみると「その件なら、おれはここ数年ずっと追いかけてるんだ。――あんた、興味があるんなら出てこないか」と、弾んだ声が返ってきた。

その翌日にはもう、私は大分市三ケ田町の寺司さん宅を訪ねて「最後の特攻隊」の話を聞くことになる。一九八四年二月十五日のことだったから、私の四十七歳の誕生日でもある。

寺司さんはすでに「最後の特攻隊」については一人の作家から協力依頼を受けているのだと、意外な事実を明かされた。それが劇作家榎本滋民氏のことで、氏は敗戦までの一年間を大分海軍航空基地に勤労動員されていたこともあって、「最後の特攻隊」を戯曲か小説にまとめたい意向を抱き寺司さんに協力を求め、それに応じるべく寺司さんも関係資料を数年前から集めてきているのだという。

「そうか、榎本さんが手をつけてるのか――」

私が拍子抜けしたように呟くと、寺司さんは「いや、そのことなら気にせんでいいんだ」という。「榎本さんの方は、どうもまとまりそうにないんだ。本人も忙しいし、おれの調査もゆきづまって立消えになりかかってたんだ。――昨夜、あんたから電話をもらって興奮したよ。あんたが書いてくれるんだったら、さっそく調査を再開するよ。おれも、このテーマだけはきっちりと決着をつけたいんでね」

その夜は寺司宅の二階に泊めてもらったが、これは書けそうもないなという、いつもながらの悲観的な見方におおわれて私は眠れなかった。一九四五年八月十五日の大分飛行場がいかに劇的であれ、そこだけを舞台にして一冊の長篇ノンフィクションを構成することはとうてい無理のようであった。

そうか、「最後の特攻隊」を追う寺司勝次郎を主人公にすれば書けるかもしれないという着想を得たのは、すでに明け方であった。

こうして直ちに、二人が組んでの調査が始まった。せっかちなまでに行動力の旺盛な寺司さんに引きずられてのことである。私と寺司さんでは、世代の違いもあるし軍隊に対する考え方も異る。ただ、いったいあの八月十五日の大分飛行場で何があったのかを徹底的に追いたいという執念では、二人は一致することができた。

『私兵特攻』を発表後、テーマを譲って下さった形の榎本滋民氏は、寺司勝次郎さんと私の関係をまことに的確に評言して下さった。

〈特攻隊の編成には、体当たり機のほかに、直掩機という分担もあった。体当たり機にフォローして、敵襲から掩護し、自爆の目的を遂行させて、その戦果を認証報告するという、重大な任務である。

もっとも、これはまだ余裕があったころの編成で、末期には、それすらない裸になったのだが、ちょうど寺司体当たり機に対する直掩機の関係にあったのが、松下機であった。しかし、ドキュメンタルな対象に食いついたら決して放さず、ついにはおのが血肉にしてしまう、したたかさで定評のあるこの作家は、状況やむを得ざれば、体当たり機の身代わりにもなり、体当たり機のしかばねを越えて突入も敢行した、あの直掩機のように、透徹した目と熱烈な情をもつ、オリジナルな「作品」にしおおせている。

つまり、「戦争」と不可分であった生の軌跡を、明確に追認しようとした人間の、その行為の軌跡を、追認しようとした人間が、おのずから描いた生の軌跡とでもいえようか。寺司氏や私よりやや年少の著者にとっても抜き差しならない、戦争や日本近代史に対決する、みごとな創作となり、ドキュメンタル文学の真骨頂を示しているのである〉（「波」）

本来なら（時間的なことでいえばということだが）、第二巻『潮風の町』の巻末で書くべきことだったが、いい機会なのでここに寺司勝次郎とその一党のことを書きとめておきたい。

豆腐屋を廃業して、はたして何かを書いていけるのかというおぼつかなさの極みに沈んでいた揺籃期の私を支えてくれたのが、ほかならぬ寺司勝次郎とその一党であったことを私は特記しておかねばならない。彼らは私が一番助けを求めているときに突然結集し、そしてどうやら一人立ちをし始めたと見たときにさりげなく散っていったのだったから、いまにして思えばあれこそが〈天の配剤〉というものであったろう。

時期的には一九七〇年秋から七二年夏頃までという二年足らずの短い間のことなのだが、それはこのうえなく純なる友情で彩られた懐しくも甘美な記憶を私に焼きつけている。いやそれは私だけではなく、一党の面々誰もがそうであるにちがいないと確信しているのだ。

始まりは一九七〇年九月三十日午前十一時、私が大分市の府内城跡の濠端にぼんやりと佇《たたず》んで空を仰いでいたときである。豆腐屋をやめて三カ月、何をしていいかわからずに茫然と過ごしていた私は、その朝たまたま寄って来た友人が大分市の会議に行くというのでその車に同乗して来たのだ。図書館ででも時を過ごすつもりだったのに休館日で、行く当てもなく私は空を仰いでいた。

そこへすっと車が寄って来て、降り立った中年の男性から声をかけられた。

「ひょっとしたら……中津の松下さんじゃありませんか」

その男が、寺司勝次郎さんだった。

当時、毎日新聞の大分県版の頁に「毎日サロン」という随想欄があり、私も寺司さんも執筆メンバーの一人だった。「毎日サロン」には毎回顔写真がついているので、たまたま車で通りかかった寺司さんには一目でわかったという。

「いかにもたよりなさそうにボーッと空を仰ぎよった――」と、寺司さんはやがて結集してくる面々に何度も繰り返してその出会いを語ることになる。その場から拉《らっ》し去られるように、私は三ケ田町の寺司宅に連れて行かれたのだ。

〈たよりなさそうにボーッと空を仰いでいた〉松下竜一を助けるために、寺司勝次郎がまず取り組んだのは『吾子の四季』を売りひろめることだった。

『豆腐屋の四季』に続く『吾子の四季』はこの年二月に出版されていたが全然売れなくて、そのせいでまもなく脱稿しようとしている『歓びの四季』をはたして講談社が引受けてくれるかどうかに不安を抱いていた私は、そんな内情を初対面の夫妻に打明けたのだったろう。その哀れさが、「よっしゃ、大分で百冊売ろう」と寺司さんの義侠心に火をつけてしまった。

瓦屋根の木版画家として知られる寺司さんは、まだ長久堂という大分市の著名な製菓会社に勤めて主に宣伝の仕事をしていたが、世間が広く実務にたけていてその行動力は旺盛というのだから、およそ私とは対照的な人物だった。年齢も寺司さんが十歳の年上である。

そんな寺司さんの目に、「竜ちゃんはおれが面倒をみてやらねば、とても世間を渡れそうもないな」と映ったとしても不思議ではない。竜ちゃんというのが、寺司とその一党の間での私の呼び名となっていく。

『吾子の四季』を大分で売りまくり、「竜ちゃん」とこれもいっそうたよりなさそうな「洋子ちゃん」を助けようとして、寺司さんは長久堂の仕事もそっちのけで走りまわることになったが、その旋風に煽られてあっという間に一党が結成されていく。

イラストレーターとしてテレビのタイトルを描くなどの仕事をしていた武口利春さんは、

もともと寺司さんとのコンビで長久堂のコマーシャルを手がけていた関係でいち早く仲間に引きこまれたし、寺司宅に本の配達で出入りしていた晃星堂書店の支店経営者三浦良樹さんは、百冊の『吾子の四季』を取寄せることで仲間入りすることになる。

だが、この一党に破格な活気を持ちこんだのが元極道の阿九新という存在だった。寺司さんと同じ大分中学出身で予科練にも行っているという似た来歴ながら、戦後の歩みは大きく異り、阿九さんは組には属さぬながら一匹狼の極道として前科を重ねていた。

私と出会った二ヵ月後に、寺司さんは町中でばったりと阿九新と顔を合わせる。十年前に一度金をたかられて以来の再会だったが、ためらわずに寺司さんが声をかけたところから、阿九さんもまた「竜ちゃん応援団」の一党に加わることになる。

実は彼はなかなかの才筆の持主で、県内紙のコントにしばしば応募し活字になっているのを寺司さんは読んでいた。阿九新というのはコントを書くときのペンネームなのだが、書かれている内容から寺司さんはそれがかつての級友だと見抜いていたのだ。人生の裏街道を歩いて来た男のコントには、哀愁を帯びた陰翳と艶があった。

「なんでおれが、こんな男を助けなならんのか」と最初はわざと毒づいてみせた阿九さんだが、この一党に加わったことの愉しさを一番満喫したのは彼であったにちがいない。彼は、初めて色眼鏡なしに自分のコントを評価してくれる者たちと出会えたのだ。彼の濃厚な文学趣味、映画演劇嗜好をまともに話せる相手が極道仲間にはいなかったらしい。落語を愛する粋人の阿九さんは自身が話術の名人で、獄中でいかに看守をたぶらかして一服の煙草を吸うかの話などは何度聞かされても爆笑を誘われるのだった。

これに野呂祐吉、詫間文男の両人が加わって、「竜ちゃん応援団」の一党は全部が揃う。野呂祐吉さんは吉四六劇団・造形劇場という家族ぐるみの小さな劇団を主宰し、かたわら有機農業を営むという一徹者で、『豆腐屋の四季』を途中まで読んだところで「これを劇にしたい」とわが家に飛びこんで来てからの縁なので、寺司さんよりも前からの知合いである。にわかに出現した応援団に歓んで参加したのは当然だった。

詫間文男さんは寺司さんの旧知で、この一党に加わってきたときにはまだ別府駅前の近鉄百貨店の宣伝課長だったが、清水崑まがいのひとこま漫画や似顔絵に筆を揮っていた。すでにこの頃から酒仙のおもむきがあって、たちまち朦朧としては「愉しいがのう。竜ちゃんよお。愉しいがのう。なんかしらん、わしゃ愉しいがのう……」と、蒼白な顔で繰返しては私の手を握るのだった。

のちに、しらふのときの詫間さんが洩らした感想が、この一党の不思議な雰囲気をうまくいいあてているようである。

「このメンバーはどこか他の集まりとは違っていたなあ。ずいぶん、わしにはいろんな交友グループがあるんじゃが、竜ちゃんを囲むこのグループは一種独特で、それだけ大切にしていたな。どういったらいいのかな、俗世間から切り離されたような清浄な雰囲気があるんじゃないかな。わしみたいな飲ん兵衛がいて、阿九さんという元極道がいて、それで清浄というのも変なもんじゃが、やっぱりそんな雰囲気だったな。それに、お互いの生活の中に土足で踏みこんだりしない優しい配慮が自然とできていたし……半年会ってなくても、声がかかればいつでもスッと入っていける安心感があるね」

あえていえば、あれは一党が共有した〝青春〟だったのではないかという気がしてならない。年齢的には臆面もなくといわれそうだが（この時点で全員が三十代から四十代だったのだから）、そう考えなければあのはしゃぎようは説明がつかない。私が寺司宅に現れるや、たちまち全員に招集がかかり、その夜は何はおいても駆けつけて夜明かしとなることも珍しくない。

「別府で女が待っちょるというのに、なんでこんな貧相な男のためにおれが出てこななられのじゃ」と悪態をつきながら、阿九さんのてらてらと光る赤ら顔が嬉しそうにゆるんでいるのだった。

『吾子の四季』を二百冊売った一党が、次に取り組んだのは『歓びの四季』を更に大がかりに売ることで、そのために寺司さんが中心となって企画したのが銀行を会場にしての

「松下竜一展」だった。

傑作だったのは、「松下竜一展」のイベントとして私の講演会（七一年三月十日）が組まれたのだが、寺司さんの発案でその司会を阿九新がつとめたことだった。「かたぎの衆の前でおれが話すなんて――」とぼやきながら、当日の絶妙な司会ぶりは大いに会場を湧かせて、同席していた県立図書館長をして「あの方は、どんな方なんですか」と不思議がらせたものだ。

『歓びの四季』を最後に私には出版社の門は閉ざされ、いよいよおぼつかない私に大分市の印刷店での自費出版を勧め、その本をみんなで売りまわってくれたことは『潮風の町』の巻末エッセーに記したとおりである。まさに松下竜一の一番のどん底期を支えてくれたのが、「竜ちゃん応援団」の六人組だった。

いや、六人組はどん底期を支えてくれただけではない。新たな一歩を踏み出そうとして臆している松下竜一を後押しして、助走をつけてくれたのも彼らだった。

第十一巻『風成《かざなし》の女たち』の巻末エッセーに記したように、私のその後の方向を決めることになった転機は、別府湾を舞台とする大分新産都の公害問題のルポルタージュに取り組んだことだった。

西日本新聞社からの依頼を受けた私が、その連載を引受けるべきかどうかを迷って相談に行ったのは寺司とその一党にだった。

自分にこんな社会的テーマが書けるものだろうか、ましていろんな人に会っての取材をしなければならないのだし……と、しりごみしている私を、彼らは「やれるよ。竜ちゃんならやれる。こんなチャンスを逃がしたら、二度とチャンスはこないんだから」と叱咤するのだった。「大分、別府のことじゃから、おれたちがみんなして協力するよ」と口々にいううちに、せっかちな寺司さんがその場で「よっしゃ、みんなで取材ポイントをあげてみようや」とレポート用紙をひろげると、さながら一人一人がルポライターと化したかの如く思いつきを口にするのだった。

あとで思えば、そのときみんなが考えてくれた取材ポイントは大分新産都の公害問題を剔抉《てっけつ》する上で実に的確に要所を押さえていて、実際私はそれに従って別府湾とその周辺を聞き歩くことになる。

おかしなことに、ここに集まっている連中の中には反公害・反開発などの社会的行動にたずさわっている者は、（野呂さんを除けば）誰もいないのだ。しばしば寄り合って夜更かしするときももっぱら馬鹿話ばかりで（いうまでもなくその主役は阿九さんだ）、まともなテーマが語り合われることはなかった。だがこのときみんなで列挙した取材ポイントの的確さは、彼らの社会を見据える眼力を示していたといえる。ここに寄り合っている者たちに共通しているのは、空意地でも時流にはなびかぬという反骨精神といったものであったろう。それぞれに一匹狼なのだ。

「竜ちゃん、取材に行くなら、やっぱあ名刺を持たにゃ」「著述業・松下竜一ちゅう名刺じゃ通らんぞ」「そうだ、テレビドラマ『豆腐屋の四季』作者ちゅう名刺がいい。それじゃったら、スッと通るで」――そしてたちまち「テレビドラマ『豆腐屋の四季』作者・松下竜一」という気恥ずかしい名刺を、大分で用意してくれるのだ。彼らは松下竜一の初めての連載をわがことのようにはしゃいでいて、それこそみんなで取材に同行しようかといいだしかねなかった。

私がルポルタージュの第一回として選んだのは別府湾漁業の実態で、深夜に出港する漁船に同乗させてもらうことだった。ひ弱な私は海の猛者たちの中に一人で飛びこんで行くことに怯んでいたが、「竜ちゃん応援団」の一党は寺司宅に集まって午前一時までいつもの馬鹿話で緊張をほぐしてくれ、別府の漁港まで車で送ってくれた。

悄然として暗い船だまりへと降りて行く私に、背後から阿九さんの声が飛んだ。

「竜ちゃん、あんたも男にならにゃ。これがチャンスやで」

〈なりゆき〉が私を別府湾から更に臼杵の風成《かざなし》へと導いたことも、すでに記した。風成の取材からの帰りには休憩地点のように寺司宅に立ち寄り、そのたびに一党が寄り集まるのだった。

それは七一年十二月初めのことだったが、風成からの帰りに立寄った寺司宅で私は一通の封筒を渡された。

「中に三万円入ってる。これを風成の取材費にあててくれ。これはみんなからの気持だから」と寺司さんにいわれて、私はエーッと絶句していた。返そうとする私を制して、武口さんがいつもの優しい口調でいうのだ。

「あのなあ竜ちゃん。これはあんたにあげるというよりは、ほんとは洋子ちゃんにあげたいいうのが、わしらの気持なんやわ。あんたが取材でむりをしよる分、洋子ちゃんはしんぼうしよるんやろ。――二人の小さな子を抱えて留守番ばっかりしてる洋子ちゃんの身にもなってみいよ。少しは愉しい思いをさせてあげなさいよ。もうたったいま、正月やで」

いただいた封筒の裏には、六人の名前が並んでいた。なんとなく照れくさい雰囲気を吹き払うような声をあげたのは、三浦さんだった。「そうや、いっそ、ことしの忘年会は中津に行こうやないで。竜ちゃん方でやれば、洋子ちゃんの顔も見られるし」

そうだ、それがいいという声が一斉にあがって、一九七一年の忘年会が決まった。

そして十二月十八日、大分勢は阿九さんの車でやって来たが、車の屋根に取り付けられた看板には派手な色彩で「トルコ歌麿」と描かれていた。阿九さんは風俗営業の業界に戻ったのだ。あいにく劇団公演と重なった野呂さんと、はずせない仕事で来れなかった武口さんを除き、寺司、阿九、詑間、三浦と私が洋子の手料理の鍋を囲んだ。

私が自分からいいだして、書いたばかりの『風成の女たち』のクライマックスシーンを朗読したのは、すでに十九日に移った午前三時である。測量阻止のために身体を張る風成の女たちが、極寒の海上のイカダから機動隊によって一人また一人と排除されていく悲愴なシーンである。

私はできるだけ感情を殺して朗読したつもりだったが、三十分を超えて読み終えたとき目尻にたまった涙が頰にこぼれていた。

「情景が目に見えるようやのう」と、酔っているはずの詑間さんが呟き、「野呂さんがおったら、芝居の場面を想い浮かべるんにな」と三浦さんがいった。

「竜ちゃん、おこがましいいかたになるが、許しちょくれよ。――わしの見るところ、あんたもこれで一人前の作家になるなあ」といったのは、阿九さんだった。

明け方五時になって、「少し寝ようか」とみんなで炬燵に足を突っこんで仮眠したが、七時にはもう起き出して早朝の北門橋や小祝島をいっしょに歩いたのだった（勘弁してくれよといって、阿九さんだけは寝ていたが)。

その一夜が、「竜ちゃん応援団」のクライマックスともなったし、幕引きともなる。

やがて私が、風成の女たちに導かれたように豊前火力反対運動にのめりこんでいったとき、「竜ちゃん応援団」の一党はさりげなく散っていったのだった。

行動し始めた松下竜一に違和感を抱いたというのではなく、「これで竜ちゃんも一人立ちできたようだ」と見きわめてのことである。

共有した〝青春〟期は終ったのだ。みんながふっと正気に返ったように、それぞれの現実に戻っていったのだと思う。

寺司さんも長久堂をやめて、ようやく版画に専念し始めていた。

(『松下竜一 その仕事21 私兵特攻』所収)

解説

野村 進

奇妙な偶然があるものだ。

この原稿の締め切りが近づいていたころ、私は小笠原諸島の父島にいた。取材の合間に、たまたま知人から誘われたので、島内の〝戦跡ツアー〟に参加することにした。

あまり知られていないが、東京から船で丸一日はかかるこの島も、先の大戦で戦場になっている。米軍による総攻撃に備えて島の要塞化が進み、あちこちに壕が掘られ、砲台や機関銃陣地や通信施設などが次々に造られた。

戦跡ツアーで鬱蒼とした亜熱帯林に分け入ると、撃墜された米軍機の残骸が突然、目の前に現れたりする。日本陸軍の、青い星形の紋章が入った食器や各種の器材も、いたるところに打ち捨てられている。

ツアーの参加者に、小学校低学年の男の子がいた。なんと同じ星形紋章入りの、真新しい陸軍帽をかぶり、胸に零戦のイラストが描かれたTシャツを着ている。付き添いの若い母親によれば、両方とも靖国神社の「遊就館」の売店で購入したものだという。話してみて、すぐに利発な子とわかった。密林の段差のある場所で私が手を貸すと、

「ありがとうございます」

と、かわいらしい声が返ってくる。

島の海岸沿いには、日本海軍の特攻艇「震洋《しんよう》」の格納庫跡もある。米軍から「スーサイド・ボート」(自殺艇)と呼ばれた特攻艇は結局、父島からは出撃しなかったのだが、格納庫跡の説明をガイドから受けているとき、少年が小さな声で、

「『回天』は?」

と言ったのを私は聞き留めた。〝人間魚雷〟のことも知っているのかと、思わず嘆声が漏れそうになった。

この子は、硫黄島を間近で見るクルーズにも、陸軍帽姿で乗船していた。左右に耳当てのついた、子ども用のミリタリー・キャップを見て、ちょっとびっくりした表情を浮かべる船客もいる。

日米両軍あわせて三万人近くもの戦死者を出した硫黄島にも、特攻隊の慰霊碑が二基建立されている。硫黄島から出撃したり、島周辺の敵艦隊に突入していったりした特攻がどんなものであったか、陸軍帽と零戦Tシャツ姿の少年は自分なりの心象風景を持っている

にちがいないと私は思った。

本書『私兵特攻　宇垣纏《まとめ》長官と最後の隊員たち』は、いわゆる〝特攻もの〟としては異色のノンフィクションである。

日本の敗戦が決まった昭和二十年八月十五日、天皇の〝玉音放送〟が流れた数時間後に出撃していった特攻隊が実在したというのだ。しかも、司令長官たる宇垣海軍中将みずからが陣頭指揮をとり、十一機の特攻機を率いて、大分航空基地から沖縄の空のほうに飛び立っていったというのである。

いったいなぜ？　隊員たちはどうなったのか？　実際に洋上の米軍艦隊に突っ込んでいったのか？　生還者はいたのか？

数々の謎がわきあがり、良質のミステリーを読み進めていくかのように、ページを繰る手が止まらない。

私は、出身地の大分を拠点とする著者の、『砦に拠《とりで》る《よ》』や『ルイズ　父に貰いし名は』などの作品に触れていたが、本書には手が伸びなかった。率直に言って、「特攻」の二文字に気が引けたからだ。

たとえば、毎日新聞社刊行のシリーズ『1億人の昭和史』には、特攻関連の証言が数多く収録されている。

「搭乗員は、フィリピンの戦いのころから、きわ立って年少のものばかりとなった。(中略)あどけない顔をしていた。飛行場で休んでいるとき、天幕のかげに集まり、だれかが内地からもってきたハーモニカを吹いて、みんなが合唱していた。『若い血潮の予科練の、七つボタンは桜に錨《いかり》……』という、あの悲しいメロディーを」(『1億人の昭和史③太平洋戦争』、海軍報道班員だった評論家・新名丈夫の手記、振り仮名は筆者、以下同じ)

「彼らは、神々《こうごう》しいまでに純粋だった。あんな美しい若者の姿を私は見たことがない」(『別冊1億人の昭和史「特別攻撃隊」』、同じく元海軍報道班員の作家・戸川幸夫の手記)

「あの人たちの心情、そして目の澄んでいることといったら、私はその後、あれほどきれいな目をしている人たちにあったことはありません」(『別冊1億人の昭和史「特別攻撃隊」』、特攻隊員と結婚した、ある女性の談話)

このような記述から醸《かも》し出されるイメージが、私の目を特攻から背《そむ》けさせてきた。しかし、本書は、私をつねにいたたまれなくさせてきた感傷とは、明らかに一線を画す。著者の抑制が利いた筆致によるところも大きいが、最大の要因は構成の妙にあろう。

通常のノンフィクションなら、著者が特攻隊の遺族や生還者を始めとする関係者にインタビューした内容と、既出の資料とを軸にストーリーが展開されるはずだ。ところが、本書には、いわば「もうひとりの語り部」が存在する。やはり大分出身の著名な版画家で、屋根瓦の剛直な画風で知られる寺司勝次郎《てらしかつじろう》である。私も、寺司の骨太な木版画には見覚えがあった。

この寺司が、映画の『タイタニック』でいえば、豪華客船沈没の悲劇と、レオナルド・ディカプリオ演じる美青年との悲恋を回想する老嬢の役をつとめる。『アマデウス』で、モーツァルトの生涯を語るサリエリの役柄といってもよい。あるいは、『ショーシャンクの空に』のモーガン・フリーマン扮する囚人のほうが、権力との上下関係では、より近い立場に置かれているかもしれない。

寺司本人が予科練の出身で、戦争があと少し長引いていたら、特攻で命を落とすところであった。だから〝最後の特攻〟に、自分と同期の青年が加わっていた事実に強い衝撃を受ける。また、ともに出撃したにもかかわらず、自機が故障や燃料不足で不時着したり、敵艦が見つからず戻ってきたりした生き残り隊員たちの忸怩《じくじ》たる思いが、手に取るようにわかる。戦争はもう終わっていたのに、我が子を道連れにされた遺族たちの、宇垣に対する恨みも胸に食い込んでくる。

なぜ終戦を知りながら、これから平和な世の中が来るというのに、二十二人もの若者がみすみす死ぬとわかっている特攻に命を捨てに行ったのか。若いアナウンサーからそう尋ねられ、寺司は激しく反発して言い返す。

「どうして、こんな平和が来ると分るんですか。それはいまだからいえることで、昭和二十年八月十五日の時点では、日本がこれからどうなるのかは本当のところ誰にも分らなかったんですよ。飛行機の搭乗員は皆殺されるという噂が流れて、われわれは皆それを信じて恐れていたんですよ。毎日毎日死ぬことだけを教えられて、それだけを目標にしてきた若い彼等にとって、ある日突然訪れた終戦は殆ど意味を理解できなかったと思いますよ」

本書の第一章にあるこの箇所など、構成の段階で寺司を語り部に設定したからこそ可能になった重要な場面だ。著者の松下竜一ひとりの語りでは、これほどの説得力を発揮しえなかったにちがいない。

私は、本文庫に収録されている「竜ちゃん応援団」という松下のエッセイを読んで、実に意外だった点がふたつある。ひとつは、松下が寺司を「もうひとりの語り部」どころか「主人公」とみなしていた点だ。

もうひとつは、ふたりが事実上、二人三脚で本書を完成させた点である。私は本書の読了後も、松下が寺司への聞き取りを繰り返して、この労作をまとめたのだろうと思っていた。松下自身は、本書の登場人物たちにあまり接していないのではないかと推測していた。

ところが、そうではない。

寺司は、多忙な版画業のかたわら、自発的に進めてきた調査に行き詰まり、作品化をあきらめかけていた。そんなおりもおり、ある本で最後の特攻について知った松下が、旧知の、予科練出身と聞いていた寺司になにげなく電話で問い合わせたところ、「おれは（最後の特攻を）ここ数年ずっと追いかけてるんだ」（括弧内は筆者）と言われ、あまりの偶然の一致に驚かされる。

寺司は俄然やる気を取り戻し、松下を引っ張り込むようにして調査を再開する。松下も、一途《いちず》に寺司との共同作業に没頭していく。まさしく相乗効果を生んで、ふたりは取材調査を加速させ、そして深めていったのだった。

私にも同様の経験がある。二十代半ばから三十代初めまでの六年間、サイパン島の日本領時代と、民間人の悲惨な〝玉砕〟までも引き起こした戦争の取材にあたっていた。特攻の取材ほどではないかもしれないが、精神的に苦しい日々を送った。

救いは、松下にとっての寺司のような存在がいたことだ。戦前のサイパン島に長く暮らし、結婚して三人の子どもも授かった、当時七十二歳の女性である。

彼女の父親は大正初期に、私が先日訪れた小笠原諸島から漂流してサイパン島に辿り着き、料亭経営で大成功をおさめた。その一方で、故郷の山形から開拓移民を隣島のテニアン島に送り込み、失敗の連続にもめげず、大規模なサトウキビ農園経営と製糖業を二本柱とする両島の繁栄にひと役買った。そんな父親たちが、戦禍で何もかも失ってしまう……。

山形在住の彼女は、父親たちの記録をなんとか残したいと決意し、自力で聞き取り調査を始めていた。そのことを人づてに聞いた私は、彼女とふたりで、かつてのサイパン島在住者たちを尋ね歩き、インタビューを重ねていく。奇《く》しくもちょうど同じ時期に、松下も寺司と一緒に最後の特攻の関係者たちを探しまわっていた。松下と私とでは年齢がだいぶ違うが、戦争により未来を断ち切られた人々への「義務感」のようなものは、おそらく共通していたのではあるまいか。


本書を読むと、実に四千人近くもの若者の命を奪った特攻が、現在の日本社会の暗部や日本人の精神構造とも直結している事実に気づかざるをえなくなる。上司の責任逃れが原因とみられる部下の自殺や、コロナ禍での同調圧力など、端的な例はいくつもあげられよう。

私は、特攻で死んでいった若者たちが、あの陸軍帽と零戦Tシャツ姿の小学生をどう思うか、想像を巡らしてみた。決して叱ったり窘《たしな》めたりはしまい。むしろほほえんで、やさしく少年の頭を撫でるのではないか。

先に引用した『別冊1億人の昭和史「特別攻撃隊」』にも、「あの戦争は、当時の青少年のかなりの部分にとって、まぎれもなく最高に〈カッコよかった〉（中略）。だれもが、俺たちこそ〈次の荒鷲〉だ、と自負していた」という証言がある。私にしても小学生のころ、ちばてつやの戦争漫画『紫電改のタカ』を愛読し、戦車や軍艦のプラモデルを夢中になって組み立てていた時期があったではないか。

ただ、父島での戦跡ツアーのさなかに、一度だけハッとした瞬間がある。日本軍が掘り抜いた洞窟の中で、ガイドが懐中電灯を照らすやいなや、壁に大きく、耳当てのついた軍帽姿の少年の影が映し出されたのだ。拡大された人影は、私の身長よりもずっと高かった。

この影のような大人になって戦場に向うことだけは、特攻に散っていった若者たちも願っていないと私は信じたい。

（のむら・すすむ　ノンフィクションライター）

『私兵特攻——宇垣纏長官と最後の隊員たち』
単行本　新潮社、一九八五年七月刊

編集付記

一、本書は河出書房新社『松下竜一　その仕事21　私兵特攻』（二〇〇〇年七月刊）を底本とした。

一、明らかな誤植と思われる語句は訂正し、ルビを適宜施した。

一、本文中、今日の人権意識に照らして不適切な表現が見られるが、著者が故人であること、執筆当時の時代背景や作品の歴史的意義を考慮し、原文のままとした。

中公文庫

私兵特攻《しへいとっこう》

──宇垣纏長官《うがきまとめちょうかん》と最後《さいご》の隊員《たいいん》たち

2024年12月25日　初版発行

著　者　松下《まつした》 竜一《りゅういち》

発行者　安 部 順 一

発行所　中央公論新社
〒100-8152　東京都千代田区大手町1-7-1
電話　販売 03-5299-1730　編集 03-5299-1890
URL https://www.chuko.co.jp/

ＤＴＰ　嵐下英治
印　刷　三晃印刷
製　本　小泉製本

Published by CHUOKORON-SHINSHA, INC.
Printed in Japan　ISBN978-4-12-207595-5 C1121

各書目の下段の数字はISBNコードです。978－4－12が省略してあります。

中公文庫既刊より

お-2-13
レイテ戦記（一）
大岡昇平
太平洋戦争の天王山・レイテ島での死闘を再現した戦記文学の金字塔。巻末に講演「『レイテ戦記』の意図」を付す。毎日芸術賞受賞。〈解説〉大江健三郎
206576-5

お-2-14
レイテ戦記（二）
大岡昇平
リモン峠で戦った第一師団の歩兵は、日本の歴史自身と戦っていたのである──インタビュー「『レイテ戦記』を語る」を収録。〈解説〉加賀乙彦
206580-2

お-2-15
レイテ戦記（三）
大岡昇平
マッカーサー大将がレイテ戦終結を宣言後も、徹底抗戦を続ける日本軍。大西巨人との対談「戦争・文学・人間」を巻末に新収録。〈解説〉菅野昭正
206595-6

お-2-16
レイテ戦記（四）
大岡昇平
太平洋戦争最悪の戦場を鎮魂の祈りを込め描く著者渾身の巨篇。巻末に「連載後記」、エッセイ「『レイテ戦記』を直す」を新たに付す。〈解説〉加藤陽子
206610-6

し-10-5
新編 特攻体験と戦後
島尾敏雄
吉田満
戦艦大和からの生還、震洋特攻隊隊長という極限の実体験とそれぞれの思いを二人の作家が語り合う。関連するエッセイを加えた新編増補版。〈解説〉加藤典洋
205984-9

ほ-1-1
陸軍省軍務局と日米開戦
保阪正康
選択は一つ──大陸撤兵か対米英戦争か。東条内閣成立から開戦に至る二カ月間を、陸軍の政治的中枢である軍務局首脳の動向を通して克明に追求する。
201625-5

う-39-1
天皇陛下萬歳 爆弾三勇士序説
上野英信
一九三二年の上海事変に際し、自らの身を散らせた爆弾三勇士。彼らはいかにして神に仕立て上げられたか。天皇をめぐる民衆の心性に迫った記録文学の白眉。
207580-1